KB115356

FANTASTIC ORIENTAL HEROES

장씨세가 호위무사 6

조형근 新무협 판타지 소설

초판 1쇄 찍은 날 § 2020년 8월 28일
초판 3쇄 펴낸 날 § 2023년 9월 25일

지은이 § 조형근
펴낸이 § 서경석

편집책임 § 황창선
편집 § 박현성

펴낸곳 § 도서출판 청어람
등록번호 § 제387-1999-000006호
등록일자 § 1999. 5. 31
어람번호 § 제2-2843호

주소 § 경기도 부천시 부일로 483번길 40 서경B/D 3F (우) 14640
전화 § 032-656-4452 팩스 § 032-656-4453
E-mail § chungeorambook@daum.net

ISBN 979-11-04-92238-1 04810
ISBN 979-11-04-92235-0 (세트)

장씨세가
호위무사

第二幕

6

조형근 新무협 판타지 소설

두서출판 청람

목차

第一章

뜻밖의 인물

"콜록콜록!"

장련이 더는 걷지 못하고 걸음을 멈췄다. 사방을 휘감으며 솟구쳐 오르는 열기. 동시에 연기도 피어나 앞을 분간하기 어려운 탓에 발길이 붙잡힌 것이다.

"큰일이구려."

묵객도 같이 걸음을 멈추며 말했다.

척 보아도 사방이 불바다다. 이 정도로 광범위하게 타오르는 불길이라면, 이는 우연이 아니라 누군가 계획적으로 불을 지폈다고 봐야 했다.

무엇보다 지독한 연기. 이것은 사방을 휘감은 불길보다 더욱 위험했다.

"형장은 어떻게 보시오?"

묵객의 시선이 광휘에게 향했다.

"방법을 찾아보겠소."

광휘는 장련을 힐끗 바라본 후 말을 이었다.

"그때까지 잘 호위해 주시오."

타탓.

말이 끝나기가 무섭게 광휘는 삽시간에 사라졌다.

'분명 나와 같은 중상을 입었을 터인데.'

묵객은 광휘가 다친 몸 상태라는 걸 알고 있었다. 팔을 감쌌던 천 자락에 지나칠 정도로 많은 피가 젖어 있었다.

'정말 체면이 말이 아니구나.'

묵객은 탄식했다.

광휘가 보여준 가공할 만한 무위.

뿐만 아니라 적진에 기습해 들어가 그들의 수장을 베어버리는 판단은 보통의 무인이 결코 할 수 없는 것이었다.

삶과 죽음이 오가는 생사투는 물론이며, 남들이 해보지 못한 고된 경험을 하고 실력을 쌓아야만 비로소 가능한 것이다.

묵객은 문득 이전에 했던 그와의 비무 이후, 들떴던 자신의 모습이 생각나 더욱 침울해졌다.

"승룡아, 결코 자만해선 안 된다. 강호에 기인은 모래알처럼 많다. 이 세상은 네가 생각하는 것보다 훨씬 넓은 곳이란 뜻이야."

'사부님⋯⋯.'

묵객은 고개를 숙였다. 지치고 상처투성이인 자신의 몸을 보고는 속으로 흐느꼈다.

'부끄럽게도 저자와는 차이가 너무나 납니다.'

젊은 나이에 이미 무공뿐만 아니라 임기응변, 상황 판단도 자신을 훨씬 상회하고 있었다. 이제껏 겪어보지 못한 무력감이 묵객의 어깨를 더욱 짓눌렀다.

"콜록콜록!"

그사이 장련이 다시 기침을 해댔다. 몸에 난 상처 때문에 연기에 더욱 민감하게 반응한 것이다.

호흡을 고른 장련이 말했다.

"다시 올라가는 게 어떨까요?"

"아니오. 그건 더 위험한 상황을 만들 게요."

묵객은 고개를 들어 정상 쪽을 바라보며 말을 이었다.

"이 산은 숲이나 나무가 없는 곳이 없을 정도요. 그래서 정상에 올라가더라도 불을 피하기 어렵고, 연기 때문에 그 전에 화를 당할 것 같소. 더구나 가장 걸리는 건⋯⋯."

묵객은 힘없이 말을 이었다.

"내겐 그럴 힘이 없다는 게요."

자책하듯 하는 묵객의 말에 장련은 걱정스럽게 그를 바라봤다.

곧 묵객은 다시 밝게 웃으며 말했다.

"우선 옷을 찢어 코와 입을 막으시오. 자칫하다가 연기에 질식할 수 있으니."

"아!"

물을 묻혀 입과 코를 가리는 것이 정설이었지만, 지금은 자신들이 흘린 피가 축축한 물기가 되어주는 상황이었다.

장련은 그가 지시한 대로 장포를 찢어 입과 코를 가리며 말했다.

"상처를 입은 것이 의외로 도움이 되네요."

장련이 말을 건네자 묵객이 슬쩍 미소를 보였다.

"우선 돌이 많고 높은 곳에 머무르도록 합시다. 저 형장이 우리를 쉽게 찾을 수 있는 곳에."

"네."

장련과 묵객은 지친 몸을 다시 움직이기 시작했다.

*　　*　　*

광휘가 떠나고 불안에 휩싸였던 장웅은 명호의 등장에 안도의 한숨을 내쉬었다. 그리고 그에게 장련이 살아 있다는 얘기를 듣자 환호성을 질렀다.

"이게 무슨 냄새요?"

하지만 기쁨은 오래가지 않았다. 동굴 사이로 매캐한 연기가 들어오자 불안감이 팽배해졌다.

그의 옆에 있던 일 장로도 굳은 표정으로 앉아 있었다.

"누가 산에 불을 피운 것 같소."

명호는 담담했다.

불길이 인다는 건 곧 이 근처까지 불이 번진다는 것을 말한다. 그런 와중에도 명호는 남 얘길 하는 것처럼 태연하기만 했다.

"빨리 나가봐야 하는 것이 아닙니까?"

"나간다면 제가 앞장서겠습니다. 적들이 있을 수도 있으니까요."

장웅은 다급한 마음을 드러냈고, 일 장로도 다친 다리를 부여잡고 힘들게 몸을 일으켰다. 하나, 그런 그들을 보며 명호는 고개를 저었다.

"모두 움직이지 말고 여기 있으시오."

"예? 무슨 소립니까?"

"대협……."

일 장로와 장웅은 멍한 표정으로 그를 바라보았다. 연기가 들어오는 곳에서 보이는 작은 빛들이 명호의 담담한 얼굴빛을 희미하게 밝혀주었다.

"여기가 제일 안전하오. 제아무리 강한 불길이라도 바위들로 막힌 동굴을 뚫고 들어오진 못하오."

장웅과 일 장로는 여전히 어리둥절했다.

일 장로가 말했다.

"연기는… 그럼 연기는 어떻게 하실 생각입니까?"

"연기도 바위를 뚫고 타고 들어오는 데 한계가 있소."

"동굴입니다. 불길이 옆에 있으니 당연히 휩싸일 것입니다."

이번엔 장웅이 말하자 명호가 그를 보며 물었다.

"공자, 연기는 어디에서 어디로 이동하오?"

"그야… 밑에서 위로 올라갑니다."

"그럼 이 동굴은 연기가 피어오르는 곳과 연결되어 있소?"

"아!"

순간 장웅과 일 장로는 멈칫했다.

동굴의 끝. 사당의 끝은 산의 중앙을 향하고 있다. 당연히 나무와는 거리가 먼 방향이다.

거기에다 이곳은 밑으로 내려가는 길이기에 연기가 이 안으로 들어오지 못한다.

"굴에 숨어든 너구리를 잡기 위해선 부채로 연기를 안으로 집어넣어야 하지. 그 말은, 부채를 쓰지 않으면 연기가 위로 올라간다는 뜻이오."

명호는 말을 이었다.

"하나, 틈은 막아야겠지. 옷을 벗어 빛이 보이는 곳, 구멍이란 구멍은 전부 막도록 하시오."

그러고는 그들에게 품속의 비수 두 개를 던져주었다. 틈새를 효과적으로 막게 하려는 것이다.

슥슥슥.

슥슥슥.

그의 말대로 장웅과 일 장로는 옷을 벗기 시작했다. 이내 속옷 한 장 남기고 모든 것을 벗었다.

슥슥슥.

먼저 빛을 차단했다. 자갈돌로 틈새를 막기도 하고, 그보다 작은 틈에는 옷가지를 구겨 넣기도 했다. 그리고 마지막 남은 천 한 조각은 코와 입을 막는 데 사용했다.

"길어야 두 시진 정도 될 것이오. 불이 꺼지면 그때 나가면 되는 거니."

명호의 말에 둘은 더는 대꾸하지 않았다. 대신 혼란스러운 상황에서도 태연하게 앉아 있는 명호를 신기하게 바라볼 뿐이었다.

"……."

한동안 침묵이 일 때쯤.

"어떻게 이런 생각을 하셨는지 모르겠습니다. 불이 나면 보통은 동굴 밖으로 나가야 한다고 생각하지 않습니까?"

일 장로가 입을 열었다.

"다들 당황해서 그렇소. 누구나 쉽게 생각할 수 있는 것이오."

"예."

그 말에 일 장로는 고개를 끄덕였다. 그러곤 그를 데려온 광휘란 자가 보통이 아니란 것을 다시 한번 상기하게 되었다.

"불이 퍼졌다는 것은 적들 역시 근처에 있기 힘들다는 뜻. 광호위께서 일을 잘 처리하셨다는 방증이나 다름없소."

명호는 여전히 불안한 표정을 한 장웅에게 한마디를 덧붙여 주었다.

"압니다, 그분이 얼마나 대단한 분인지. 하지만 다른 곳도 아닌 팽가가 일을 꾸몄습니다. 팽인호란 자 역시 보통의 수를 쓰진 않았을 겁니다."

피식.

명호가 웃어 보였다. 어둠 속이라 장웅은 보지 못했지만, 그는 웃음이 터지려는 걸 겨우 참아내는 지경이었다.

"공자는 그분이 얼마나 대단한지 아는 척만 하지, 실은 모르는가 보오. 정말 안다면 나한테 그리 묻지는 않았을 테니까."

"하지만 대협, 광 호위가 제아무리 천중단이라 하더라도……."

장웅은 말을 하려다 일 장로를 보며 멈칫거렸다. 일 장로의 눈이 커져 있었다.

"공자님, 천중단이라니요? 설마 광 호위가……."

역시나 일 장로가 물어왔다.

장웅은 당황한 표정으로 명호를 향해 고개를 숙였다.

"대협, 죄송합니다."

"괜찮소. 언젠가 다 밝혀질 일인데 뭘……."

명호는 그런 일 장로와 장웅을 재밌다는 표정으로 바라보다 고개를 돌렸다. 그리고 천천히 말을 이었다.

"공자께서는 천중단이 어떤 조직이었는지 정확히 아시오?"

"예?"

장웅은 되물으며 잠시 머뭇거리다 나직이 말을 이었다.

"각지에서 뛰어난 고수들을 뽑았다고 들었습니다. 후기지수, 혹은 명성을 쌓은 고수들을 모아 천중단을 만들었다고 알고 있습니다."

"뛰어난 후기지수, 명성을 쌓은 고수라……."

명호는 잠시 뜸을 들였다. 무슨 말을 해야 할지 꽤 긴 시간을 고민하던 그는 입을 열었다.

"알려진 고수들은 그다지 많지 않았소. 물론 후기지수 따위는 단 한 명도 없었고."

"예?"

이해할 수 없는 말에 장웅은 고개를 갸웃거렸다.

이후, 명호가 대답했다.

"그럴 수밖에 없는 것이, 대부분이 구대문파의 장로급과 은둔고수였지. 이제 내 말이 무슨 뜻인지 알겠소?"

"……?"

"단순히 몇 명만 강했던 게 아니라……."

명호는 여전히 이해할 수 없다는 표정을 짓는 장웅을 향해 말을 이었다.

"천중단 모두가 백대고수들이었소. 적어도 내가 들어왔을 땐."

✳　　　✳　　　✳

"콜록콜록."

"크흡. 커업."

묵객과 장련은 불을 피해 조금씩 위로 올라갔다. 정확히 말하면 불길보다 연기를 피하기 위해서였다.

"무사님이 저희를 찾을 수 있을까요? 콜록콜록."

장련이 걱정스럽게 말했다.

"기다려 봐야지요."

말은 그리했지만 묵객 역시 걱정스러웠다.

불길이 번져 정상 위로 점점 올라가고 있었다. 연기 때문에 호흡은 힘들고, 상처로 인해 몸은 피폐해져 지친 상황이었다. 광휘가 빨리 도착하지 않으면 이쪽이 먼저 화를 당할 것 같았다.

쩌어어억.

그때 옆에서 기이한 소리가 났다. 묵객이 고개를 돌리자 거대한 나무 한 그루가 장련 쪽으로 떨어지고 있었다.

"……!"

묵객은 장련을 잡고는 반사적으로 도를 휘둘렀다.

패애액.

나무는 단번에 잘려 나가 이등분되었다.

"허억, 허억. 괜찮소?"

묵객이 자신의 팔을 고통스럽게 부여잡으며 말했다. 하지만 장련은 여전히 눈을 부릅뜨고 있었다.

"저기……."

그녀가 가리킨 곳을 본 묵객의 표정이 굳었다.

우지지직.

이번엔 뒤쪽에서 불타는 나무 세 그루가 동시에 쓰러져 오고 있었기 때문이다.

뿐만 아니었다.

구구구궁.

언덕 쪽에서는 집채만 한 바위가 굴러오고 있다. 옆쪽에서 가파르게 옮겨붙은 불길이 땅을 태우며 바위를 움직인 것이다.

'큰일이다.'

묵객의 낯빛이 변했다. 반사적으로 단월도를 집어 들었지만 힘이 들어가지 않았다. 하나, 바위는 그에게 생각할 여유를 주지 않았다.

묵객은 눈을 질끈 감고 모든 힘을 쥐어짜 도약했다.

"악!"

괴이한 소리와 함께 장련은 소리를 질렀다.

두두. 둥. 둥. 콱!

묵객은 도를 허공에서 세 번 움직이곤 바닥을 내려쳤다.

삽시간에 거목들은 잘려 나갔고, 바위도 반듯하게 갈라져 밑으로 떨어졌다.

"걱정 마시오. 내 아직 아리따운 여인 한 명 정도는 지킬 힘이 있소.

묵객은 비틀거리며 장련을 향해 말했다. 하나, 그의 얼굴빛이 이제는 창백함을 넘어 노랗게 변해 있었다.

"대협, 방금 보셨어요?"

"뭘 말이오?"

"방금 대협의 검에서 희뿌연 안개 같은 것이……."

장련은 더 묻지 못했다. 묵객이 피를 한 됫박이나 쏟아내더니 크게 휘청였다.

"대협!"

장련이 급히 그에게로 움직였다.

그 순간 누군가가 그녀보다 더욱 빨리 묵객의 어깨를 부여잡왔다.

"방법을 찾았소. 날 따라오시오."

광휘였다.

*　　*　　*

광휘가 안내한 곳은 절벽이었다. 그리고 그곳 역시 등 뒤로 열기가 느껴질 만큼 불길이 닿고 있었다.

휘이이잉.

절벽에 서서 밑을 내려다본 장련이 바람에 휘청거렸다. 아찔한 느낌과 밑이 보이지 않을 정도로 아득한 높이에, 그녀의 온몸에는 닭살이 돋았다.

"여기는 왜……."

장련은 고개를 돌렸다. 설마하니 이런 높은 곳에서 뛰어내리자는 건가 싶어 물어본 것이다.

"뭐, 불에 타 죽는 것보다야 이 방법이 그나마 낫긴 하군."

겨우 몸을 추스른 묵객이 충격에서 벗어나려는 듯 한숨을 내쉬며 말했다.

수면에서 절벽 위까지의 높이는 수십 장. 아마도 입수하는 순간 돌벽에 전력으로 부딪친 것처럼 큰 충격이 올 것이다.

이렇게 엉망이 된 몸으로 그 충격을 버틸지 어떨지는 자신할 수 없었다. 하지만 죽을지 어떨지 모르는 도박이라도 하는 것이, 손도 못 써보고 불에 타 죽는 것보다는 낫지 않은가.

광휘가 여전히 말이 없자 장련이 고개를 끄덕였다.

"할 수 없네요. 뭘 수밖에요."

그녀는 결심한 듯 두 손을 불끈 쥐었다. 이미 살고자 하는 마음은 버린 상태였다. 그러니 이런 상황이 닥쳐도 놀랍진 않았다.

"제가 먼저 뛰겠어요. 그러니 무사님께서는……."

"거참, 쫑알쫑알 되게 시끄럽네!"

"뭐, 뭐야!"

장련이 흠칫 놀라며 한 발짝 물러섰다. 놀랍게도 절벽 아래에서 사람의 목소리가 들려왔기 때문이다.

"아!"

다시 조심스레 다가간 장련의 눈에 다리 한쪽이 없는 사내가 은신하듯이 벽에 달라붙어 있는 모습이 들어왔다.

"한참을 기다렸잖소!"

그리고 사내의 다리 밑에는 끝이 보이지 않는 굵은 줄이 흔들리고 있었다.

소위건.

광휘에게 정보를 주겠다고 말했던 그가, 정보가 아닌 구명줄을 들고 나타난 것이다.

*　　　*　　　*

야월객 다섯은 절벽 끝에 일렬로 선 채 아래를 내려다보고 있었다. 세찬 바람이 절벽을 타고 불어왔지만 그들은 미동조차 없었다.

"밧줄이라……."

육 척이 조금 넘는 키에 거친 목소리를 내는 야랑(夜郎)이 먼저 입을 열었다. 그러자 아이 같은 눈매의 여인, 묘영이 말을 받았다.

"우리가 불을 내리란 걸 어떻게 알고 이런 것까지 준비한 거지?"

그녀는 끝이 보이지 않을 정도로 긴 밧줄을 보고 있었다. 사람 몇 명 정도는 쉽게 지탱할 수 있을 정도의 굵은 밧줄이 세찬 바람에 이리저리 흔들리고 있었다.

"대체 얼마나 강한 걸까?"

야월객 중 가장 체격이 좋은 수라귀(修羅鬼)가 의문을 표했다. 불명귀를 죽이고 흑마대를 와해시켰다. 상식적으로 이해할 수 없는 일이 벌어진 것이다.

그때 배검(背劍: 왼손으로 검을 거꾸로 쥔 뒤 검신을 감추는 것)을 한 채로 서 있던 혼사(魂私)가 비릿한 웃음을 띠었다.

"알려지지 않는 자들이 더 있다는 뜻이겠지. 묵객이나 호위무사란 사내들 작품은 아닐 테니까."

그는 단언하고 있었다. 단둘이서 귀문 정예부대를 쓰러뜨렸다는 건 믿을 수 없었으니까.

툭툭.

네 명의 야월객들과 달리 그들 곁에서 벗어나 밧줄을 흔들어

보는 자가 있었다. 흰자위까지 검은 사내, 비부(飛浮)였다.

"피가 묻어 있어."

"뭐?"

예상치 못한 말에 야월객들의 시선이 그에게로 모아졌다.

비부는 손으로 아래를 가리켰다.

"피가 굳지 않았으니 멀리 도망가진 못했을 거다."

야월객들은 수긍하는 듯 고개를 끄덕였다. 말수가 적은 비부에겐 사람을 설득시키는 힘이 있다. 그리고 야월객 중 추격에 가장 능했다.

"밀영대에겐 내가 말하고 올 테니 먼저 사냥을 시작해라. 내가 가기 전에 전부 처리하진 말고."

야랑이 한 발짝 뒤로 물러서고는 말했다.

사냥이라는 말에 다른 야월객들은 비릿한 미소를 지었다.

이는 상대가 누구든 죽일 수 있다는 자신감이었다. 실제로도 수많은 청부를 성공해 낸 그들이 아닌가.

"내가 먼저 내려가지."

수라귀가 가장 먼저 움직였다.

＊　　　＊　　　＊

소위건을 포함한 네 사람이 밧줄을 타고 밑으로 내려왔을 때쯤, 강가에 댄 나룻배 한 척이 그들을 기다리고 있었다. 소위건을 따르는 사내들이 대기하고 있었던 것이다.

곧장 장련과 묵객, 광휘가 배에 올랐고, 소위건이 마지막으로 올라타자 배가 움직였다.

배 안의 사람들은 서로 대화를 하지 않았다.

장련이 곧장 쓰러져 바닥에 누웠고, 묵객은 그런 그녀의 옆에 앉아 간호했다.

광휘는 배의 뒤쪽, 외판 부근에 앉아 말없이 침묵하고 있었다. 그래서 그런지 소위건도 직접 그들에게 말을 걸지 않았다. 사파 사내 셋만 투덜거리며 노를 저을 뿐이었다.

그렇게 한 시진쯤 지났을까. 이름 모를 포구에 도착하자 일행들은 객잔으로 보이는 건물 내로 들어섰다.

*　　　*　　　*

"뭘 봐? 죽고 싶어?"

"눈 깔아!"

"날씨도 꿉꿉한데 짜증 나네."

객잔 안에 들어온 장정 세 명은 거친 말투를 쏟아냈다. 안 그래도 어디 얽매이는 걸 좋아하지 않는 그들인데, 이름도 모르는 세가를 도와주고 있자니 죽을 맛이었다.

그리고 그중 얼굴에 칼자국이 가득한 동우(東宇)는 유독 성정이 거칠었다.

"어쭈? 거기 꽁지 머리, 지금 날 째려본 거야?"

"아, 아닙니다."

"봤잖아. 방금 네놈 눈에 독기가 서려 있었다고. 마치 날 잡아먹으려 하는 짐승의 눈빛이었어!"

"절대로, 절대로 아닙니다!"

좌측에 앉아 있던 청년 두 명이 손을 내저으며 필사적으로 고개를 저었다. 하지만 동우는 여전히 씩씩거리며 그들에게 손가락질했다.

딱!

그러던 그때, 소위건이 그의 머리를 냅다 후려갈기며 외쳤다.

"내가 조용히 하라고 하지 않았어? 그냥 너부터 죽여줄까?"

오싹한 살기.

그의 기세에 뒤통수를 부여잡고 있던 동우를 포함해 다른 사내들도 함께 조용해졌다.

소위건은 인상을 찡그리다 장련과 묵객을 향해 예를 표했다.

"미안하오. 워낙 괴팍한 놈들이라."

"아니에요."

그 말에 장련은 고개를 내저었고, 묵객 역시 미소로 답했다.

"어디로 안내해 드릴까요?"

잠시 뒤, 그들 앞에 점소이가 나타나자 소위건이 먼저 다가갔다.

"침상 있는 방 하나 내주시오. 그리고……."

그는 장련과 묵객을 힐끔 보고는 말을 이었다.

"여기서 가장 고명한 의원을 불러주시오. 돈은 섭섭지 않게 줄 테니 걱정하지 말고."

"예, 그리하겠습니다. 그런데 저희 객방은 지금 자리가 없습니다. 불편하지 않으시면 저런 곳에 잠시 있어도 괜찮으시겠습니까?"

점소이가 가리킨 곳은 객잔과 연결된 문설주와 문짝 하나를 걸쳐놓은 공간이었다. 방이라 하기엔 여러모로 미흡한 곳이었다.

"침상만 있으면 괜찮소."

묵객이 끼어들며 말하자 점소이는 장련과 묵객을 그곳으로 안내했다.

✳   ✳   ✳

"돈 안 받고 싶어?"

소위건은 한쪽에 자리 잡은 사파 사내들에게 말했다. 한마디뿐이었지만 안색이 파리하게 질린 그들의 얼굴을 보면 이는 다른 어떤 말보다도 효과가 있는 듯했다.

그렇게 잠깐 몸을 돌렸던 소위건은 점소이가 배정해 준 장소로 돌아왔다.

"우리가 그곳에 있다는 걸 어떻게 알았나?"

문밖에서 서 있던 광휘가 소위건이 다가오자 물었다. 그동안 말을 아꼈던 그가 그제야 궁금했던 것을 물어본 것이다.

소위건은 대수롭지 않은 듯 말을 이었다.

"운이 좋았었소."

"……."

"사파 녀석들이 운수산으로 향했다는 것을 알았을 때는 이미 불길이 일었더이다. 올라갈 만한 곳이 전부 차단됐다는 것을 알았을 때쯤에 그들의 의도를 깨달았소. 하여 혹여나 탈출할 방법을 찾고 있다면 절벽 쪽으로 오리라 생각했소."

"운수산의 절벽이 한두 곳은 아닐 텐데."

"아오. 하나, 대충 짐작은 했소. 살고자 한다면 적어도 맨땅에 몸을 던지는 절벽보다는 강이 있는 곳을 선호할 테니까."

그 말에 광휘는 의아한 듯 말했다.

"자네 말투는 마치 내가 절대로 죽지 않을 거라 생각한 것처럼 들리는군."

"당연하지. 누가 오든 당신을 죽일 사파 놈들은 없소."

광휘는 바닥으로 시선을 내렸다. 그러다 잠시 어색하게 분위기가 변할 때쯤 입을 열었다.

"날 도와주는 진짜 이유가 뭐지?"

"날 살려주었잖소."

"……?"

"죽이지 않았으니 살려준 게 아니오?"

광휘가 다시 그를 바라보자 소위건은 피식 웃으며 말을 이었다.

"사실 난 내 복수를 위해 움직이고 있소. 그리고 그 복수를 위해서는 당신을 이용하는 게 가장 빠르다고 생각한 거요."

소위건은 한쪽으로 고개를 돌렸다. 의원으로 보이는 노인이

한 손에 보자기를 들고 이곳으로 오고 있음을 느낀 것이다.

"그러니 오해하지 마시오."

할 말을 다 한 것인지 소위건이 벽을 짚으며 총총걸음으로 움직였다.

그러던 그때, 그의 등 뒤에서 광휘의 목소리가 들려왔다.

"큰 도움이 되었네."

소위건은 잠시 주춤했다. 하지만 돌아보지 않고 계속 걸음을 옮겼다. 걸음이라 하기엔 한쪽 다리밖에 없었지만.

✻　　　✻　　　✻

"이런 몸으로 움직였다니……."

장련의 상태를 살피던 의원은 침음했다. 단순히 작은 상처인 줄로만 알고 왔는데 생각보다 훨씬 중한 상처였던 것이다.

슥슥슥.

그는 혀를 차며 다친 부위의 상처를 꿰맸다. 실력이 있는 자였는지 손놀림이 제법이었다.

"마시게."

그는 치료하던 도중 제자로 보이는 청년을 시켜 달여 온 탕약을 그녀에게 먹였다. 몸을 일으켜 약을 다 마신 장련은 자리에 눕자마자 졸린 듯 눈을 감았다.

"걱정 마시오. 약재에 뭔가 특별한 것을 탄 게 아니라 워낙 지쳐서 그러는 게요."

의원은 변명하듯 말했다.

온몸을 가릴 듯한 거대한 대도를 든 광휘.

그리고 의원을 뚫어져라 바라보는 묵객 때문에 왠지 모를 압박을 받은 것이다.

그는 자리에서 일어서며 참고 삼아 한마디를 덧붙였다.

"적어도 반나절 정도는 회복해야 할 게요. 한 시진마다 상태를 봐두어야 하고."

두 사내가 별다른 말이 없자 의원이 손을 털며 묵객에게로 다가섰다.

"상태를 봐 드리겠소."

그는 이 방에 들어올 때부터 짐작하고 있었다. 둘 다 몸 상태가 좋지 않아 보였지만, 무시무시한 대도를 멘 자보다 그 옆에 있는 사내의 상태가 더 좋지 않다는 것을.

"아니오. 나는 괜찮소."

그런데 예상외로 묵객은 거부했다.

장련은 아직 잠이 들지 않았는지 그 얘길 듣고는 힘겹게 눈을 떴다.

"저는 이제 괜찮아요, 대협. 그러니 대협께서도 몸을 빨리 치료하시는 게 좋을 것 같아요."

"난 정말 괜찮소. 소저가 생각하는 것처럼 나는 그리 심각한 상태가 아니오."

이번에도 묵객이 거절하자 의원이 의아한 듯 고개를 저었다.

"괜찮다고? 허어, 이상하구려. 입술은 새파랗고 얼굴은 황갈

색이오. 만약 옷에 흘린 것도 본인의 피라면, 어쩌면 이 여인보다 훨씬 더 안 좋은 상황일 수……."

"괜찮다고 하지 않소!"

그 순간 묵객이 버럭 소리를 질렀다.

그의 돌발적인 행동에 광휘와 의원, 장련의 표정이 제각기 변했다.

"하아."

묵객은 뭔가 진정되지 않는지 인상을 찌푸리길 반복하다 의원을 향해 말을 붙였다.

"난 정말 괜찮소. 그러니 소저를 좀 더 신경 써주시오."

그러고는 그길로 방문을 열고 나가 버렸다.

방 안의 분위기는 얼음처럼 냉랭해졌다.

*　　　*　　　*

흑마대가 전멸하기까지 걸린 시간은 한 식경이었다. 개방의 고수들 십오 조가 달려드는 순간 대원들 열 명의 목이 동시에 날아갔고, 저항하던 사내들의 목 역시 삽시간에 날아가 버렸다.

방주 능시걸은 흑마대 조장 두 명을 상대로 각기 오 초를 넘기지 않았다.

신물(神物)이라 불리는 타구봉을 꺼내지 않고서도 그들을 죽음으로 몰아넣은 것이다.

원래라면 그보다 더 빨리 끝낼 수 있었다. 오 조의 수장, 숭

걸(傑乞)이라는 노인만 아니었으면.

"내 분명히 너의 주둥아리를 뽑아버린다고 했지?"

그는 정말 자신의 말을 지켰다. 산 채로 잡아 사내의 주둥아리를 뽑아버렸기 때문이다. 정확히 말하자면 이빨이었지만.

그렇게 한 식경 뒤, 방주와 십오 조는 이들이 통과했던 동굴 안으로 움직였다. 하나, 진입하는 것은 곧 실패했다. 불길이 강하게 일어 그들이 들어가는 입구에까지 번졌기 때문이다.

"뭐?"

다시 동굴 밖으로 나온 그때, 능시걸은 모용세가의 존재를 알게 되었다.

그는 급히 그들이 있는 곳으로 움직였고, 모용상과 대면했다. 하지만 그와 몇 마디 나누지 못한 채로 다시 자리를 옮길 수밖에 없었다. 운수산 밑, 절벽을 타고 누군가 지나간 흔적이 발견되었기 때문이다.

푸른빛으로 물든 저녁.

현장에 능시걸과 모용상이 도착하자 이결 제자가 다가오며 말을 붙였다.

"서른 명쯤 이동한 걸로 보입니다."

능시걸은 이결 제자가 말한 곳으로 걸어가 무릎을 굽혀 흔적을 자세히 확인했다. 그 말대로 흙먼지와 함께 어슴푸레하게 발자국이 보였다. 그 발자국은 앞으로 쭉 이어지다 어느 지점에서 꺾여 있었다.

"그놈들이군."

능시걸의 말에 모용상이 한쪽을 가리켰다.

"아마 밧줄을 타고 내려온 것 같습니다."

능시걸은 모용상이 가리키는 곳을 바라보았다. 그의 말대로 삼 장 높이쯤에 굵은 밧줄이 흔들리고 있는 것이 보였다.

"흐으음."

능시걸은 무릎을 펴고 바르게 서서 잠시 생각에 잠겼다. 그러다 이내 모용상 앞으로 걸어가 말을 걸었다.

"놈들의 것은 아닌 것 같습니다."

"아닙니까? 불을 지핀 놈들이니 당연히 이런 대비는 했을 텐데……."

"거야 그럴 테지요. 하지만 자객들은 훤히 드러난 길로는 잘 움직이지 않는 생리가 있습니다. 여긴 강가가 아닙니까."

"과연."

모용상이 고개를 끄덕이던 그때였다. 갑자기 개방 거지가 능시걸 앞으로 다가와 부복했다.

"무슨 일이냐?"

"방주, 전해 드릴 말씀이 있습니다."

그는 모용상을 힐끗 보며 눈치를 살폈다. 그 반응을 본 능시걸이 허락했다.

"괜찮다. 말해도 된다."

"두 시진 전, 강가로 나룻배 한 척이 지나갔습니다. 그리고 그와 비슷한 시간대에 밀영대와 야월객으로 추측되는 사내들이

남쪽으로 이동했습니다."

"잡았군."

능시걸은 이를 드러내며 미소를 지었다.

불 때문에 운수산의 출입이 통제될 때, 개방 방도들을 이곳 주위로 밀집시켰다. 특하나 이런 강가는 요로이기에 두세 배의 인력을 배치해 놓았다.

"배가 어디에 당도했는가?"

"수구객잔입니다."

"그렇군."

능시걸은 이를 바득 갈았다.

"이젠 못 빠져나간다, 쓰레기들."

＊　　　＊　　　＊

묵객은 객잔 밖에서 어두워진 하늘을 올려다보고 있었다. 평소와 달리 웃음기 없는 그의 얼굴은 그를 아는 사람이 봤다면 낯설 정도였다. 왠지 어딘가 슬픔에 젖은 사람처럼 보였기 때문이다.

'그때부터인가.'

불길 속에서 쓰러진 나무들과 굴러떨어지던 바위.

그는 모든 힘이 빠진 순간에도 무리하게 팔을 사용했다. 그 이후로 팔에 감각이 느껴지지 않을 만큼 심각한 상태가 되었다.

'내 처지도 참 처량하게 변했군.'

그간 목숨을 건 생사투도 적지 않았다. 하나, 이런 싸움은 그도 처음 겪어보는 것이었다. 이제껏 누군가에게 의지해 본 적이 없었기에 마음이 복잡해진 것이다.

"그 팔, 정말로 그대로 둘 생각이오?"

감상에 빠져 있는 묵객에게로 한 사내가 말을 걸어왔다. 묵객은 광휘의 얼굴을 확인하고는 그제야 웃어 보였다.

"알고 계셨소?"

"절벽을 내려올 때 한 팔만 사용한 걸 보았소."

"하긴… 형장의 눈을 속일 순 없겠지."

묵객은 난처한 듯 한숨을 내쉬다 재차 하늘을 올려다보았다.

"생각보다 상황이 좋지 않소."

"그 정도요?"

예상치 못했다는 듯 묻는 광휘의 말에 묵객은 조용히 고개를 끄덕여 보였다.

광휘가 재차 말했다.

"그 정도로 상태가 좋지 않다면 밧줄을 타고 내려올 때 말하지 그랬소."

"알리고 싶지 않았소. 참한 얼굴만큼 마음도 여린 그녀지 않소."

묵객은 씁쓸하게 웃음 지었다.

지금 그의 팔은 움직이지 못할 뿐 아니라 감각마저 없는 상태. 재수가 없다면 평생 칼은커녕 젓가락도 들어 올리지 못하는 폐물이 될 터였다.

그랬기에 미련하게도 장련이 제일 신경 쓰였다. 그걸 알게 되면 분명 스스로를 책망하고 괴로워할 테니까. 팔 한쪽을 잃는다 해도 그런 것만은 보고 싶지 않았다.

"쓸데없이 자존심을 부리는군. 그러다가 그 팔, 아예 못 쓰게 될지도 모르오."

"자존심이 아니오, 형장. 이미 말한 적 있지만 나는 장련 소저에게 마음이 있소. 한 여인을 지키고자 한다면, 몸만이 아니라 그 마음까지 지켜줘야 할 것 아니오."

찌푸리는 광휘에게 묵객은 미소를 지어 보였다.

'뭐, 내가 말한 거지만 뭔가 멋져 보이는군.'

검객으로서 사망 선고를 받은 것이나 다름없는 처지. 까맣게 속이 타들어 가는 와중에도 묵객은 평소와 다름없이 환하고 밝은 웃음을 보였다.

광휘가 말했다.

"내가 당신이라면 그런 감정놀음보다 그 팔을 고치는 것에 더 힘썼을 것이오. 그 감정이 스스로를 나약하게 만드오."

"……."

"어찌 됐든 나중에라도 수단과 방법을 가리지 마시오. 당신도 나와 같은……"

잠시 뜸을 들이던 광휘가 말을 이었다.

"장씨세가의 호위무사니까."

"……!"

그 말에 묵객은 자신도 모르게 입꼬리를 올렸다. 뭔가 이상하게 기분 좋아지는 말이었다.

묵객을 두고 광휘가 다시 객잔의 문 쪽으로 뒤돌아섰다.

"…형장, 한 가지 물어봐도 되겠소?"

묵객이 말로 그를 붙잡았다.

"그때 그 비무 말이오. 왜 최선을 다하지 않았소?"

광휘는 말없이 그를 바라봤다.

"마음만 먹었다면 날 압도할 수도 있었을 텐데 그러지 않았잖소. 덕분에 나만 바보가 되었소."

묵객은 조금 전과 달리 화가 난 눈빛이었다. 어찌 보면 그 이후로 보였던 자신의 행동에 대한 민망한 기억 때문인지도 몰랐다.

광휘는 별다른 표정을 짓지 않으며 말했다.

"아직 알지 못하는군."

"뭐요?"

"최선을 다하지 않은 게 아니오. 그게 내가 할 수 있는 최선이었던 거요. 당신은 당신 하기에 따라 지금보다 훨씬 더 강해질 수 있는 사람이니까."

그 말을 끝으로 광휘는 객잔 안으로 들어갔다.

잠시 굳은 표정을 짓던 묵객은 다시 본연의 밝은 얼굴로 돌아왔다.

"고수가 맞다니까. 아닌 척하고 있다가 은근히 무게 잡는 말을 빼놓지 않는 걸 보면."

지금보다 더 강해질 수 있는 사람.

광휘의 그 말은 묵객에게 다른 어떤 의원의 처방보다도 큰 위안이 되었다.

"당신도 나와 같은 장씨세가의 호위무사니까."

그리고 대화 중간에 나왔던 말.
묵객으로서는 생각지도 못한 말이었다.
터억.
그는 아프고 피로한 몸을 벽에 기댄 채 별이 가득한 밤하늘을 올려다보았다. 광휘가 남기고 간 말을 되씹으며.
'나중에라도 수단과 방법을 가리지 말라고? 감정은 스스로를 나약하게 만든다? 대체 그 말은 무슨 뜻일까?'
묵객은 정확한 의미는 알지 못했지만 한 가지는 알 것 같았다. 광휘가 저토록 강해진 까닭이 저 마음가짐에 있었을 거라는 걸 말이다.

第二章
맹의 사자

어둠이 자욱이 깔린 깊은 저녁.

수수밭에서 서른 명의 사내들이 몸을 웅크리고 있었다. 은신에 각별히 신경을 기울이고 있는 만큼 한 치의 미동도, 숨소리도 들리지 않았다.

사박사박.

잠시 뒤, 한 사내가 수수밭 우측, 솟아 있는 느티나무 쪽으로 몸을 움직이기 시작했다. 그곳에 은신해 있는 자들에게 말을 붙이기 위함이었다.

"지금 가지."

밀영대주 담귀운이 야월객들을 향해 입을 열었다. 그는 조금 전 수하에게서 묵객과 장씨세가 호위무사로 짐작되는 사람이 객잔에 머물고 있다는 얘기를 전해 들은 상황이었다. 하여 지금 움직이는 것이 적절하다 판단을 내린 것이다.

"흐음."

담귀운의 말에 야월객들은 별다른 대꾸가 없었다. 그의 말을 따를 생각이 없는지 모두 딴짓을 하고 있었다.

"뭐요? 갈 생각이 없소?"

다들 별다른 반응이 없자 결국 담귀운은 짜증을 냈다.

"허! 뭐, 알겠소. 설마 묵객과 장씨세가 호위무사, 단둘이서 불명귀와 흑마대를 쓰러뜨렸다는 얘기를 믿는가 본데… 우리 밀영대만으로 처리할 테니 느긋하게 보고 계시오."

빈정거리는 말투로 담귀운은 고개를 돌렸다.

그러던 그때, 한 사내의 목소리가 그의 발길을 붙잡았다.

"함정이다."

뒤돌아본 담귀운은 자신에게 말을 건넨 사내, 혼사와 눈이 마주쳤다.

"포구 옆, 한 터를 잡고 낚시를 하는 노인. 오른쪽 밭에서 땅을 고르고 있는 청년. 객잔 옆에서 비틀거리며 취한 사람들. 모두 개방 사람이다."

그 말에 담귀운은 그가 가리켰던 곳을 바라봤다.

혼사의 설명이 이어졌다.

"사리 때라 낚시를 하기에 적절하지 않은 날씨지. 그리고 저 청년은 뿌리가 말라비틀어진 식물을 뽑지 않은 채로 모종을 심고 있더군. 거기다 술에 취해 보이는 저 세 놈들은 조금 전부터

각기 다른 방향을 본 채 시선을 돌리지 않고 있어.”

“그 정도를 갖고 개방이라고 판단하는 건……”

담귀운이 고개를 저었다.

그때 다른 야월객이 끼어들었다.

“모두 태양혈이 솟아 있네.”

“……!”

담귀운이 눈을 번뜩였다.

무공을 익힌 자를 가려낼 때 보는 것이 바로 태양혈. 사람의 얼굴에서 귀와 눈썹 사이, 음식물을 씹을 때 움직이는 위치가 바로 그곳이다.

‘흑목괴사(黑目怪死) 비부……’

담귀운은 태양혈을 언급한 사내를 바라보며 생각에 잠겼다.

흰자위까지 검게 변한 신비의 자객. 이런 야밤에는 보통 사람들보다 몇 배나 좋은 시력을 가진다고 알려져 있으니 그의 말은 사실일 터였다.

‘하지만……’

비부의 설명에도 담귀운은 이해되지 않는 것이 있었다. 자신들이 절벽에 내려와 이들의 뒤를 쫓은 지 세 시진도 지나지 않았다. 그런데 그사이 어떻게 이토록 빠른 대응이 가능한 건가.

“이 싸움에 개방 방주가 관여되어 있다면 설명이 되지. 우리가 어디로 이동하는지 아는 것 정도는 손바닥 펼치는 것처럼 쉬울 테니까.”

“……!”

담귀운이 무슨 생각을 하는지 알기라도 하듯 수라귀가 말했다. 그리고 혼잣말을 하듯 한마디 덧붙였다.

"제대로 당했군. 단순히 운수산만 쓸어버리면 끝나는 문제인 줄 알았는데… 방주가 이곳을 눈여겨보고 있었다니."

야월객이 하나둘씩 인상을 쓸 때쯤, 야랑은 모두가 들을 수 있을 정도의 작은 목소리로 말했다.

"모두 몸을 숨긴다. 그리고 밀영대주 당신은 팽가와 접촉해. 일이 비틀어진 것에 대한 책임을 물어야 하지 않겠나."

담귀운은 인상을 쓰다 눈을 찌푸렸다. 하지만 다른 방도가 없는 듯 고개를 끄덕였다.

"지금 전서구를 날리겠소."

*　　*　　*

"처방을 내려주시오."

광휘의 상태를 살피던 의원이 고개를 들었다. 조금 전, 괜찮다고 화를 내며 나간 사내가 다시 돌아와 도움을 요청한 것이다.

"괜히 호기를 부려 미안하오."

떨떠름해하는 의원에게 묵객이 예를 표했다.

"마침 나도 처방이 끝난 것 같으니 일어나겠소."

광휘가 대답하며 자리에서 일어섰다. 그러고는 묵객을 향해 미미하게 입꼬리를 올려 보이다 방을 나갔다.

"이리 앉으시오."

투욱.

의원이 가리키는 의자에 묵객이 앉았다.

잠시 묵객의 상태를 살핀 의원은 알고 있었다는 듯 탕약 사발을 내밀었다.

"이 약을 먼저 드시오. 원기를 보호해 줄 거요."

묵객은 그의 말을 따라 탕약을 들이마셨다. 뜨거운 무언가가 몸속으로 퍼지는 듯한 느낌. 묵객은 그 기운을 느끼며 천천히 눈을 감았다.

'벽을 뚫으면 더 강해질 수 있을까.'

갑자기 그 생각이 떠오른 건 몇 년간 무공의 발전이 없는 자신의 상태 때문이었다.

그래서였을까. '하기에 따라 지금보다 훨씬 더 강해질 수 있는 사람'이라는 광휘의 말이 어느 때보다 의미심장하게 다가왔다.

"어찌 됐든 나중에라도 수단과 방법을 가리지 마시오."

'마치 영약이라도 먹으라는 말 같군.'

묵객은 실소를 흘렸다. 그러던 그때, 머릿속에 문득 한 노인이 스쳐 지나갔다.

'약과 독은 한 끗 차이라 했었지?'

묵객은 다시 한번 실소를 흘렸다. 그리고 깊이 잠에 빠진 장런 쪽을 힘없이 바라보았다.

'어쩌다 이렇게 된 건지…….'

묵객은 쓴웃음이 나왔다. 처량한 신세로 변한 자신의 처지를 생각하다 보니 그녀와 만나기 전의 기억들이 떠오르기 시작한 것이다.

"장씨세가라고 들어본 적 있나? 상계 쪽 집안인데 석가장과 일전을 치르는 중이라 하더군."

"나도 들었네. 암암리에 친족들이 죽어나갔다지?"

"참으로 딱하구먼. 어찌 된 게 어느 문파도 도움을 주는 곳이 없으니, 이러다 전부 몰살되는 건 아닌가 싶어."

굳이 들으려고 한 것은 아니었다. 산동 지방을 지나 하북 이남으로 이동하던 중, 우연히 술판을 벌이던 도부꾼들의 옆을 지나가다 듣게 된 사실이었다.

그 뒤로 그들과 같이 평상 위에 앉아 꽤 오랜 시간 얘기를 주고받았다.

"사부님, 정말 가실 생각입니까?"

그들과 헤어지고 길을 나서던 그때, 멀리 떨어져 있던 담명이 그에게 다가와 물었다.

"웬만하면 모른 척하는 게 좋지 않겠습니까? 석가장은 이 근방에서 꽤나 알아주는 문파입니다. 거기다 소문이 흉흉한 것을 보니 상당히 위험을 감수해야 할……."

"담명아, 아버님께서 너를 나에게 맡기신 이유가 뭔지 아느냐?"

"예? 그거야 사부님께서 워낙 대단한 실력자이기 때문 아니겠습니까?"

"아니다."

"예? 하면……."

"힘 있는 자들이 명분 없이 힘없는 자들을 핍박한다면 당연히 도와야 한다는 걸 가르쳐 주고 싶어 했느니라. 이기심이 아니라 협을 깨닫게 하려고 말이다."

하북 이남 지역으로 움직이기 전 모용세가의 가주, 모용상이 했던 말이 여전히 가슴에 남았다. 그리고 그가 마지막으로 건넸던 말도 떠올랐다.

"언젠가 한번 꼭 찾아뵙겠소."

"오랜만이오, 묵객."

"……?"

묵객이 눈을 떴을 때 의원은 보이지 않고, 생각지도 못한 얼굴이 자신을 바라보고 있었다. 놀랍게도 그는 조금 전 머릿속에 떠올린 노인, 모용상이었다.

"담명 때문에……."

이유를 물으려던 묵객에게 모용상은 무안한 듯 말했다.

그 말의 의미를 깨달은 묵객은 더는 묻지 않았다. 오히려 그가 나타났기에 안도했다. 보이지 않아 걱정하고 있었던 담명이 살아 있다는 것을 뜻했으니까.

"큰 부상을 당한 것 같은데… 괜찮소?"

"목숨은 건졌습니다."

묵객이 멋쩍게 웃어 보였다. 하필 이 상황에 이런 모습을 보여야 하는 것이 창피했기 때문이다.

"능력이 모자라다 보니 일이 그렇게 됐습니다."

"묵객께서 그런 말씀을 하시다니, 참……."

모용상은 한쪽 자리에 앉았다.

그를 바라보던 묵객이 나직이 말을 이었다.

"그런데 여긴 어쩐 일로 오셨습니까?"

"알려 드릴 게 있어서 왔소, 묵객. 이번 일에 사파 잡졸들이 몇이나 끼어들었는지 아시오?"

모용상이 피식 웃으며 입을 열었다.

"불명귀와 흑마대, 밀영대, 심지어 야월객까지 끼어들었다고 하오."

＊　　　＊　　　＊

"많기도 하군. 그렇게나 많이 끼어들었다니."

한쪽 벽에 창을 낸 이 층의 어느 객점.

능시걸의 말에 광휘는 가볍게 눈에 이채를 띠었다. 귀문과 적사문의 개입, 묵객의 제자인 모용담명 때문에 모용세가까지 참전하게 된 큰판에 대한 이야기를 듣고도 그는 담담했다.

"이 공자는 어떻게 되었소?"

"걱정 말게. 이곳에 도착할 때쯤 모두 살아 있다는 소식을 접했네. 며칠 뒤에는 안전히 장씨세가에 도착해 있을 걸세."

광휘에게 어떤 것보다 지금 중요한 건 장웅의 안위였다. 명호가 있지만, 그 하나만 믿고 안심할 수 없는 상황이었으니까.

하지만 어찌어찌하다 개방이라고 하는, 가장 큰 우산 밑으로 잘 기어들어 갔던 모양이다.

"미안하게 됐네, 광휘. 도움을 주려고 했던 것이……."

능시걸이 한숨을 쉬자 광휘가 말을 잘랐다.

"방주 탓이 아니오. 거기서 그런 괴물 같은 벽력탄이 나올 거라고는 예상하지 못했소."

"괴물 같은 벽력탄……."

능시걸은 숨을 고른 후 말을 이었다.

"그래, 어떻던가? 실제로 자네가 말한 폭굉이 맞던가?"

그는 확인해 보고 싶었다. 실제로 폭굉을 경험해 본 자가 바로 광휘가 아닌가.

광휘는 잠시 생각에 잠기다 입을 열었다.

"폭굉이라 하기엔 위력이 많이 약했소."

"어느 정도던가? 과거의 폭굉과 비교해 보면 말일세."

광휘는 조용히 눈을 감았다. 과거의 기억을 떠올리려 한 것이다. 끔찍했던 기억이기에 꽤 오랜 시간 눈을 감고 있었다.

"지금의 폭굉이 일(一)이라고 한다면."

광휘는 천천히 눈을 뜨며 말을 이었다.

"예전의 폭굉은 이십(二十)이었소."

"아!"

능시걸의 눈이 커졌다.

충격적인 말이었다. 이번 운수산에서 등장한 폭굉만 해도 충분히, 아니 놀라울 정도의 파괴력을 가지고 있었다. 그런데 그것의 스무 배라니.

"과연… 천중단이 그리 무서워했던 이유가 있었구면."

능시걸은 아직도 충격이 가시지 않은 표정으로 작게 속삭였다.

계속 하나씩 등장하는 폭굉. 그것은 개방뿐만 아니라 이 일에 관련된 사람들까지 크나큰 위험으로 몰아넣고 있었다.

"방주, 혹시 팽가가 왜 갑자기 발을 뺐는지 아시오?"

잠시 뒤, 광휘가 묻자 능시걸이 시선을 내리며 말했다.

"일 장로 팽인호의 계획을 팽가 가주 팽자천이 알게 되어서네."

광휘가 눈을 찌푸렸다.

"무슨 걱정을 하는지 알겠네. 하나, 지금 생각해 보면 사파가 관여했던 것이 오히려 잘되었어. 이번 일로 우린 명분을 확보할 수 있었네. 그리고 굳이 전쟁을 벌이지 않아도 맹이 개입할 수 있는 여지를 만든 거지."

능시걸은 이 상황을 긍정적으로 바라보았다. 사파의 개입, 그리고 이 때문에 모용세가와 개방이 큰 피해를 입었다. 이것만으로도 팽가는 앞으로 모든 명분을 잃게 되는 것이다.

"방주, 뭔가 착각하고 있는 것 같소."

광휘가 처음으로 능시걸의 얼굴을 바라보며 말했다.

"명분이 없다면 만들면 되는 것이오."

"……!"

능시걸의 눈이 번뜩였다.

"그럴 만한 자라고 보는가?"

"거기까진 알 수 없지. 하지만 내가 아는 권력자들은 그랬소. 힘을 한번 손에 넣은 자는 절대 그 힘을 포기하지 못하오. 명분이 없다면… 없는 명분을 만들어서라도."

"흐으으음."

능시걸은 깊게 침음했다.

광휘의 말은 일리가 있었다. 상대가 일개 장로에 불과하다 생각해서 일을 너무 쉽게, 긍정적으로 낙관했던 후개에게 그 자신도 일침을 가하지 않았던가.

똑똑똑.

놀라움이 가시기 전에, 문틈에서 인기척이 들렸다.

"누구냐."

능시걸이 부르자 한 청년이 그의 앞으로 급히 달려와 부복했다.

"방주, 중요한 소식이 있습니다."

"뭐냐."

"팽가 가주 팽자천이 귀천하셨답니다."

"뭐?"

＊　　　＊　　　＊

능시걸과 광휘가 조우했던 다음 날 저녁.

한기 서린 바람이 횡하게 날리는 산기슭에 노인과 장년인이
아래를 내려다보고 있었다.

그들 뒤에는 목옥 한 채가, 그리고 죽립 무사 네 명이 사주
경계를 하며 서 있었다.

"개방과 모용세가에서 직접 나설 줄이야……."

겨울 날씨 때문인지 팽오운이 입을 열자 하얀 입김이 새어
나왔다.

꽤 오랫동안 이곳에 서 있었는지 그의 눈썹과 수염에는 서리
가 맺혀 있었다.

"한 방 먹은 게지요. 끌끌끌."

팽인호는 재밌다는 듯 웃음을 흘렸다.

작게 지은 미소가, 정말로 재밌어 웃는 것인지 일부러 웃는
것인지 알 수 없을 정도로 모호한 느낌을 자아내고 있었다.

"어떻게 하실 거요? 적사문에서 오히려 우리에게 이빨을 드러
낼 것 같은데 말이오."

정오가 지난 시각, 전서구를 통해 소식을 받은 팽오운이었다.
그리하여 팽인호를 이곳에 불러들인 것이다.

"그러진 않을 겝니다. 오히려 이 기세를 몰아 장씨세가를 치
게 만들어야지요."

"설득시킬 자신이 있다는 소리요?"

"설득이라……."

팽인호는 다시 옅은 미소를 지어 보였다.

확실히 그는 즐기고 있었다, 이런 상황을.

"사파의 잡졸들이 어디, 명분에 움직이는 것들입니까. 먹이를 던져주니 달려든 것들입니다. 더 맛있는 먹이를 던져주면 자연히 그리로 갈 것입니다."

"폭굉만으로 가능하지 않을 게요. 물리적으로 불가능할 터. 장씨세가에 모용세가와 개방이 진을 치고 있는 이상 적사문은 움직이지 않을 것이오."

"그럼 모용세가와 개방을 떠나보내면 되는 것이지요."

"…어떻게?"

팽오운은 이해할 수 없는 듯한 시선으로 팽인호를 바라보았다.

구파일방의 하나인 개방.

오대세가의 하나인 모용세가.

강호 최강의 무력 집단을 자기 멋대로 움직이겠다는 말을 너무도 쉽게 하고 있었다.

"작금의 상황은 과유불급이요. 지나치게 정보력을 믿는 개방이 스스로의 발등을 찍게 될 것입니다."

팽인호는 웃음 섞인 목소리로 말을 이었다.

"본 가는 손에 피 한 방울 묻힐 필요 없습니다. 아는 것이 너무 많은 사파 잡졸들은 제거될 것이고, 장씨세가와 개방은 우리가 원하는 것을 자기들 손으로 바치게 될 것입니다."

팽인호는 팽오운을 향해 느릿하게 웃어 보였다.

"싸움은 이제부터지요."

자신감이 깃든 그의 눈빛에는 이제껏 보지 못한 살기가 번뜩이고 있었다.

*　　　*　　　*

　닷새 후.

　그간 한적했던 장씨세가가 어느 때보다 시끄러웠다. 개방 거지들의 호위를 받으며 장웅과 일 장로, 명호가 도착한 것이다.

　그리고 사흘 뒤, 이보다 훨씬 더 많은 인원이 도착했다. 오십여 명이 넘는 모용세가 사람들과 백여 명에 가까운 개방의 거지들, 그리고 그들과 함께 온 장련과 묵객, 광휘였다.

　딸깍.

　따스한 붉은빛을 내는 유등 옆으로 찻잔 세 개가 탁자 위에 천천히 놓였다.

　밀실처럼 창가가 보이지 않는 이곳은 장원태의 서재. 두 노인의 방문에 장원태는 예를 갖추며 차를 올렸다.

　"변변한 도움을 주지 못해 미안하게 됐소이다."

　차를 한 모금 들이켠 능시걸이 먼저 말문을 열었다. 이번 운수산에 동행했던 장씨세가 고수들만 합쳐도 대략 오십 명은 넘었다. 물론 개방의 고수들도 죽긴 했지만, 장씨세가의 고수들을 전부 잃은 것에 비해선 그저 가벼운 정도였다.

　"아닙니다. 오히려 개방께서 나서서 도움을 주신 것에 더 큰 감사를 하고 있습니다."

장원태는 의연한 태도를 보이며 능시걸에게 예를 표했다. 그러고는 그와 마주 앉은 자리의 노인에게 시선을 돌리며 말했다.

"그런데 방주, 이분은 누구신지……."

그러자 넉살 좋게 생긴 노인이 미소를 지으며 예를 표했다.

"인사가 늦었소이다. 소인은 모용상이라고 합니다."

"……!"

귀를 의심할 만한 얘기에 장원태는 순간 멍한 표정을 지어 보였다. 잠시 눈을 몇 번 깜빡이던 그는 혹시나 하는 마음으로 읊조리듯 말했다.

"혹 모용이라고 하시면……."

"예, 생각하시는 게 맞을 겝니다. 산동(山同) 이북 지역에 조그마한 살림을 차려 살아가고 있습니다."

'모용세가!'

장원태는 등골이 서늘해지는 것을 느끼자마자 급히 다리를 모으며 고개를 숙였다.

"결례를 용서하십시오, 가주. 소인이 우둔하여 귀인이 누구신지 전혀 알아보지 못했습니다."

"허허허. 너무 격식을 차리지 마십시오. 다 같이 늙어가는 처지이지 않습니까."

모용상은 해맑게 웃으며 손을 내저었다. 격식을 차리지 않는 그의 소탈한 모습은 누가 봐도 중원을 대표하는 세가의 가주라고 느껴지지 않는 모습이었다. 하나, 장원태는 그럴수록 더욱 조심스러워졌다.

모용세가는 팽가에 전혀 밀리지 않는 명문 세가였다. 오히려 팽가보다 한 수 더 높다고 알려진 오대세가를 대표하는 곳이지 않은가.

"그런데 모용세가 가주께서 이런 누추한 곳에 어찌…….''

"못난 아들놈 때문이지요. 마침 지도 편달을 위해 묵객께 부탁하고 있는 중이었는데 이번에 화를 좀 당했습니다.''

"아…….''

장원태는 그제야 묵객과 함께 다니던 청년 한 명을 기억해 냈다. 그리고 보니 유독 인물이 훤칠하고 귀티가 나지 않았던가.

"그보다 지금 중요한 얘기가 있다 하시던데, 방주?''

장원태가 그에 대한 대접을 궁리하는 사이, 모용상은 능시걸 쪽으로 고개를 돌렸다. 그러자 능시걸은 기다렸다는 듯 입을 열었다.

"장 가주, 팽가의 가주가 타계하셨다 하네.''

"예? 그게 무슨 말입니까? 팽자천 대형(大兄)께서……?''

장원태는 눈을 부릅떴다. 전혀 생각지도 못한 말이 그의 입에서 나왔기 때문이다.

"아직 소문은 나지 않았을 게야. 나도 전해 듣자마자 바로 이곳으로 온 것이니까.''

"하아아.''

장원태는 긴 한숨과 함께 고개를 떨구었다. 오랜 지병 때문에 완쾌할 가능성이 낮다는 것을 알고 있었지만 이리 직접 들으니 마음이 동한 것이다. 과거, 꽤 오래전에 가까운 사이였기에 대형이라는 호칭도 서슴없이 부르는 사이가 아니던가.

"내가 자네에게 이 얘길 꺼낸 이유는 소식을 알리려는 것도 있지만⋯⋯."

능시걸은 장원태가 자신을 바라볼 때까지 뜸을 들이다 입을 열었다.

"앞으로 팽가가 어떻게 나올지 개방으로서도 예측할 수 없다는 얘길 하고 싶었네."

능시걸의 말에 장원태는 동의했다.

팽가 가주 팽자천의 죽음. 그것은 팽가 조직에 변화가 생긴다는 것을 뜻했고, 싸움의 향방 역시 어떤 식으로든 바뀔 수 있다는 것을 말하고 있었다.

"팽가가 어떤 식으로 나오더라도 개방과 본 가 식솔을 죽인 사실은 변함없으니 이것을 문제 삼으면 되지 않겠습니까?"

모용세가가 개입했다는 얘기만 없었을 뿐, 개방에서 중간중간 전서구를 보내 소식을 알려 왔다. 해서 장원태는 운수산에서 일어났던 일을 거론한 것이다.

능시걸은 답했다.

"산에 불이 났네."

"그러니까 그것도 그들이⋯⋯."

"그들이 불을 질렀다는 증거는 없네."

"⋯⋯!"

장원태의 말문이 막혀 버렸다. 생각해 보니 이번 팽가는 운수산의 일에 전혀 개입하지 않고 있었다.

"애초에 그들이 불을 지르려 한 것은 시체의 흔적을 지우려는 거였네. 시체를 완전히 갈아버리지 않는 이상 가문의 검초는 숨길 수가 없으니까. 거기에다 벽력탄을 사용하려 했으니 그 흔적 역시 없애려고 한 거지."

능시걸에게 싸움의 전말을 들었던 모용상은 고개를 작게 끄덕였다.

능시걸이 말을 이었다.

"잘 생각해 보게. 오대세가 중의 하나인 팽가의 위신이 걸린 싸움이야. 어설픈 증거를 내밀었다간 오히려 이쪽에서 역풍을 맞을 걸세."

역풍이란 말뜻을 이해한 장원태는 몸을 떨어댔다.

"이 늙은이에게 좋은 대안이 하나 있소만."

그때 지켜보던 모용상이 조용히 끼어들었다.

"맹에서 이 문제를 논의하는 게 어떻겠소이까?"

그 말에 능시걸과 장원태의 시선이 그에게로 향했다.

"아무리 상대가 팽가이고 그의 뒤에 맹이 있다고 한들, 우리 역시 개방과 모용세가요. 맹을 압박하면 분명 다방면으로 조사가 나올 터. 의심되는 사안을 밝히는 데 주력하는 게 좋지 않겠소?"

"흐음."

능시걸은 턱을 괴며 고민에 빠졌다. 어쩌면 그 방법도 좋을 거란 생각을 했다. 이번 일에 맹이 개입되어 있다지만 무림맹은 총관 한 명으로 움직이는 곳이 아니다. 거기다 무림맹주는 광휘와 밀접한 관계이지 않은가.

'하나, 일이 틀어지게 될 경우……'

아무리 개방과 모용세가라 해도 역풍을 피해 갈 수 없다. 팽가는 그만큼 무시할 수 없는 단체였다.

잠시 침묵이 흘렀다. 그러던 중에 장원태가 뭔가 생각이 난 듯 물어 왔다.

"차라리 우리 장씨세가 쪽에서 운수산을 포기하면 어떻겠습니까?"

"이미 늦었네."

능시걸이 고개를 저었다.

"기호지세야. 그들이 운수산을 차지하고 나면 장씨세가를 순순히 풀어줄 것 같은가?"

"……!"

"운수산에는 불을 지폈다고 하지만, 여전히 사파 놈들의 시체와 가장 중요한 폭탄의 재료가 남아 있어. 그들은 운수산을 넘겨주는 즉시 증거를 인멸할 테고, 거기에 그치지 않고."

그는 예리한 눈을 뜨며 말을 이었다.

"천하를 뒤집으려 할 걸세."

"허어……."

장원태는 그제야 깨닫게 되었다. 이제 이 일은 장씨세가만의 문제가 아니라 천하의 안위가 걸린 문제라는 것을.

*　　　*　　　*

밀실 안에 있던 두 사내의 표정은 어느 때보다 진지했다. 장씨세가 사람들이 도착했다는 소식을 들었음에도 그들이 마중 나가지 않은 건, 그만큼 인생에 있어서 가장 중요한 의식을 치르고 있는 중이기 때문이었다.

"우, 움직입니다!"

두 팔이 움직이자 곡전풍은 감정이 복받친 얼굴로 소리를 질렀다. 드디어 약의 효과가 나타나기 시작한 것이다.

"저도 일어나집니다!"

바닥에 주저앉아 있었던 황진수의 반응도 마찬가지였다. 두 다리가 움직이지 않던 그에게 고대했던 변화가 찾아온 것이다.

곡전풍과 황진수는 환희에 가득 찼다.

무려 여섯 번을 들이켠 독약.

어떨 때는 전신에 마비가 왔고, 어떨 때는 숨을 쉬는 것조차 힘들어질 때도 있었다. 그럼에도 불구하고 그들은 포기하지 않았고, 결국 기연이라는 고대하던 꿈을 이뤄낸 것이다.

"하하하! 노부의 영약이 어떠냐!"

노천이 쌍수를 들며 환호했다. 그들 못지않게 다른 의미로 성공의 기쁨을 만끽하고 있었다. 미완성으로 남아 있던 비방을 곡전풍과 황진수의 인체 실험을 통해 드디어 자기 것으로 만들어낸 것이다.

곡전풍은 고개를 푹 숙이며, 환호하는 노천의 손을 잡으며 말했다.

"그동안 의심했던 저를 용서하십시오. 어르신은 신의(神醫) 그 자체입니다. 이보다 더 대단할 수가 없습니다."

황진수도 거들었다.

"전 첫눈에 어르신이 거짓말을 할 사람이 아니란 걸 알고 있었습니다. 그렇기 때문에 약을 먹는 동안에도 한 치의 의심도 하지 않았습니다."

고진감래라 했던가. 곡전풍과 황진수는 그간의 고생했던 세월이 눈가에 주마등처럼 스쳐 갔다.

노천은 그런 그들을 다독였다.

"허허허. 내 가르침이 대단하다는 것에는 의심의 여지가 없지만, 너희들도 잘 따라와 주었다."

"저도 그렇게 생각합니다. 어르신이 잘 이끌어주셔서……."

차마 말을 잇지 못하고 곡전풍이 크게 읍을 했다.

'이런 게 정말 가능하다니, 믿어지지 않는다!'

노천은 냄새만 맡아도 중독될 끔찍한 극독을 가지고 수차례 중독을 시킨 끝에 자신의 몸에 엄청난 내공을 밀어 넣은 것이다.

'몸으로 겪고도 믿어지지 않아!'

황진수는 더했다.

그는 내공 대신에 이목이 지극히 예리해지고 반사신경이 극에 달한 것 같은 기이한 경험을 하고 있었다. 지금 노천을 보며 그와 말을 나누면서도 문밖에서 떨어지는 나뭇잎이 몇 개인지 셀 수 있을 것 같았다.

'이런 게 가능한 거였다니…….'

…다만 노천 또한 같은 생각을 하고 있다는 걸 알았다면 두

사람은 기함했으리라.

'앞으로는 독으로 영약을 만드는 것에 좀 더 심혈을 쏟아야겠구나!'

노천은 탁상공론에 지나지 않던 자신의 가설을 두 사람을 상대로 실험해 보완하고 고쳤다. 그리고 드디어 완벽한 결과물을 만들어낸 것이다.

끼이이익.

노천의 얼굴이 점점 달아오르는 그때, 밀실의 문이 천천히 열리기 시작했다. 그러고 그 사이로 익숙한 사내가 등장했다.

"응? 자넨……."

묵객은 계단을 밟으며 밀실 안으로 들어왔다.

"오셨습니까, 대협."

"오랜만에 뵙습니다."

곡전풍과 황진수가 흥분을 누그러뜨리며 예를 갖췄다.

묵객도 짧게 예를 표하며 말했다.

"잠시 자리 좀 비켜주실 수 있겠소?"

곡전풍과 황진수는 순간 어리둥절한 표정을 지었다.

그러자 묵객이 다시 예를 갖추며 말했다.

"부탁하오."

예상치 못한 그의 모습에 곡전풍과 황진수는 서로 시선을 주고받았다.

잠시 뒤, 그들은 밀실을 빠져나갔다.

끼이이익.

문이 닫히자 노천이 말했다.

"험험험. 장씨세가에 왔다는 얘길 들었네만 급한 일 때문에 못 나갔네. 그래, 잘 다녀왔는가?"

"뭐, 나쁘지 않았습니다."

묵객이 미소를 지어 보이자 노천은 고개를 끄덕이며 물었다.

"그런데 여기까진 웬일인가?"

"드릴 말씀이 있어서 왔습니다."

"무슨 말?"

노천이 고개를 갸웃거리며 바라보자 묵객은 조용히 속내를 털어놓았다.

"능자진이란 청년에게 큰 가르침을 내려주셨다고 들었습니다."

"아? 그거 말인가? 그랬지. 노부가 특별히 가르침을 하사했지. 그런데?"

"그 가르침, 저에게도 주실 수 있겠습니까?"

"뭐?"

"방금 저 두 분 형장, 고행한 보람이 있어 대공을 성취한 듯하더군요. 제게도 그것을 베풀어주십시오."

순간 노천의 표정이 굳어졌다. 그제야 묵객이 여길 왜 왔는지 이해한 것이다.

묵객이 말을 이었다.

"한 단계 더 높은 경지에 오르고 싶습니다. 하나, 시간적 제약 때문에 그러기 위해선 많은 시일이 걸릴 것 같습니다. 그러니……."

"미친놈."

"네?"

"자넨 안 돼. 왜 안 되는 줄 아는가?"

노천은 묵객의 말을 다 듣지 않고 말허리를 잘랐다. 묵객이 말없이 바라보자 노천이 다시 입을 열었다.

"능자진이나 곡전풍, 황진수 같은 사내들의 경우 제대로 무공을 배우지 못했고, 무공을 배웠더라도 일정 경지에 머무르는 상태였네. 그러니 내 약도 효과가 있었던 것일세. 하나, 자네는 그 영역을 넘어섰어."

"……"

"검기를 쓸 줄 안다는 것만으로도 이미 무학의 끝을 향해 달려간다는 얘기야. 그런데 여기서 더 강해지겠다고? 과한 욕심은 결국 화를 부르는 법일세."

묵객은 조용히 듣고만 있었다. 처음 들어왔을 때의 밝은 표정은 온데간데없고 그저 침울한 모습이었다.

"쓸데없는 소리 말고 나가게. 묵객이란 말에 꽤 괜찮게 보고 있었는데 어디서 건방진 것만 배워 와서는… 쯧쯧쯧."

노천은 그런 그에게 등을 보이며 냉담하게 말했다.

묵객은 노천의 꾸중을 들으면서도 조용히 침묵하고 있었다.

그런 그를 뒤돌아보던 노천은 인상을 쓰며 말했다.

"내가 나가마."

"어르신."

그 순간 묵객이 불렀다. 그러고는 인상을 쓰며 바라보는 노천을 향해 한마디를 덧붙였다.

"팔이 불구가 되었소이다."

"……!"

"힘줄만 끊어진 게 아니라 신경까지 다 망가졌다 하더이다. 거기다 오른팔을 타고 흐르는 경맥까지 뒤틀려 어깨를 움직이는 데도 영향을 받소. 아닌 게 아니라 지금 내 팔에는 감각도 뭣도 없는 상황이오."

묵객은 어색하게 웃었다.

"재수 없게도 오른팔이오. 하필, 검을 드는 손이……."

노천의 시선이 묵객의 오른팔로 이동했다. 이곳에 들어올 때 뭔가 어색함을 느꼈는데 정말로 힘없이 오른쪽 팔이 축 처져 있었다.

묵객이 말했다.

"팔을 하나 잃은 이상, 다른 힘이 필요할 것 같소. 예를 들어 내공이나, 경지에 빠르게 도달할 수 있는… 노천 노사의 약이 지금 내겐 어느 때보다 절실하오."

第三章

묵객의 기연

　노천은 대답이 없었다. 표정에만 약간의 변화가 일었는데 인상을 찌푸리다 이전과 달리 지금은 매우 딱딱하게 굳어 있었다.

　"후우우."

　묵객보다 문이 더 가까운 거리에 있던 노천이 긴 한숨과 함께 발걸음을 돌렸다. 그러고는 원래 있던 자리로 돌아와 짧게 대답했다.

　"자네에게 맞는 비약이 있긴 해."

　묵객의 눈이 번쩍 뜨였다. 절망에 빠져 있던 그에게 한 줄기 희망이 생긴 것이다.

　"하나, 큰 문제가 있네."

"각오는 하고 있습니다."

"우선 들어보고 판단하게."

노천은 그를 노려보며 말했다.

"이 약을 먹으면 열 중에 아홉은 죽어."

"……!"

묵객의 눈썹이 꿈틀댔다. 그러나 감정의 동요는 그때뿐이었다. 어느새 냉정한 눈빛으로 돌아가 있었다.

"내가 만든 영약은 말이 영약이지, 독이 기반이야. 체내의 잠력. 마지막 생명력을 강제로 끌어내어서 내공이나 힘으로 바꿔내는 게지. 방금 전에 나갔던 저 두 놈? 무공은 일천하지만 워낙에 신체가 강골이라 버텨냈지. 근데 네놈은 저들의 경우와 완전히 달라."

"어떻게……."

"지금 그 몸에서 더 끌어낼 잠력이 있다고 보나?"

노천의 눈길이 창날처럼 묵객의 몸으로 향했다.

"죽는다. 이럴 경우 열에 아홉이 아니라 열에 열이 죽어. 소림사의 대환단 같은 진짜배기 영약이라 해도 그 몸을 고치기엔 쉽지 않아. 그런데 독으로 조합한 영약을 먹어?"

"능자진의 경우는 어찌 된 겁니까? 그 사내의 몸은……."

"아, 화산파 제자 놈? 뭐, 강골은 아니었지만 녀석은 정신적 깨달음이 충분히 높았지. 그 덕분에 버텨낸 거고. 한데 너는 내 약으로 깨뜨리기에는 기존의 벽이 너무 높아. 주먹으로 돌을 부수려다 돌이 부서지지 않으면 그 주먹이 어찌 되는지 알고 있겠지?"

"……"

부러진다.

표적을 박살 내지 못하면 그 충격은 고스란히 본인에게 돌아온다.

묵객은 노천의 말을 정확히 이해했고, 그래서 크게 낙심했다.

"이렇게까지 말했는데도 하겠다면 말리지 않겠네. 어차피 내게 실험할 대상이 있다는 건 좋은 거니까."

노천은 거기서 싸늘하게, 그리고 냉혹한 얼굴로 묵객을 노려보았다. 사람의 목숨을 목숨으로 보지 않는 강호 기인다운 언사였다.

그 말에 잠시 고민하던 묵객이 고개를 들었다.

"…잠시 생각할 시간을 주시겠소이까?"

"물론이지."

묵객은 그를 향해 읍을 해 보였다. 그러고는 천천히 뒤돌아나갔다.

노천은 그런 그를 문이 닫힐 때까지 말없이 지켜봤다.

끼이익. 탁.

그가 나가고 정적이 일자 노천은 고개를 절레절레 저었다. 그럼에도 뭔가 재밌는 걸 봤다는 듯 입꼬리를 올리고 있었다.

"쯧쯧쯧. 죽는다는 소리에도 그런 눈빛을 보이다니. 정말로 할 생각인가?"

"후우우우."

묵객은 한정당으로 들어오며 한숨을 내쉬었다. 잊어버리려 해도 노천의 말이 귓가에 맴돌아 계속 신경을 자극하고 있었다.

그는 늘 죽음을 가까이하고 살았다 생각했다. 하지만 막상 그것이 눈앞으로 다가오니 가슴이 꽉 막힌 듯 답답해졌다.

'다시 처음부터 익혀볼까.'

고개를 숙이며 걷던 묵객은 문득 자신의 오른팔을 바라보며 생각했다. 그것도 크게 나쁘지 않은 선택일 터였다.

도법에 손이 익는 데에는 시간이 꽤 걸리겠지만, 그래도 개죽음보다야 낫지 않은가.

'묵객 이 못난 녀석. 고작 목숨 때문에 너는 협(俠)을 저버릴 생각이더냐.'

지금 장씨세가는 그 어느 때보다 고수가 절실한 상황이었다. 이런 상황에 왼손으로 도법을 다시 익힌다는 것은 도움이 되지 않겠다는 말과 다름이 없었다. 그리고 그것은 그가 지향하던 협(俠)을 외면하는 길이었다.

"그나저나 광 호위는 어디 있는 거지? 그에게 물어볼 것이 있는데……."

묵객은 너털거리는 걸음으로 정원을 걸었다. 그러다 예상치 못한 곳에서 두 사내가 대화를 나누고 있는 장면을 목격했다.

✻　　　✻　　　✻

광휘와 명호가 나무 의자에 앉아 인공 연못을 바라보고 있었다. 간만에 찾아온 여유였지만 꽁꽁 얼어붙은 추위처럼 분위기가 무겁기만 했다.

"고생했다."

광휘가 자리에 앉은 뒤 꺼낸 첫마디였다.

"당연히 해야 할 일이지요."

명호 역시 형식적인 예의를 갖추며 말을 받았다.

그 말을 끝으로 두 사내 간에 잠깐의 침묵이 일었다.

명호는 광휘의 눈치를 살피다 조심스레 입을 열었다.

"단장, 치료에 집중하시는 게 어떨까 합니다."

"……."

"왼쪽 어깨의 요혈이 뒤틀렸다고 들었습니다. 치료를 받았다고 해도 며칠 만에 쉽게 낫는 부위가 아니지 않습니까. 아시겠지만 요혈이 상하면 내력을 끌어올리기 어렵고, 움직이는 데에도 영향을 받습니다."

"상관없다. 어차피 내 싸움은 내공(內功)이 중심이 아니니까."

광휘는 우려하는 명호의 말을 간단하게 정리해 버렸다. 그러자 다시 침묵이 이어졌다.

한참 동안 인공 연못을 바라보던 명호는 다시 한번 광휘에게 말을 꺼내기 위해 고개를 돌렸다.

그 순간, 오히려 광휘가 먼저 운을 뗐다.

"팽가의 가주가 별세했다는구나."

명호의 눈이 커졌다. 그런 그를 아랑곳하지 않고 광휘는 덤덤히 말을 이어갔다.

"전대 가주 팽자천은 의로운 자였다. 아니, 팽가는 원래 정도를 걷는 자들이지. 그의 죽음은 팽가의 싸움에 또 다른 변수가 될 수도 있을 것이다."

명호는 고개를 끄덕였다.

팽가 가주의 죽음. 그로 인해 새로운 가주가 추대될 것이고, 세력은 당연히 개편될 터였다. 당연히 장씨세가의 싸움의 구도가 바뀔 가능성이 농후했다. 긍정적으로 변할지 부정적으로 변할지는 알 수 없는 것이지만.

명호는 생각에 잠기며 인공 연못을 바라봤다. 늦겨울, 매서운 날씨 때문인지 연못의 물은 모두 얼어 있었다.

"명호, 내가 너를 부른 이유는 말이다."

이번에도 광휘가 먼저 운을 뗐다.

"앞으로 장련 소저의 호위는 네가 맡았으면 한다는 말을 전하기 위해서다."

"제가… 제가 말입니까?"

명호는 광휘를 의아하게 바라봤다. 광휘와 장련과의 관계가 좋아짐을 내심 바라던 그였기에 더욱 그랬다.

"이유가……."

명호가 입을 떼는 순간 광휘는 말허리를 잘랐다.

"이유는 묻지 말거라."

"…예, 알겠습니다."

광휘의 말에 그는 군말 없이 승낙했다. 그저 자신이 모르는 무슨 이유가 있을 거란 생각뿐이었다.

"여기 두 분이 계셨구려."

그러던 그때, 등 뒤에서 사내의 목소리가 들렸다. 묵객이 밝게 웃으며 나타난 것이다.

"그럼, 할 말이 끝나셨으면 이만 가보겠습니다."

명호는 자리에서 일어나 읍을 해 보였다. 광휘가 고개를 끄덕이자 그는 곧장 자리를 벗어났다.

"저 형장은 내게 무슨 불만이 있나……."

묵객은 곧장 사라져 버린 명호를 보며 머리를 긁적였다.

"옆에 좀 앉아도 되겠소?"

이미 태연스럽게 명호가 있었던 자리에 앉아놓고는 묵객이 물었다. 광휘가 말이 없자 그는 하늘을 바라보며 말을 이었다.

"좋은 날씨구려. 좀 춥다는 것이 흠인 것 같지만."

"……."

"이런 날씨에는 장련 소저와 대로 정도는 걸어줘야 기분이 사는데 말이오. 안 그렇소?"

그제야 광휘가 묵객에게 고개를 돌렸다.

"내게 할 말이 있소?"

"뭐, 딱히 그런 건 아니오……."

묵객은 부정했지만 평소처럼 밝은 얼굴이 아니었다. 웃고 있었지만 분명 이전과는 다른 표정이었다.

둘은 꽤 오랜 시간 정원을 둘러보았다. 인공 연못과 잎이 떨어진 나무, 그리고 돌을 쌓아 경치를 아름답게 꾸며놓은 공간까지.

"형장."

광휘가 기침을 하며 움직이는 기색을 보일 때쯤, 그제야 묵객이 말을 걸어왔다.

"형장의 말대로 수단과 방법을 가리지 않고 부딪쳐 보려 하오. 지금 내 상태로는 큰 도움이 되지 않을 테니 말이오."

"……."

"한데, 상황이 상황인지라 조금 도박을 걸어야 할 것 같소. 해서 말인데……."

묵객은 광휘를 쳐다보며 말을 이었다.

"만약에 내가 형장 앞에 나타나지 않는다면 장씨세가를 잘 좀 부탁하오. 특히 장련 소저를. 내 오랫동안 지켜봤는데 형장은 좀 믿을 만한 사람처럼 보이더이다."

묵객이 뚫어져라 쳐다봄에도 광휘는 그를 향해 시선을 돌리지 않았다.

"그럼 수고하시오."

잠시 뒤, 묵객은 어색하게 웃으며 자리에서 일어났다.

"무른 사람이구려."

그렇게 몇 발짝 움직였을까. 묵객이 인상을 쓰며 반사적으로 뒤돌아 외쳤다.

"무슨 소리요!"

"본인이 반드시 죽을 거라는 생각을 하고 있으니 하는 말이오. 왜 죽을 각오만 하는 거요? 그 각오로 반드시 살아남겠다는 생각은 하지 않고?"

"죽을 각오만 한다고?"

묵객은 멍한 얼굴로 광휘의 말을 따라 했다.

"정기신(精氣身)이란 말을 아시오?"

광휘가 불쑥 질문을 한 뒤 말을 이었다.

"기(氣)라는 것의 바탕은 신(身)이 되지만, 그걸 끌어주는 것은 마음(精)이오. 운공을 할 때 마음이 흐트러지면 기가 멋대로 폭주하지. 그 말은 결국 몸과 기 또한 정신이 지배한다는 말이오."

"……."

"정기신(精氣身)에서 정(精)이 가장 앞에 오는 이유를 잘 생각하시오."

"…조금 더 자세히 말해보시오."

묵객은 입술을 깨물며 광휘에게 물었다. 장련을 사이에 둔 연적이자, 한때 맞수라고 여겼던 사내에게 도움을 청하기란 참으로 수치스러웠지만 그는 잊지 않고 있었다. 수단과 방법을 가리지 말라는 그의 말.

"독(毒)이라면 더 그렇소. 몸 안에서 날뛰는 독기를 기로 변환시키기 위해서는 엄청나게 많은 심력을 소모할 터. 그 말은, 본인의 정신이 충분히 강력하다면 깨달음과 체력의 부족함 또한 극복할 수 있다는 말이오."

광휘는 왜 그런 걸 자신에게 묻느냐는 식으로 굴지 않았다. 오히려 당연히 물을 걸 묻는다는 식으로 손쉽게 풀어 말해 주고 있었다.

"정신론(精神論)인가……. 그건 형장이 겪고 하는 말이오?"

"나뿐만이 아니오. 수도 없이 많은 사람들이 그 길을 걸었고, 적지 않은 수가 살아남았소."

문득 광휘가 먼 하늘 저편을 보며 아련한 얼굴을 했다. 그가 누구를 떠올리는지는 묵객은 알 수 없었다.

'…대체 어떤 경험을 한 것이기에.'

"당신은 젊은 나이에 칠객의 자리 하나를 차지하고 있소. 쉽지 않은 일이지. 본인의 재능은 물론이고, 그보다 훨씬 더 많은 더 노력이 있었을 게요."

"……!"

문득 묵객의 눈이 크게 뜨였다. 그제야 광휘가 무슨 말을 하는지 알 것 같았기 때문이다.

"지금보다 더한 좌절을, 큰 고통을 겪은 적이 없소? 아니, 분명히 있었을 게요. 그렇지 않고서야 얻을 수 있는 이름이 아니니까."

광휘의 말이 맞았다. 이제껏 묵객이 겪어온 난관 중에는 지금보다 더한 경우도 있었다.

문득 그는 거기서 온몸에 소름이 돋는 느낌을 받았다.

"당신은 당신 생각보다 훨씬 강한 사람이오."

광휘는 처음부터 그렇게 말해왔었다. 그 말의 의미를 알고 있었다고 생각했는데, 이제 보니 반쪽에 지나지 않았던 모양이다.

"형장은… 이미 내가 어떻게 하리란 걸 알고 있었던 모양이구려."

묵객의 눈빛이 작게 흔들렸다. 독을 언급하는 것으로 보아 광휘는 이미 알고 있었다. 자신이 도(刀)를 잃게 된 지금의 상황뿐 아니라 앞으로 어찌하려는 것인지도. 그리고 그 앞에 어떤 일이 일어날 것인지도.

'그래, 그는 이미 지나온 길이었어. 이러니 그가 굳이 날 이길 생각이 없었던 거야.'

광휘가 그답지 않게 길게 말하는 것은, 아마도 그 자신이 그런 일을 겪었기에 그러할 것이다.

지금의 묵객 자신처럼 검을 잃거나, 혹은 신체를 아예 못 쓰게 되거나. 그래서 독을 마셔서라도 지금의 난관을 돌파해 보려는 독심을 품은 적이 분명 있었던 것이다.

어쩌면 더할지도 몰랐다. 그가 그 길을 통과해 어디까지 걸어갔는지 알 수 없었으니까.

처억!

"큰 가르침을 얻었소. 오늘의 은혜는 언제고 꼭 갚으리다."

마음이 움직이자 묵객은 즉각 상대에게 포권을 취해 예를 갖췄다.

광휘는 묵객의 갑작스러운 행동에 눈에 이채를 띠었다.

"참고로 말하지만 내 생각이 맞다면 당신은……."

"나는?"

"아니, 아니오. 끝난 뒤에 말합시다."

묵객이 되묻는 것을 광휘는 고개를 저어 흘렸다.

'당신은 분명 성공할 것이오. 지금 당신의 상태는 거의 껍질을 깨놓은 상황이니까.'

탈각(脫殼).

참으로 신비로운 단어였다.

천중단에서 그런 경우를 종종 보았기에 광휘는 묵객이 앞으로 어떤 일을 겪을지가, 앞으로 얼마나 강해질지가 훤히 보였다.

'나와는 다른 길이지. 정통 무예를 배운 자들만이 그런 상태에 놓이는 거니까.'

광휘가 말을 하지 않자 묵객은 고개를 갸웃하더니 다시금 긴장읍을 해 보이고 몸을 돌렸다.

다다다닥.

그러던 그때, 멀리서 다가오는 인기척이 들려왔다. 광휘가 고개를 돌리자 그곳엔 아까 자리를 떴던 명호가 달려오고 있었다.

"급히 가보셔야 할 것 같습니다."

숨을 채 고르지도 못한 채 명호가 급히 말했다.

"무슨 일인가?"

"맹에서… 맹에서 사람이 왔습니다."

"……!"

*   *   *

광휘와 묵객이 대의전에 들어서자 분위기는 싸늘하기만 했다.

장원태는 불편한 표정으로 앉아 있었고, 능시걸은 매서운 눈으로, 모용상은 난감한 표정으로 중앙에 서 있는 장년인을 노려보고 있었다.

"다시 한번 말해 봐라! 뭐라 했느냐!"

"방주, 그렇게 화를 내서 해결될 문제가 아닙니다."

맹의 사람으로 짐작되는, 금빛 장포를 입은 장년인은 의젓한 태도로 말했다.

"순찰 부당주!"

결국 능시걸이 화를 참지 못하고 노성을 질러댔다. 그의 외침에 안을 메우던 장씨세가 사람들의 표정이 변했다.

"자네는 그 말을 믿는가! 팽가에서 하는 그 말도 안 되는 말을 믿고 얘기하느냐 말일세!"

그의 외침에 장년인은 잠시 뜸을 들였다. 하나, 다시 입을 열었을 때는 누구보다 신중한 눈빛으로 변해 있었다.

"제가 믿고 안 믿고는 중요한 게 아닙니다. 중요한 건 팽가가 그렇게 주장하고 있다는 겁니다."

맹의 사람은 능시걸의 격한 반응에도 전혀 위축됨이 없는 자세를 견지했다. 그는 무감정한 태도로 자신은 어디까지나 말을 전달할 뿐임을 정확히 표현했다.

"무슨 일이오?"

그 모습을 지켜보던 광휘가 옆에 서 있던 장웅에게 말을 걸었다.

"아, 오셨습니까, 광 대협."

장웅은 짧게 예를 갖추고는 곧장 말을 이었다.

"팽가에서 가주 팽자천의 죽음에 개방이 연루되었다고 주장했습니다."

"연루?"

"원기를 돋운다는 약을 보내 기식이 엄엄한 환자의 병세를 오히려 더 악화시켰고, 그 탓으로 가주가 타계했다는 주장입니다. 거기에 그치지 않고 운수산에 나타난 사파가 실은 개방의 수작이라고 주장하고 있습니다."

"…개방의 장로가 사망하기까지 했는데 사파를 끌어들였단 말이오?"

광휘가 이해되지 않는다는 시선으로 말했다.

장웅은 고개를 끄덕였다.

"예. 그 또한 자작극이라고 몰아붙이고 있지요. 어쨌든 그런 주장을 정식으로 맹에 보냈고, 때문에 방주께 직접 와서 해명할 것을 요구하고 있습니다."

생각지도 못한 말에 광휘는 미간을 찌푸렸다.

팽자천의 죽음과 개방이 무슨 연관이 있단 말인가. 그리고 사파를 이용해 장씨세가를 쳤다는 것 또한 무슨 말일까.

"그리고 모용세가에서는."

그사이, 순찰 부당주라 불리는 맹의 사람이 입을 열고 있었다.

"이번 운수산에 벌어진 싸움에 피치 못해 개입했다고 들었습니다만."

"허. 이제는 본 가에까지 화살이 날아드는 겐가?"

모용상이 기막혀 하자 순찰 부당주가 고개를 저었다.

"그것이 아니오라, 이번 일을 어느 누구보다 가까이에서 보았기에 증인이 될 것이기 때문입니다."

말하자면 참고인. 독살 음모에 대한 혐의는 아니었다.

모용상은 눈살을 찌푸리며 재차 물었다.

"그것도 팽가에서 요구한 것인가?"

"아닙니다. 이는 총관께서 제의하신 것입니다. 여의치 않으시면 거부하셔도 됩니다."

"크음!"

모용상의 수려한 얼굴이 다시금 찌푸려졌다.

말이야 거부할 수 있다고 하지만, 지금의 상황에서 모용세가가 개방의 처지를 외면할 수 있는 분위기가 아니었다. 싸움을 같이한 전우의 처지에서, 제 방파의 안위만 생각하는 소인배로 비칠 우려가 있었기 때문이다.

일방의 방주인 능시걸이야 그리 보지 않겠지만, 개방의 혈기 넘치는 다른 장로들이나 떠들어대기 좋아하는 강호의 호사가들은 분명 이 일에 대해 모용세가를 도마에 올릴 것이다.

"…자네의 말대로 본 가는 이번 일에 예의 사파 놈들과 직접 손속을 나눴네."

"그 말씀은……?"

"개방이 누명을 쓴 것을 뻔히 알고도 외면할 수야 없지. 가겠네. 방주, 마음을 푸시오. 이 사람이 방주에게 돌려진 혐의가 얼마나 터무니없는 것인지 직접 증언하리다."

"허어—! 참!"

능시걸은 여전히 분을 삭이지 못하고 개탄만 내뱉었다. 그러다가 노여움을 꾹꾹 눌러 삼키며 광휘를 보았다.

"차라리 잘됐네. 기다리고 있게나. 내 이번 일을 확실히 매듭짓고 오겠네."

여전히 붉어진 얼굴로 능시걸이 대의전 바깥으로 나갔다.

모용상은 골똘히 무언가를 생각하는 얼굴로 그를 따랐고, 돌덩이처럼 딱딱한 얼굴의 순찰 부당주가 그 뒤를 이어 사라졌다.

"허, 참. 무슨 일이 이런 식으로……."

대의전은 남은 사람들이 차례차례 뱉어낸 탄식으로 가득 찼다.

"팽가가 대체 무슨 생각이지?"

"팽인호 일 장로의 생각일까요? 아니면……."

"아니, 대공자 팽가운이 제소했다고 하지 않소."

그리고 자연스레 이게 어찌 된 일인지 추측하는 말들이 뒤를 이었다.

전혀 생각지도 못한 곳에서 팽가가 일을 키웠다. 장씨세가가 운수산에서 일어난 상황을 수습하기에도 급급한 상황에 맹에 보고를 먼저 해버린 것이다.

"맹의 총관이 모용세가를 불렀다고?"

상황을 지켜보던 광휘의 눈이 한 곳으로 희끗 돌아갔다. 묵객이 턱을 긁으며 뭔가 생각난 것이 있다는 식으로 입을 연 것이다.

"짐작되는 것이 있소?"

"내가 알기로 맹의 총관 서기종은 팽인호 장로와 제법 교분을 나누고 있는 것으로 알고 있소. 그 말인즉……."

"모용세가의 소환도 팽가의 의도라는 것이오?"

"그렇게밖에 볼 수 없지 않겠소? 다만… 왜 그들이 이러는지 나 역시 알 수가 없구려. 이건 마치 범죄를 저지른 죄인이 제가 나서서 순찰 포쾌를 불러들이는 형국인데……."

묵객이 자신 없다는 듯 말끝을 흐렸다.

만약에 팽가의 주장이 모두 거짓임이 밝혀지고 나면 앞으로 맹에서의, 그리고 강호에서의 팽가의 입지는 크게 약화될 것이 불 보듯 뻔했다. 그런데도 이런 무리수를 던지는 까닭을 이해할 수 없어서였다.

"확실히 일이 이상하게 돌아가는군. 이 공자?"

"네? 아, 네."

광휘의 말에 장웅이 놀라며 돌아보았다.

"당황하지 말고, 사람들을 모으는 게 좋겠소. 모용세가와 개방이 여기서 철수할 모양이오."

"아, 예. 그렇군요. 환송을……."

"환송? 그 말이 아니라 장씨세가를 지켜주던 병력이 다 빠진다는 말이오. 이젠 다시 호위무사들을 불러 제자리에서 일을 시켜야 할 것이오."

"아, 아! 맞습니다."

장웅이 얼굴을 붉히며 연신 고개를 끄덕였다.

하늘 같은 모용세가와 개방의 방주가 저런 일에 휘말리는 것을 보니 덩달아 어지간히 당황한 모양이었다.

광휘는 그런 그에게 마치 어린아이를 돌보듯 세심하게 말을 이었다.

"남은 사람 중에 성한 사람은 경계에 배치시키고, 아픈 사람은 환후를 돌보게 하는 게 좋겠소. 그게……."

힐끗.

말끝에 시선이 묵객을 향해 돌아왔다.

묵객은 문득 쓴웃음을 머금고 고개를 끄덕였다.

"그렇군. 아픈 사람은 환후를 돌봐야지."

사실 지금의 자신은 전력이 아니라 짐 덩이에 지나지 않았다. 이미 알고 있었으면서도 입맛이 씁쓸했다.

광휘가 뭔가 말을 하려 하자 묵객은 손사래를 쳤다.

"장난이오. 그냥 한번 얘기해 본 거요."

그러고는 대의전을 빠져나가 바로 걸음을 재촉했다. 이로 입술을 굳게 깨문 채.

*　　　*　　　*

"왔느냐?"

묵객이 밀실 안으로 들어가자 노천은 돌아보지도 않고 툭 말을 던졌다.

묵객은 말없이 그의 곁으로 다가가 바닥에 주저앉았다.

"내 다시 올 줄 알고 미리 약을 만들어놨다. 그런데 이리 빨리 올 줄은……."

"그럼 주시오."

"녀석 참, 성격하고는."

슥슥슥.

노천은 탕약에 뭔가를 비벼대고 있었다. 그리고 한편에 올려놓은 절굿공이를 다시 빻기 시작했다.

"다시 한번 생각해 봐라. 굳이 섶을 들고 불에 뛰어들 이유가 있느냐? 몸의 기력을 더 회복하고 난 뒤에 하는 것이 더 좋은……."

"그땐 늦소."

"……."

"그땐 이미 늦소, 어르신."

묵객은 결연한 표정으로 고개를 들어 노천을 바라봤다.

한동안 시선이 마주치자 노천은 입꼬리를 올리며 말했다.

"알겠다, 이놈아."

그는 절굿공이에 있는 것들을 탕약에 집어넣었다. 그러고는 다른 약재를 넣어 마무리 작업에 들어갔다.

잘박잘박. 바지직!

전갈의 꼬리. 뱀의 독낭. 그리고 뭔지 알고 싶지도 않은 흉측한 것들이 부글부글 섞이며 끓어올랐다.

한참을 그가 끓이고 조합한 탕약은 신기하게도 물처럼 맑았다.

"자, 마셔라."

쭈우욱!

묵객은 그대로 약사발을 받아 찌꺼기조차 남기지 않고 단숨에 비워 버렸다.

부르르르!

그리고 눈살을 찌푸렸다. 오장에서, 기경팔맥에서 심상치 않은 요동이 일기 시작한 것이다.

"지난번 저놈들이 먹은 약보다 족히 세 배는 진한 놈이다. 지금 즉각 가부좌를 틀고 운공에 들어가라."

"알겠소."

묵객은 두말 않고 노천이 시키는 대로 했다.

확실히 목을 타고 배 속으로 탕약이 넘어간 순간부터 보통의 약재가 아니라는 느낌이 들었다.

우르르릉!

삽시간에 오장을 지나 단전에서 미친 듯이 끓어오르는 뜨거운 기운.

이걸 여기서 다스리지 못하면 정말로 죽어버릴 터였다.

"곧 있으면 아예 못 보게 될지도 모르니까 하나만 묻자."

본인이 집중해서 운공하라고 하지 않았던가? 묵객은 쓴웃음을 지으며 노천의 호기심 가득한 눈을 마주 보았다.

"지금 무슨 생각을 하고 있느냐? 자칫 죽을 수도 있을 텐데.

주마등이라든가, 그런 게 보이느냐?"

"그런 게 궁금하셨소?"

묵객은 그만 실소하고 말았다. 그러고는 다시금 고개를 크게 내저었다.

"아무 생각도 없소. 그저 지금 상황을 극복하고 살아남을 생각뿐이오. 실패한다면 죽을 것이고, 성공한다면……."

멈칫!

말하다 말고 묵객이 경악으로 눈을 부릅떴다. 자칫하면 죽을 수도 있다. 그 말이 뇌리 한편을 건드린 것이다.

'…팽가가?'

"응? 온 게냐? 벌써 온 게야? 조금 빠른데?"

주춤주춤 노천이 발 뺄 준비를 했다. 묵객이 눈을 부릅뜨는 것을 보고 지레짐작한 것이다.

'지랄발광의 시작이야!'

능자진, 곡전풍, 황진수의 경우에서도 보았지만, 저 영약은 사람을 자지러지도록 고통스럽게 만든다. 그러니 묵객도 고통을 겪을 것은 당연했다.

하물며 그가 좀 전에 들이켠 약의 농도는 앞선 세 사람의 세 배가 넘지 않은가!

"기, 길지는 않을 게다. 조금만 참아라! 그럼 나는 나중에 다시 오마!"

후다닥! 덜커덩! 쿵!

급하게 문을 닫으며 노천이 결국 내뺐다.

묵객은 그가 그러거나 말거나 자신이 떠올린 실마리에 집중했다.

'팽가가… 죽음을 각오하고 밀어붙이고 있다?'

그의 뇌리에 천둥처럼 들려오는 말소리.

조금 전 대의전에서 사람들이 가졌던 의문.

"팽가가 대체 무슨 생각이지?"

대체 무슨 생각으로 일을 이렇게 키우는지 알 수가 없다는 중론이었다.

묵객 또한 그랬다. 하지만 지금은 알 수 있었다. 바로 본인 자신이 죽음을 무릅쓰는 지금 이 순간에서야!

"우리를 속이기 위한 고육지책(苦肉之策)… 어르신! 어르신!"

"환송? 그 말이 아니라 장씨세가를 지켜주던 병력이 다 빠진다는 말이오."

"모용세가와 개방이 여기서 철수할 모양이오."

광휘가 말한 바대로였다. 하지만 그도 절반만 알고 있었던 모양이다.

운수산의 사투 이후, 며칠간 기진맥진한 장씨세가는 모용세가와 개방이라는 든든한 나무 그늘 아래서 마음 놓고 쉴 수 있었다.

그런데 그 든든하던 나무가 갑자기 치워졌다. 그건 달리 말해, 장씨세가가 가장 약해진 최악의 상황에서 아무도 그들을 지켜주지 않는다는 것.

맹이 이 사건에 관여했다는 것이 오히려 방심을 유도하고 있는 것이다.

"어르신! 노천 어르신! 크아아악!"

마음이 급했다. 묵객은 몸을 일으키려 했지만 그조차 여의치 않았다.

우르르룽!

단전에서 뻗어 나간 기의 폭풍은 이제 그의 기경팔맥을 넘어, 사지백해의 세맥까지 뻗어 나가며 미친 듯이 날뛰고 있었다.

'전갈… 전갈을! 늦으면 모든 게 끝난다! 제발!'

묵객은 이를 악물고 몸을 움직여, 시커먼 독물이 가득 든 약사발로 벌벌 기어갔다.

푸욱!

진득하고 시커먼 독액 덩어리를 마비된 손으로 찍고 끈끈해진 손가락을 바닥에 그었다.

지익. 지익.

'광 호위! 생각하시오! 떠올리시오! 장련 소저가! 아니! 장씨세가 전체가 자칫하면……!'

띠이잉! 와르르르룽!

그 순간, 묵객의 정신을 유지시켜 주던 마지막 무언가가 끊어졌다. 그는 끔찍한 격통에 폐부 저 깊은 곳에서 솟아오르는 비명을 내질렀다.

"으… 아아아아아아아—!"

*　　　　*　　　　*

"휴우… 이제 좀 진정됐나?"

두 시진 뒤, 바깥에서 이제나저제나 하고 기다리던 노천은 빼꼼히 문을 열고 안을 들여다보았다.

"쯧쯧. 어이구, 입술이 다 터졌구먼."

예상했던 대로 묵객은 온몸이 뒤틀린 채로 기절해 있었다. 능자진, 황진수, 곡전풍의 경우와 달리 입가에 시뻘건 피거품을 머금고 있다는 게 다르긴 했지만.

투덕. 투덕.

혹여나 죽을까 싶어 비틀린 사지를 바로잡고, 묵객의 기도를 열어주던 노천은 문득 고개를 갸웃거렸다.

"응? 이건 또 뭐야? 뭐라고 쓴 게야?"

바닥에 질질 시커멓게 독으로 써 갈긴 글자.

얼핏 보면 글자인지 병자의 지랄발광인지 모를 지렁이처럼 기어가는 몇 자의 선들.

"안… 만? 천, 과… 이건 해로군. 응? 만천과해?"

퍼뜩!

노천의 얼굴에 긴장이 서렸다.

묵객이 정신을 잃기 직전, 그가 남긴 마지막 글은 단 아홉 글

자였다.

  一瞞天過海. 今日夜. 危急!(만천과해. 금일 밤. 위급!)

第四章
잠입

맹의 사신이 장씨세가를 방문하기 하루 전.

산림이 우거진 소로의 바위 위에 한 노인이 편안히 앉아 있었다. 어디서 구했는지 노인의 손엔 나무 찻잔이 들려 있었는데 김이 모락모락 피어올랐다.

"흐음."

차를 한 모금 들이켠 노인은 무릎 위에 찻잔을 조심히 내려놓았다. 그러고는 평온한 표정으로 눈을 감았다.

그렇게 좀 시간이 지났을까. 노인은 천천히 눈을 뜨며 자리에서 일어났다.

스윽.

총 여섯의 사람들이 그를 바라보고 있었다. 다섯은 어두운

복장이었고, 한 사내는 남색 복면인이었다.

"어떻게 된 것이오? 이야기가 다르지 않소."

밀영대주 담귀운이 한 발 나서며 대뜸 물었다.

꽤 흥분한 상대의 목소리를 느낀 탓인지 노인의 눈썹이 꿈틀 댔다.

"쯧쯧쯧. 자객이라는 자가… 감정 조절이 이리 되지 않아서 야 원……."

"뭐요?"

"우선 내 소개부터 하겠네."

담귀운의 말을 자르듯 말한 노인이 읍을 해 보였다.

"본인은 팽가의 일 장로, 팽인호란 사람일세."

"……."

얼굴을 가린 복면 위로 담귀운의 미간이 내 천(川) 자를 그렸 다. 상대가 의도한 바를 느낀 것이다. 하나, 상대편에서 이름을 밝힌 상황에서 형식적인 예의를 차릴 수밖에 없었다.

"밀영대주 담귀운이오."

"오호, 멋진 이름이구먼."

넉살 좋게 말한 팽인호는 야월객 쪽으로 움직였다. 그러자 한 사내가 대표로 나서며 입을 열었다.

"난 야월객이라 하오. 굳이 우리들의 이름은 들을 필요 없 겠지."

"맞는 말이네."

팽인호는 그런 모습이 재밌다는 듯 미소를 띠며 말했다.

"그래, 말해보게. 이야기가 다르다고? 뭐가 말인가?"

팽인호가 다시 담귀운을 바라보자 그는 기다렸다는 듯 말했다.

"모용세가가 왜 운수산에 온 것이오? 그들이 온다는 얘기는 없지 않았소? 그리고 이번 일에 왜 개방 방주가 관여하고 있다는 사실을 우리에게 말하지 않았소? 자칫 잘못하면 모두 몰살당할 뻔했소. 또한!"

담귀운은 눈을 번뜩이며 말을 이었다.

"기존에 알려져 있던 장씨세가와 개방 외에 다른 고수들은 누구요? 흑마대와 불명귀가 제대로 힘을 쓰지 못했다는 건, 당신이 말한 자들 외에 다른 조력자들도 있었다는 말이 아니오!"

팽인호는 담귀운의 말을 조용히 경청했다. 그리고 그의 말이 끝나고 난 뒤 그를 향해 입을 열었다.

"이야기는 그게 다인가?"

"……."

이제 담귀운은 미간이 아닌 얼굴을 일그러뜨렸다. 상대가 자신의 말을 제대로 듣지 않았다는 느낌을 받은 것이다.

"옆의 야월객분들은?"

팽인호는 그런 그를 신경 쓰지 않고 가볍게 야월객 쪽으로 시선을 돌렸다. 그들은 묘한 눈빛을 보일 뿐, 누구 하나 입을 열지 않았다.

"좋네. 대충 불만이 어떤 건지는 알 듯하니 이제는 내가 얘기하도록 하지."

팽인호는 불신 섞인 눈빛들을 지그시 응시하며 허리를 숙였다. 그리고 바위 뒤에 가려져 있던 기다란 목함을 들고는 자신 앞에 내려놓았다.

"이게 뭐요?"

담귀운이 물었다.

"약속했던 보수네. 폭굉."

팽인호가 목함의 뚜껑을 열자 그곳을 바라보던 눈빛들이 각기 변했다. 그 안엔 둥그런 놋쇠 구체 여덟 개가 놓여 있었기 때문이다.

"귀문의 몫까지 함께 넣었네. 비록 의뢰를 성공시키지 못했지만 우리 쪽의 착오도 있었으니 주는 게 맞겠지. 가져가게."

전혀 예상치 못한 광경에 그들끼리 서로 마주 보았다. 그러다 담귀운이 먼저 움직였다.

"잠깐."

그때였다. 팽인호가 손을 내젓자 모두의 시선이 그에게로 모아졌다.

"그 전에 괜찮은 의뢰가 생겼는데, 한번 해보겠나?"

"거절하겠다."

생각할 시간도 갖지 않고 야랑이 야월객을 대표해 대뜸 나섰다.

"우린 자객이다. 제대로 된 정보 없이 일을 하지 않는다. 이번 일은 그냥 넘어가겠지만, 앞으로는 제대로 된 의뢰만 받겠다."

목소리는 크지 않았지만 경고가 담겨 있었다. 그러나 팽인호는 가볍게 웃으며 그에게 한마디를 더 물었다.

"자네들이 받은 벽력탄의 위력이 지금보다 최소 다섯 배 이상 강해지는 의뢰라 해도?"

"……!"

팽인호를 바라보던 시선들이 꿈틀댔다.

개량된 벽력탄.

이전에 그들이 건네준 벽력탄 하나가 반경 오 장 안에 있는 무인들을 삽시간에 날려 버렸다. 한데 그보다 몇 배나 더 강한 벽력탄이라니.

적은 인원으로 상대를 제거하는 일에 특화된 자객들이니만 큼 그 의미가 어떤 것인지는 누구보다 잘 알고 있었다.

"어떤가. 해보겠나?"

팽인호의 채근에 야월객들이 서로 시선을 교환했다.

약간의 고민을 한 끝에 담귀운이 입을 열었다.

"우리가 당신의 말을 어떻게 믿소? 이번에도 모용세가 같은 일들이 일어나지 않으리란 보장이 있소?"

"이번 일은 믿을 수 있을 거네. 당신들도 아는 자들이니까."

"……?"

"참고로 이번 의뢰는 임무를 달성하는 동시에 보수를 받을 수 있네. 왜냐면 그곳에 가야 재료를 찾을 수 있거든."

팽인호는 식은 차를 한 모금 들이켜며 말을 이었다.

담귀운이 물었다.

"그곳이 어디요?"

"장씨세가."

"……!"

그 말에 잠시 침묵이 일었다.

"지금 농담하는 게요?"

그리고 그 침묵을 담귀운이 깼다.

"이런 걸로 농담을 할까."

"지금 장씨세가에 누가 있는지 알고 있소?"

팽인호가 모르는 듯이 고개를 저었다.

"누가 있는가?"

"개방과 모용세가요. 그들이 장씨세가를 비호하고 있는 판국에 침투하라고? 우리더러 죽으라는 게요, 아니면 그만큼 병신으로 보이는 게요?"

"흐으음."

팽인호가 다시 한번 식은 차를 들이켠 후 말했다.

"개방과 모용세가만 없으면 할 수도 있겠다는 말이로군?"

"……!"

의도를 읽기 힘든 물음이었다.

팽인호는 알 듯 말 듯 한 미소를 지으며 말을 이었다.

"개방과 모용세가는 내일 아침 떠날 것이네. 그들이 나가면 가주와 이 공자의 처소를 찾게. 그 안에 통이든 서랍장이든 뒤져보면 흰색 가루가 보일 것이네. 그것이 바로 이 벽력탄의 위력을 더욱 높여줄 걸세."

팽인호는 이미 그들이 한다는 가정하에 말하고 있었다.

"그게 그 재료인가? 그 재료라는 게 폭굉의 폭발력을 강화시켜 준다는 걸 어떻게 믿지?"

이제껏 침묵하던 야월객 중 눈동자가 온통 검은 사내가 말했다. 이제는 대놓고 '너희를 어찌 믿느냐'는 의심을 숨기지 않고 있었다.

"그건 우리가 왜 장씨세가란 자그마한 집안과 싸우고 있는지 생각해 보면 쉽게 답이 나올 거네."

팽인호의 말에 담귀운의 눈이 가늘게 뜨였다.

"그 말은……?"

"석염이라 하네. 지금 자네들에게 건네준 폭굉의 위력을 다섯 배 이상 강하게 만들어주는 촉매지."

팽인호는 거기서 힐끗, 먼 산을 보듯 시선을 돌렸다. 아무래도 대놓고 거짓을 말하기는 조금 껄끄러웠던 것이다.

"뭐랄까, 사람은 죄가 없으나 보물을 가진 것이 죄라고 할까. 장씨세가는 그게 뭔지도 모르고 가지고 있지. 마침 우리는 그것이 어디에 쓰이는지 알고 있고."

"다섯 배……."

"그 정도면……."

담귀운만이 아니라 나머지 야월객들 또한 눈에 탐욕이 서렸다.

그때 야월객 중 유일한 여인, 묘영이 비죽거리며 말했다.

"확실히 보물이라 할 만하군. 금의위(錦衣衛) 대영반(大領班)이라도 잡을 수 있겠어."

금의위란 황제의 곁에서 궁정 수호, 경성 안팎의 순찰, 죄인 체포, 심문을 전담하는 황실 최정예 고수들을 가리킨다.

대영반은 금의위 수장.

즉, 그런 폭굉만 있다면 그 어떠한 고수라도 제압할 수 있다는 말이었다.

"그러고 보니 금단상단의 상단주가 금 삼만 냥이던가?"

"클클클!"

자객에게 떨어지는 의뢰. 그중 값비싼 의뢰는 구대문파 장문인이나 무림세가 가주 같은 강호인들만이 아니었다. 조정의 권력자, 혹은 금력을 지닌 상인들.

자객에게 뛰어난 살상력을 지닌 무기란, 다른 말로 황금 그 자체나 다름없는 것이다.

"받지, 그 의뢰."

야월객 다섯 명 모두의 고개가 가볍게 끄덕여졌다.

*　　　*　　　*

"그럼 가보겠소이다."

능시걸과 모용상이 밖으로 나서자 개방 사람들과 모용세가 사람들도 함께 채비하며 길을 나섰다. 일가를 대표하는 장(長)이 움직이니 그들이 나설 수밖에 없었던 것이다.

그런 그들과 함께 장씨세가에서도 따라나선 사람들이 있었다. 그중 가장 눈에 띄는 인물은 바로 가주 장원태였다.

"장씨세가에서 벌어진 싸움이다. 해명을 한다면 이쪽에서 먼저 하는 것이 맞다."

결심을 굳힌 듯 말하는 그의 행동에 장씨세가 사람들은 더는 붙잡을 수 없었다.

그렇게 그들은 정오가 다가올 즈음에 장씨세가를 떠났다.

겨울은 해가 짧다.

정오가 지난 지 몇 시진 되지 않아 금세 어두워졌다.

노을이 장씨세가를 비추는 저녁.

장서고 앞뜰에 나와 있던 광휘는 맨바닥을 보며 조용히 상념에 잠겨 있었다.

'아무리 생각해도 의도를 알 수가 없다.'

앞서 대의전에 나타난 맹의 사절. 분명 팽가가 손을 쓴 결과물일 것이다. 그렇기에 광휘는 더더욱 이해할 수 없었다.

어차피 이번 사건은 개방과 모용세가가 팽가에 대한 맹의 처분을 요구해야 할 사안이었다. 그렇기에 팽가는 빠져나갈 타개책을 강구하고 있어야 하는 것이 상식이었다.

그들의 뒤에 맹의 총관이 관여돼 있다고 하지만, 제아무리 총관이라 하더라도 개방과 모용세가가 관여한 사안이다. 사파의 개입이라는, 빠져나갈 수 없는 명분이 있기 때문이다. 그러함에도 굳이 그들이 먼저 모용세가와 개방을 불러들이는 이유가 무엇이란 말인가.

'상황을 반전시키는 패(牌)가 있다는 말일까?'

광휘는 그쪽으로 생각이 기울고 있었다. 다만, 그것이 뭔지에 대해선 아직까지도 생각나는 것이 없었다.

"⋯⋯!"

생각에 잠겨 있던 광휘의 표정이 갑자기 굳어졌다. 그리고 머리에서 서늘한 바람이 감돌듯 수많은 생각들이 스쳐 지나가기 시작했다.

목책(木柵) 둘레 십이 장(丈).

목책 너머 우측 다섯 자 옆의 버드나무.

이 근방의 건물 여섯.

창이 있는 건물 넷.

자신 쪽을 바라보는 창문 셋.

주위를 지나다니는 사람 다섯.

잰걸음 보폭 셋, 뛴 걸음 둘.

덜덜덜.

새로운 정보를 받아들이던 광휘의 시선이 자신의 왼손으로 향하다 화등잔만 하게 커졌다.

작은 경련이 일고 있었다. 각반과 가죽으로 덮여 있던 왼손은 자신의 의지와 상관없이 천천히 떨리고 있었다.

'대체 이건⋯⋯.'

발작이다. 한동안, 아니, 이제는 전혀 없을 것 같던 발작이 또다시 시작된 것이다. 사라졌던 감각이 돌아옴과 함께.

"뭘 그리 골몰하기에 사람이 오는 것도 모르는가?"

노쇠한 목소리에 광휘는 급히 왼손을 감추며 고개를 들었다.

그곳엔 황 노인이 자신을 내려다보며 지그시 웃고 있었다.

"잠시 옆에 앉아도 되겠는가?"

광휘가 고개를 끄덕이자 그는 옆자리에 천천히 앉았다.

"의원의 말로는 아직 다 낫지 않았다는데… 이렇게 움직여도 괜찮은가?"

"난 괜찮소."

대수롭지 않게 말하는 광휘의 말에 황 노인은 씨익 웃어 보였다.

"무슨 고민인지 들어볼 수 있겠는가? 뭐, 내가 자네보다 나은 것이라곤 좀 더 산 것뿐이지만, 그래도 혹시 아는가. 자네에게 도움이 될 수 있을지."

황 노인은 밝은 웃음을 띠며 광휘를 향해 말을 붙였다. 하나, 광휘는 여전히 맨바닥을 보고 있었다.

"고민 같은 건 없소."

있긴 있지만, 남에게 말해봐야 아무 위안도 받을 수 없는 고민이라는 것이 문제였다.

그 모습에 황 노인은 머리를 긁적이며 말했다.

"오지랖이 넓었구먼. 미안하네. 사실 내 주제에 자네 같은 자에게 무슨 도움이 되겠나. 나이만 먹었지, 제대로 할 줄 아는 게 없는데. 허허허. 그냥 한번 말이라도 붙여보고 싶었네. 신경 쓰지 말게."

"어르신."

황 노인이 무안한 듯 자리에서 다시 일어설 때쯤, 광휘가 그를 불렀다. 그리고 황 노인이 고개 돌려 바라본 한참 뒤에야 입을 열었다.

"신검합일이란 말을 아시오?"

"신검합일?"

황 노인이 고개를 갸웃거리자 광휘가 대답했다.

"검과 사람이 하나가 된다는 말이오. 무인들은 흔히 그것을 무(武)로 이를 수 있는 최고의 경지로 일컫기도 하오."

"아, 그런가? 그래, 그러고 보니 들은 기억이 나는구먼. 허허허"

황 노인은 어색한 자세로 웃으며 머리를 긁적였다.

소싯적에 삼류 무사로 강호를 잠시 떠돌아다닌 적이 있던 그였다. 한데, 너무 세월이 오래되어 그런 단어가 있었는지 어땠는지조차 기억이 가물가물한 것이다.

"그 경지에 오르려고 하던 내가 들은 말이 있소. 무공에 관한 생각을 버려야 한다고. 즉, 모든 걸 버리면 그 경지에 오를 수 있다고 했소."

"……"

"정말 열심히 했었소. 조금이라도 실마리를 얻기 위해 한겨울에 폭포를 맞아보았고, 살이 에일 듯한 찬바람을 견디고 면벽수행도 해보았소."

황 노인은 점점 진지해지는 광휘를 말없이 바라보고 있었다.

"결국 이르지 못했소. 많은 조언을 얻고 실행에 옮겼는데도 닿기는커녕 점점 멀어질 뿐이었소. 그리고 이제는 그것이 정말 맞는 것인지 의심까지 드는 상황이오."

광휘는 고개를 들어 황 노인을 향해 물었다.

"어르신이라면 어떻겠소? 어르신이 나라면, 이 상황에서 어떻게 해야 될 것 같소?"

분명 그답지 않은 행동이었다. 조금 전 일어났던 발작 때문인지 지금의 광휘는 평소와 달리 마음의 틈이 벌어져 있었다.

"흐으음."

황 노인은 잠시 시선을 석양이 보이는 저편에 두었다. 그리고 조금 생각을 해보던 그가 고개를 저으며 광휘를 향해 말했다.

"난 자네 말을 이해하지 못하겠네."

"무슨 말이오?"

"무공을 버렸다고 했는데 자넨 무공을 쓰고 있지 않은가?"

"정확히 말하자면 무공이 아닌, 초식을 버린 게요. 그로 인해 파생되는 내공의 변화도 함께."

"아, 그런가."

황 노인은 고개를 끄덕였지만 여전히 이해하지 못한 듯 보였다.

그러던 중 그는 다시 한번 말을 이었다.

"한데 말이야, 광휘. 그 사람들은 신검합일에 올랐던 사람들인가?"

"……?"

"자네 말대로 그들의 말이 맞으려면 그들은 신검합일에 도달한 자들이어야 하지 않겠는가?"

광휘는 잠시 기억을 더듬다가 고개를 저었다.

"아니오. 그들 중 아무도 신검합일에 오르지 못했소."

"그럼 그들도 모르는 게군. 어쩌면 잘못된 방법일 수도 있다는 말일 테고."

"잘못된……."

광휘의 눈이 흔들렸다. 단 한 번도 생각하지 않았던 부분이었다. 하지만 광휘는 이내 강하게 부정했다.

"그럴 리 없소. 그간 그들의 방법으로 큰 효과를 볼 수 있었소."

"아, 그런가. 자네가 그렇다면 그런 거겠지."

황 노인은 이해한다는 표정으로 고개를 끄덕였다.

그러다 뭔가 또 생각난 듯 말을 걸었다.

"그런데 신검합일을 위해 무공에 관한 생각도 버려야 한다고 했지?"

"그렇소."

"그럼 무공을 버린다는 그 생각도 버려야 하는 것이 맞지 않겠는가? 버린다는 생각, 그 자체에 너무 집착하고 있어서 하는 말일세. 내 신검합일에 대해서는 모르겠네만, 그 경지에 오르면 검만 쓸 수 있고 내공도, 초식도 아예 사용하지도 못하는 건 아니겠지?"

"……!"

그 말에 광휘의 눈동자가 흔들리고 있었다. 전혀 예상치 못한 접근 방법에 그는 뭐라 대답을 하지 못하고 있었다.

"과거 외총관 일을 했을 때 말일세, 간혹 돈이 아닌 상대의 마음을 움직여야 할 경우가 생기네. 한데, 이 사람을 반드시 설득해야 한다, 그런 생각을 가지고 있을 때는 외려 교섭이고 설득이고 안 먹히더군."

"……."

"그때는 그저 몇 번이고 부딪치며 방법을 찾는 수밖에 없더란 말일세. 몇 번이고 몇 번이고 방법을 바꿔가며."

황 노인은 웃으며 또다시 머리를 긁적였다.

"제대로 된 비교는 아니겠지만, 왠지 자네가 처한 상황이 비슷하게 들리는 듯해서 얘기해 봤네. 오지랖이 너무 넓었구먼. 미안하네."

하나, 그의 말과 달리 광휘는 진지한 눈빛을 그에게 보내고 있었다.

그동안 버리기 위해 노력했다. 그리고 다 버렸다고 생각했는데, 정작 그의 말을 들으니 그런 생각은 버리지 못했던 것이다.

황 노인의 말대로 버리는 것만이 답이 아닐지도 모른다. 그것을 황 노인이 각인시켜 주고 있었다.

"내가 다시 무공을, 초식을 쓴다면……."

광휘가 뭔가 알 듯 말 듯한 상념을 정리하고 있을 때였다.

"이보게, 광 호위!"

그때였다. 멀리서 한 노인이 엉거주춤한 걸음으로 달려오고 있었다. 노천이었다.

"여긴 어인 일로……."

"아, 자네도 있었는가. 일단 알겠고."

황 노인은 급히 예를 차렸으나 노천은 그를 본체만체하고 광휘를 향해 고개를 돌렸다.

"묵객이 내게 뭔가를 남겼네."

"……?"

"뭔가 반드시 남겨야 할 말이었는지 약 찌꺼기를 찍어서 급하게 썼더군. 만천과해… 뭐라 적혀 있던데, 혹시 자넨 아는 바가 있는가?"

"만천과해?"

"그래, 만천과해."

하늘을 기만하고 바다를 건넌다.

손자병법에 나오는 이것은 상대의 심리적 맹점을 이용해 이변을 일으킬 때 쓰는 말이었다.

'묵객이 뭘 말하려 한 거지?'

광휘는 잠시 생각에 잠겼다.

'만천과해라면 혹시 상황을 반전시키는 패가……'

순간 광휘는 뭔가 떠올랐는지 황 노인에게 소리쳤다.

"어르신! 빨리 외원 밖으로 가 사람들을 속히 내원 안쪽으로 불러 모으십시오! 그리고 노 어르신은 무사들에게 전부 내원을 방비하라 이르십시오."

"……?"

"……?"

"계략이었습니다. 운수산에서 살아남은 사파 녀석들이 곧 이곳을 칠 겁니다!"

황 노인과 노천은 광휘의 말에 그제야 상황을 납득했다.

*　　　*　　　*

휘이이잉.

석양이 진 저녁.

장씨세가의 외원이 내려다보이는 산기슭에 몸을 낮춘 인형들이 신호를 기다리고 있었다. 조금 전, 이곳에 도착하여 채비를 모두 끝마친 그들이었다.

스슥.

가장 앞줄에 선 자가 장씨세가 외원을 바라보다 손을 들어 올렸다. 그는 뒤쪽을 한 번 바라보더니 짧게 손가락을 까딱였다.

"가지."

스스스스슥.

야월객의 신호가 떨어지자 삼십여 명의 밀영대 대원들이 움직이기 시작했다.

장씨세가의 서산(西山)으로부터 이어진 태동의 불길이 서서히 피어오르고 있었다.

*　　　*　　　*

"송 영감, 빨리 가세. 뭐 하는가!"

누군가 창밖에서 고래고래 소리치자 농기구를 정리하던 노인의 손이 분주히 움직였다. 짐 정리를 끝낸 그는 재빨리 방에서 뛰어나왔다.

"미안하네. 대충 하려고 했는데 하다 보니⋯⋯."

"지금 그럴 정신이 어디 있는가? 이미 다른 사람들은 장씨세가 내원으로 피신했다고. 우리만 늦었네!"

장무(張務)의 외침에 송삼(宋參) 영감이라 불리는 노인은 머리를 연신 꾸벅였다.

"가세."

장무는 그런 그를 한 번 노려보고는 바삐 몸을 움직였다.

"그런데 왜 모이라고 했던가?"

조용히 뒤따라가던 송삼이 어수룩한 말투로 물어보자 장무는 다시금 눈을 찌푸렸다.

"얘길 못 들었나?"

"응? 무슨 얘기?"

"이곳에 곧 흉악한 자들이 출몰한다기에 우리더러 내원에 모이라 한 걸세."

"흉악?"

송 영감이 의아한 표정으로 고개를 갸웃거렸다. 그러고는 잠시 뒤 그를 향해 다시 물어 왔다.

"그럼 우리는 내원 어디로 가야 하는 건가?"

"이 사람이 정말⋯⋯."

장무가 다시 눈을 찌푸리며 말했다.

"대청이네! 조금 전에 내 몇 번을 말하지 않았던가? 대체 정신을 어디다 팔고 있는가!"

"아, 미안하네. 요즘 오락가락해서 말이지."

장무는 짜증스럽게 그를 바라본 뒤 앞장섰다. 그런 그를 향해 송 노인은 엉거주춤한 걸음으로 뒤따라갔다.

*   *   *

대의전 앞에는 노천을 비롯한 능자진과 곡전풍, 황진수가 나와 있었다. 그들은 조금 전 광휘가 건넨 말에 말문이 막힌 듯 한동안 말이 없었다.

"정말 그렇다고 보는가?"

노천이 확인하려는 듯 다시 한번 물었다. 광휘가 말없이 고개를 끄덕였다.

"알겠네."

그는 고개를 끄덕이며 앞서 먼저 자리를 떠났다.

뒤이어 곡전풍과 황진수도 읍을 해 보이며 자리를 떠났다.

"아쉽게도 대협과의 비무는 이번에도 성사되지 못하나 봅니다."

마지막으로 남은 능자진이 아쉬운 듯 말을 건넸다. 광휘가 시선을 내리깔고 고개를 끄덕이자 그는 읍을 해 보이며 말을 이었다.

"걱정하지 마십시오. 단 한 명도 장씨세가를 건들지 못하게 만들겠습니다."

능자진은 그 말을 남기고 그곳을 떠났다.

광휘는 그런 그의 뒷모습에 꽤 오랫동안 시선을 두다 전각 안으로 발걸음을 돌렸다.

내원의 입구에서 가까운 전각.

그곳엔 장웅과 장련, 황 노인을 포함한 장로와 방계 쪽 주요 인사들이 모여 있었다. 다만, 특이한 점이라면 명호와 나한승이 와 있다는 것이었다.

광휘가 그들 앞으로 한 발 다가서자 황 노인이 기다렸다는 듯 말했다.

"대략 삼백오십 명 정도 되네. 이들을 일단 대청 안으로 들게 했네."

황 노인은 광휘가 부탁한 대로 그들을 대청으로 모이게 했다.

광휘는 조용히 고개를 끄덕였다.

"대협, 전 아무리 생각해도 이해가 되지 않습니다. 정말 적들이 이곳을 치러 오겠습니까?"

장웅이 먼저 운을 떼며 솔직한 속내를 털어놓았다. 무림맹이 지켜보고 있는 사건이다. 거기다 맹의 사절이 다녀간 마당에 멸문을 각오하지 않고서야 사파가 침입해 온다는 것은 이해할 수 없었다.

"저도 그리 생각합니다. 사파를 이용한다면 팽가가 의도한 싸움은 결국 자신들의 발목을 잡게 될 것입니다. 그들이 그런 무모한 싸움을 하겠습니까?"

일 장로 역시 장웅의 의견에 한 팔 거들었다.

그의 생각에 동의하듯 장씨세가 주요 인사들 역시 광휘를 바라보았다.

"무모한 싸움이기 때문에 달려드는 것이오."

시선이 모이자 침묵하던 광휘가 그들을 향해 고개를 들었다.

"죽은 자는 말이 없는 법이니까."

"……!"

각(閣) 내에 싸늘한 분위기가 흘렀다.

생각해 보면 광휘의 말이 맞았다. 아무리 팽가라도 개방과 모용세가 둘을 힘으로 누르는 건 불가능하다. 하지만 장씨세가 정도는 단숨에 지울 수 있다.

묵객처럼 극단적인 상황에 놓인 이만이 떠올릴 수 있는 선택이었으리라.

"만약에 광 호위의 말이 사실이라면… 대청과 대의전으로 나눌 게 아니라 각자 흩어져 살길을 모색하게 하는 것이 좋지 않겠습니까? 그리고 내원 안의 사람들은 성문의 방비를 좀 더 튼튼히 하는 것이 좋지 않겠습니까?"

장웅은 하인들을 대청에, 내원 사람들은 대의전에 머물게 해 달라는 광휘의 생각에 여전히 의문을 띠고 있었다. 그럴 바에야 차라리 전부 흩어져서 화를 피하는 방법이 더 낫겠다고 생각하고 있는 것이다.

"그건 자객, 살수들의 싸움 방식에 대해 모르고 하는 소리십

니다."

그때 명호가 끼어들며 장웅의 말을 받았다.

광휘를 향하고 있던 시선이 그에게로 이동했다.

"살수들은 각개격파에 능한 자들입니다. 추격이나 암살을 즐기는 데 특화되어 있지요. 그리고 인질들을 사로잡으면 더 위험해집니다. 그들을 어떻게 이용해야 하는지, 어떤 식으로 움직여야 하는지 잘 알지요. 그렇기에 그들을 상대할 때 미리 대비하는 것이 가장 중요합니다."

"…으음."

"이는 무공이 뛰어난 자도 예외는 없습니다. 사생결단을 하고 짓쳐들어오는 칼날을 무공의 고하(高下)로 막아내는 데는 한계가 있으니까. 그 말은 결국……."

명호는 주위를 훑어보며 말을 이었다.

"지금처럼 두 곳으로 나눠 모여 있는 것이 훨씬 더 도움이 된다는 것입니다."

자객, 살수들의 장기는 기습이고 야습이다. 그걸 포기하고 정도 무인들이나 할 법한 정면 승부를 해올 리가 없다.

천중단 내 살수 암살단 출신인 광휘가 짚은 점은 바로 그것이었다.

"그럼 앞으로 우리가 어떻게 하면 되겠습니까?"

장웅의 물음에 명호가 다시 답했다.

"능자진과 곡전풍, 황진수는 노천 어르신과 함께 대청에 머물 겁니다. 외총관 황 어르신도 그곳에 가주시면 될 것 같습니다."

황 노인이 고개를 끄덕이자 명호는 장련 쪽으로 시선을 돌렸다.

"그리고 저와 나한승 세 분은 이 공자와 장련 소저의 호위를 위해 대의전에 머물 것입니다."

그 말에 나한승 세 명이 반장을 하며 동의 의사를 표했다.

다만, 장련은 뭔가 의아한 듯 광휘 쪽으로 시선을 돌렸다. 하지만 무슨 말을 할 것처럼 바라보던 그녀는 이내 고개를 숙이며 말을 붙이지 않았다.

잠시 뒤, 대략 얘기가 끝나자 사람들은 밖으로 나갔다.

"어르신."

황 노인이 나가려는 순간, 광휘가 그를 불렀다.

"무슨 일인가?"

"호각 소리가 들리면 능자진이 시키는 대로 움직이시오."

"호각 소리?"

"자세한 얘기는 능자진에게 들으면 될 게요."

광휘의 말에 황 노인이 고개를 갸웃거렸다. 하지만 무슨 생각이 있겠거니 하며 더는 묻지 않았다.

황 노인이 나간 뒤 광휘가 그를 뒤따라 움직일 때였다.

"무사님."

자리에 앉아 있던 장련이 다소곳이 서며 그를 불렀다.

"드릴 말씀이 있어요."

광휘가 걸음을 멈췄다. 하나, 그녀를 쳐다보지 않고 말했다.

"급한 게 아니라면 나중에 말하면 안 되겠소?"

장련은 잠시 머뭇거리다 고개를 숙였다. 할 말이 많은 얼굴이었지만 이내 포기한 것이다.

"…그래요. 나중에 해요."

광휘는 말이 떨어지기 무섭게 빠른 걸음으로 문을 나섰다.

장련은 그런 그의 뒷모습을 구슬프게 바라보고 있었다.

＊　　　＊　　　＊

와자지껄.

주요 인사들이 머문 대의전과 달리 대청 내에는 이백 명의 사람들로 가득 차 있었다. 가장 큰 건물이라 그런지 영내에 있던 사람들이 모두 한데 모인 듯했다.

"한동안 여기 있어야겠소. 볼일이 급한 사람은 다섯 명씩 무리 지어 다니시길 바라오."

능자진은 입구 쪽 문 앞에 서 있었다. 미리 지시받은 대로 이들을 통제하기 위해서였다.

웅성웅성.

"언제까지 여기 있어야 하는 거요?"

"내일이면 갈 수 있겠소이까?"

그의 말이 끝나기가 무섭게 질문이 여기저기서 쏟아져 나왔다.

"한 명씩 말하시오!"

능자진의 목소리에 힘이 실리자 가장 앞쪽에서 늙수그레한 촌장이 나와 입을 열었다.

"저어, 여러 영웅들께서 지켜주신다는 건 감사합니다만… 저희들 무지렁이는 하루하루 바쁜 인생이라 집을 오래 비워두면 안 됩니다요……."

지금은 겨울이라 농한기라지만, 하루 벌어 하루 먹고사는 촌민들의 삶은 언제나 바쁘다.

당장 여기 모인 사람들의 태반은 너무 급하게 오느라 집안 단속도 못 했다느니, 꼬던 새끼가 습기를 먹어 못 쓰게 된다느니 하는 소소한 걱정들을 하고 있었다.

"야, 이 어린놈의 새끼야! 그렇게 집안이 걱정되거든 당장 처나가 뒈져! 아니면 내가 그 주둥아리에 독 사발을 먼저 처넣어 버릴까!"

"끅!"

노천의 일갈에 촌장은 딸꾹질을 하며 곧장 자리에 앉았다. 오십 좀 넘은 촌장은 세수 칠십의 노천 앞에서 새파란 젊은이가 되고 말았고, 노천의 외침에 죽음의 공포와 흡사한 느낌을 받은 것이다.

그 때문인지 마을 사람들은 하나같이 합죽이가 되어 입을 다물었다.

"흠, 흠, 시일을 오래 끌 것은 아니오. 내일 아침에 내가 물어볼 테니 그때까지 잠시만 계시오."

능자진이 겁먹은 사람들을 조용히 달랬다.

인근의 촌민들은 그간 장씨세가와 석가장과 싸움에 휘말려 크고 작은 고초를 겪은 자들이었다. 차우객잔의 살겁 또한 익히 보았으니 더는 뭐라 말을 하지 못하게 된 것이다.

"외총관이란 그놈은 언제 온다고 했느냐?"

능자진이 사람들을 달래는 사이, 지루해진 노천이 문을 지키는 곡전풍을 향해 물었다.

"광 대협의 말로는 회의가 끝나면 곧장 이곳으로 온다고 했습니다……."

"쯧! 왜 이리 굼떠. 할 일이 태산인데."

노천은 혀를 차며 인상을 구겼다.

대청이 넓었지만 삼백여 명이 모여 있으니 공간이 비좁을 정도였다. 이대로 두면 위험하다 싶어 데려온 사람들이지만, 통제가 쉽지 않은 건 당연지사였다.

"자넨 무슨 생각을 하는가?"

한편, 느지막이 도착했던 송 노인을 향해 장무가 물었다.

"아니, 그냥. 거둬들여야 할 약초 몇 가지를 생각했네. 밤이슬을 맞으면 상할 것 같아서……. 혹시 지금 잠시 나갈 수 있겠는가?"

"이 사람이. 그랬다가 무슨 경을 치려고? 방금 저 호위무사님이 하신 말씀 못 들었는가?"

"아, 그랬지. 지금 나갔다간 못 돌아오겠지."

순박해 보이는 송 노인이 머리를 긁적였다. 그런 그를 장무는 찌푸린 눈으로 바라봤다.

잠시 침묵하던 그가 끔뻑이던 눈을 멈추며 말했다.

"근데 지금 시간이 어떻게 되는가?"

"그건 왜?"

"저녁 무렵에 손님을 만날 일이 있어서……."

"그거야 다른 장씨세가 사람들이 진작 인솔해 데리고 갔겠지."

"아, 그렇겠지?"

송 노인은 다시 머리를 긁적이며 실없이 웃어 보였다.

그렇게 잠시 숨을 죽이던 그가 뭔가 생각났는지 장무를 향해 물었다.

"아, 그런데 이보게."

"또 뭔가?"

"갑자기 소변이 마려운데……."

장무는 주위를 둘러보며 미간을 찡그렸다.

"자네도 참 가지가지 하는구먼."

＊　　　＊　　　＊

광휘는 전각 지붕 위에 올라 처마 끝에 서 있었다. 이곳이 가장 기준이 되는 곳이다. 정면에는 내원의 입구가, 좌우에는 대청과 연무장의 건물이 보였다.

'야월객은 반드시 이곳에 올 것이다. 그들을 먼저 제압해야 한다.'

광휘의 머릿속에 떠나지 않는 것은 바로 야월객의 존재였다.

살수는 오직 숙련됨과 경험을 통해 성장한다. 무공이 뛰어나면 유리하긴 하지만 절대적인 것은 아니다.

어차피 살수는 특별한 경우가 아니고선 정면 대결을 하지 않는다. 무공의 고하보다는 정교한 수단과 빈틈을 끌어내는 기책으로 목표를 제거하는 훈련을 받은 이들이다.

그리고 야월객은 그런 이들 중에서 가장 위험한 자들.

과거의 은자림처럼 엄청난 무공 실력을 가지진 않았겠지만 중원을 대표하는 자객들이다. 상대를 죽이는 데에는 그들만큼 전문가가 없을 터였다.

'방주의 말로는 다섯 명이라 했다. 만약 사방에서 혼란스러운 상황에 살수들이 달려든다고 해도 나한승이나 명호라면 버텨낼 수 있을 것이다.'

살수의 위협은 기습에 있다. 그 말은, 아무리 강한 살수라 해도 기습만 방비한다면 큰 위기는 넘길 수 있다고 본 것이다.

물론 기습뿐만 아니라 무공 수준도 극에 다다른 은자림은 예외겠지만.

'하나, 정작 문제는……'

광휘는 착잡한 얼굴로 생각에 잠겼다.

폭굉.

그들이 그것을 들고 싸운다면 얘기가 전혀 달라지게 된다. 그 무시무시한 폭발력을 막아낼 방법이 없었다.

'아니야. 그럴 가능성은 매우 낮다.'

섣부른 판단을 하는 건 위험하지만 광휘는 현 상황을 그렇게 보고 있었다. 하북팽가가 바보가 아닌 이상 그토록 위력적인 물건을 위험한 사파 자객에게 덜렁 넘기지는 않았을 터였다.

운수산 사건이 사실 특별한 경우이지, 폭꿩 같은 고가의 화기를 기껏 장씨세가에 쓴다는 것 자체가 말이 되지 않는 일이었다.

그리고 또 하나. 그들에게 폭꿩을 건네주지 않을 이유가 있었다. 폭꿩은 그것을 쓰는 순간 흔적이 남게 되어 있다. 맹에서 조사가 들어온 이 와중에 그것을 건네줄 이유가 없었다.

'그들의 입장에서 생각해 보자. 내가 그들이라면⋯⋯.'

"여기 있었구려."

광휘를 부르는 목소리에도 그는 반응하지 않았다. 발소리만으로도 그가 누구인지 깨달았기 때문이다.

"날씨가 참 좋소. 안 그렇소?"

풀썩.

외발로 지붕을 밟으며 광휘 옆에 선 그가 한쪽에 엉덩이를 붙였다. 불편한 자세였지만 능숙한 자세로 자리를 잡았다.

정적이 일 때쯤 소위건이 넌지시 말을 걸었다.

"귀문에 대해서 아시는 게 있소?"

"없소."

감흥 없이 대답하는 광휘의 말에 소위건이 멍한 표정을 지었다.

그러던 어느 순간 소위건이 피식 하고 웃었다. 엉뚱한 말을 하는 것 같은데도 어찌 보면 그럴 수 있다고 납득한 자신에 대한 웃음이었다.

잠깐의 정적 뒤, 그는 입꼬리를 올리며 입을 열었다.

"알아서 잘하시겠지만, 그래도 상황이 상황인지라 한마디만 하겠소."

그리고 자신이 생각하는 바를 솔직히 털어놨다.

"그동안 얼마나 많은 유형의 적들을 상대했는지 모르겠지만, 살수들을 상대로 싸운 적은 거의 없을 것이오. 그들의 표적이 되는 자들은 누구를 막론하고 거의 다 죽었다고 봐야 하니까."

"……."

"그만큼 무서운 자들이오. 무공이 뛰어난 자들도 죽일 수 있을 정도로 오직 목표한 대상에 모든 것을 거니까. 하니, 이번 싸움에는 기존의 싸움과는 다른 방식으로 접근하는 방법으로……."

"알고 있소."

광휘가 말허리를 자르자 소위건이 그에게 고개를 돌렸다. 어느새 광휘는 자신 쪽을 바라보고 있었다.

"강한 자가 살아남는 게 아니란 말을 하고 싶은 게 아니오?"

멈칫.

소위건은 미묘하게 눈빛이 변했다.

누구나 아는 말이지만, 그 말을 하는 광휘의 표정은 심상치 않았다.

"혹시 예전에 살수를 상대해 본 적이 있소?"

"…지겹도록."

광휘는 짤막하게 그 말만 했다.

"지겹도록이라……. 형장이 지겹도록이라는 말을 할 정도라면……."

소위건은 쓴웃음을 지었다.

강한 자가 살아남는 게 아니라는 말. 그 말을 진심으로 할 수 있는 자에게 자신의 조언 따위는 쓸모없다고 느낀 것이다.

"그리고 또 묻고 싶은 게 있소."

광휘가 조용히 그의 말을 기다렸다.

"만약 적들이 침입해 들어오는 것이 아니라 이미……."

"잠시."

소위건이 묻는 동시였다.

타악!

광휘가 뭔가를 발견한 듯 예리한 눈빛을 띠며 이내 한 곳으로 곧장 도약했다.

＊　　　＊　　　＊

"송 노인! 이 사람이 또 어디로 샜는가!"

담벼락 앞을 두리번거리던 노인이 화들짝 놀랐다. 어두침침해진 그늘 뒤에서 장무가 눈에 불을 켜며 다가왔다.

"아니, 뒷간에 간다던 사람이 이쪽으론 왜 와?"

"그게… 길눈이 어두워서."

송 노인은 무안한 듯 머리를 긁으며 말했다. 그에 장무는 쌍심지를 켰다.

"지금 무슨 상황인지 알면서도 그러는가. 이 사람 참 답답하네."

"미안하네."

"그게 미안하다고 될 일……."

"무슨 일인가?"

두 노인이 티격태격하고 있을 때였다. 그들 앞으로 광휘가 몇 명의 무사와 함께 나타난 것이다.

"아, 그것이……."

장무는 놀란 눈을 한 번 뜨고는 이내 고개를 숙였다.

"이 친구가 갑자기 이상한 곳으로 가려고 하기에 따라왔습니다."

광 호위는 그에게 눈을 슬쩍 흘기며 말했다.

"대청으로 데리고 가거라."

"옙."

광휘와 함께 있던 무사들은 곧 송 노인을 데리고 이동했다.

"저어… 무사님."

송 노인이 조금 멀어져 가자 장무가 광휘를 조심스레 불렀다.

"또 할 말이 있는가?"

"예, 그렇습니다. 저 친구가 오늘 좀 이상한 구석이 있습니다. 처음 데려올 때부터 횡설수설하고, 길눈이 어둡다고 하면서 가는 곳을 자꾸만 비껴 옆으로 새어 나갑니다."

"그런가?"

광휘는 잠시 생각해 보는 얼굴이 되었다.

"또 다른 이상한 점은 없나?"

"아까 이 근처에서 뭔가를 떨어뜨리는 것 같더군요. 뭔가 싶어서 일단 주워보았는데……."

부스럭. 부스럭.

장무가 품속에 손을 넣고 흔들자 광휘는 눈에 이채를 띠며 그를 바라보았다.

"여기, 이걸 보십시오. 그냥 보기엔 나뭇잎 같은데, 자세히 보면……."

그는 손바닥에 올린 것을 조심조심 광휘에게 내밀었다. 그리고 광휘 앞으로 천천히 가져갔다.

그 순간.

처억.

그의 눈앞에 빛살처럼 뭔가 쉭 지나가며 목을 졸랐다. 동시에 내밀던 손을 비틀고는 그의 얼굴에 가져다 댔다.

"컥!"

장무란 노인이 신음을 흘리며 바닥에 나뒹굴었다.

"볼 필요 없다."

파지지직.

"으그그그그."

광휘의 말이 떨어지자마자 불에 타는 냄새가 주위를 덮었다.

장무란 노인은 온몸을 떨어댔고, 곧바로 한쪽 손바닥에서 허연 연기가 새어 나왔다. 독이었다.

"역시 이미 잠입해 있었다는 건가."

그는 온몸을 비틀어대는 중간에도 손바닥으로 채 가리지 못한 한쪽 눈을 부라리며 광휘를 보고 있었다.

"잘됐군. 이런 경우도 이미 예상하고 있었다."

으드득!

그런 그를 흙발로 짓밟으며 광휘가 표독스럽게 웃었다. 그리고 목에 걸린 호각을 입에 물었다.

삐이익—!

第五章

소림경기공

장원태의 집무실에 그림자 두 개가 아른거렸다. 주위를 조금 배회하던 그림자는 슬며시 창문을 열고 그 안으로 들어갔다.

투욱. 캉! 콰직.

두 복면인은 방 안에 들어서자 은밀했던 이전과는 달리 물건들을 미친 듯이 뒤지기 시작했다. 수납장 안, 책상, 책장 등 일렬로 놓은 도자기까지. 손에 잡히고 공간이 있는 틈새만 보이면 부수고 깨어 가며 뒤적이고 있었다.

"없다."

"여기도."

야월객 두 명의 움직임이 함께 멎었다. 그리고 의아한 표정으로 서로 시선을 맞췄다.

"설마 그가 거짓을 고한 건가?"

야랑이 싸늘한 눈빛을 띠었다. 직감적으로 뭔가 숨겼다는 느낌을 받자 불신의 눈초리로 변한 것이다.

"그럴지도 모르지. 정파 놈들의 속셈이야 다 그런 게 아닌가."

묘영이 비죽거렸다. 간드러지는 목소리였지만 결코 좋은 목소리는 아니었다.

"이제 어떻게 하지?"

"인질을 잡아 확인해 보는 게 어때?"

묘영이 다소 희망을 품은 대답을 했다. 하나, 야랑의 생각은 달랐다.

"거짓말일지 모르지 않는가?"

"그러기엔 너무 매혹적이잖아."

"하긴……."

야랑은 인정해야 했다. 운수산을 뒤흔들었던 벽력탄 위력의 다섯 배. 만약 그것이 사실이라고 한다면 누구라도 죽일 수 있는 거대한 힘을 갖게 되는 것이다.

삐이익—!

그때 밖에서 날카로운 소리가 들리기 시작했다.

창가로 다가선 야랑이 미간을 찌푸렸다.

"이게 무슨 소리지?"

"호각 소리군. 설마 들킨 건가?"

"오히려 반대겠지."

"하긴, 그놈들이 먼저 들킬 리는 없으니까."

묘영이 고개를 끄덕였다. 기회를 틈타 행동을 개시한 것처럼 보인 것이다.

"그렇지만 생각보다 빠르군. 우선… 좀 더 찾아보자고."

호각 소리가 더는 들리지 않자 야랑은 그 말을 끝으로 뒤돌아섰다.

묘영도 그를 따라 다시금 방 안을 뒤지기 시작했다.

그러다 더 이상 찾을 곳이 없다고 여길 때쯤.

콰아앙!

문이 부서지는 소리와 함께 누군가 이들이 있는 곳으로 걸어 들어왔다.

"내 생각이 맞았군. 너희들만은 따로 움직이리라 생각했지."

거대한 도신, 그리고 기분 나쁜 눈매의 사내, 광휘였다.

그의 등장에 야랑과 묘영은 잠시 당황하는 모습을 보였으나 이내 침착함을 찾았다.

"네놈은 누구냐?"

"장씨세가 호위무사."

"어떻게 알고 여길 온 거지?"

"내겐 쉬운 질문이군."

광휘는 그들을 훑어본 뒤 말을 이었다.

"네놈들의 생각을 읽는 것쯤이야 어렵지 않으니까."

피식.

지켜보던 묘영이 입꼬리를 올렸다. 그러고는 광휘를 향해 조소를 흘리며 말했다.

"무척이나 여유로워 보이는군. 지금 장씨세가 안에서 어떤 일이 일어나는지 알면 그리 나오지는 못할 텐데."

"괜찮아."

광휘가 그들을 노려보며 말을 이었다.

"아무 일도 일어나지 않을 테니까."

"뭐?"

광휘는 묘영과 똑같이 입꼬리를 올렸다. 하지만 그녀의 웃음과는 달랐다. 그녀보다 더욱 잔혹한, 짙은 살기가 배어 있는 웃음이었다.

"위장해 들어온 놈들을 한곳에 모아놓고 처리하고 있는 중이거든."

＊　　　＊　　　＊

황 노인은 능자진과 몇 마디를 나눈 뒤 심각한 얼굴로 변했다. 하지만 오래 지체하지 않고 가장 앞쪽에 있는 사내에게 다가가 말을 건넸다.

"자넨, 장무식(張蕪食)이군."

"예, 어르신."

"나이는 어떻게 되나?"

"그건 어르신도 아시는……."

스윽.

황 노인이 자신의 허리춤에 있던 칼을 빼내 그의 얼굴에 내밀었다. 그러자 사내가 급히 말했다.

"올해 마흔둘입니다."

"자네 처와 아이의 이름은……."

"아이는 이름은 장수(張壽)이며, 처는 연화(蓮花)입니다."

"좋네. 다음."

황 노인은 한 명씩 빠르게 이동하며 질문했다.

그렇게 스무 명쯤 되었을 때였다.

"이름."

"정인수(頂燐水)입니다."

"못 보던 얼굴이군. 방계 쪽 사람인가?"

"그렇습니다."

"아들의 이름은?"

"정미석(頂米石)입니다."

황 노인이 한 발짝 뒤로 물러나며 능자진을 향해 말했다.

"죽이세."

"……?"

사내가 의아한 얼굴로 바라볼 때였다.

콱!

뒤에 대기하고 있던 능자진의 검이 망설임 없이 그의 가슴을 관통했다.

"아악!"

"아아아악!"

그리고 사방에서 비명을 지르기 시작했다.

하지만 황 노인은 아랑곳하지 않고 가슴에 피를 머금은 중년인을 보며 말했다.

"정인수라는 사람에게는 딸밖에 없어. 아들은 작년에 죽었으니까."

황 노인은 중년인의 품속을 뒤졌다. 그리고 곧 날카로운 단검 몇 개를 들어 모두에게 보여주며 말했다.

"이놈은 자객이다. 정인수를 죽인 뒤 인피면구를 쓴 게야."

"······!"

"그럼 다음."

황 노인의 시선이 다른 사람에게 향했다.

피와 죽음을 눈앞에서 본 세가 사람들은 황 노인의 시선에 염왕 앞에 선 것처럼 와들와들 떨어댔다.

"모두 잘 들어라! 이제부터 여기 계신 황 노인께서 너희들의 신상 명세를 소상히 밝힌다!"

홱! 홱!

능자진이 위협적으로 검을 휘두르며 버럭 고함을 질렀다.

"만약! 어르신이 묻는 말에 이유를 묻거나! 대답을 피하거나! 다른 소리를 하는 때엔."

쇄애애액.

그리고 화산파 매화검법을 펼치며 위협적으로 허공을 베어냈다. 날카로운 칼날의 궤적이 모두의 눈에 똑똑히 아로새겨졌다.

"단숨에 죽여 버릴 테니까! 알겠느냐!"

효과가 있었는지 대청 안의 사람들은 모두 숨죽인 채 자세를 낮추었다.

"호오, 이런 훌륭한 방법이 있었구먼."

곡전풍, 황진수와 함께 뒤쪽에 서 있던 노천이 턱을 쓸며 감탄했다. 왜 이 많은 사람을 모아 놓고 황 노인이 오기만을 기다리나 싶었는데 이런 까닭이 있었던 것이다.

"황 노대라는 저 노인은 장씨세가에 몸을 의탁한 지 삼십 년이 넘는다 했습니다. 그러니 이 마을에서 모르는 사람이 단 하나도 없겠지요."

곡전풍의 설명에 노천은 고개를 끄덕였다.

"걸어 다니는 인명부로군. 쓸 만해. 확실히 쓸 만한 노인네야."

황 노인, 그는 그대로 광휘의 식견에 감탄하고 있었다. 한데 모아놓는 방법이 뭔가 꺼림칙했는데, 그 안에 이런 묘안이 숨어 있었던 것이다.

그리고 당시 전각 내에 있던 주요 인사, 장로와 당주들 속에 자객들이 숨어들지 모르는 것까지 대비하고 있었다.

"다음."

"감사합니다."

"다음."

"감사합니다."

그렇게 이어진 내력 조사가 이십 명을 넘길 때였다.

"아들의 이름은 뭔가?"

"그것이……."

"죽이세."

패애액.

황 노인의 죽이란 말에 능자진이 검을 뽑을 때였다. 이미 짐
작하고 있었던 건지 머리에 흰 두건을 쓴 장정이 기습적으로 반
격을 가해왔다.

캉! 푹!

"오……."

지켜보던 노천이 감탄을 토해냈다. 분명 늦게 반응해 위험한
상황이 초래될 것 같았는데 능자진이 너무나 쉽게 제압해 버린
것이다. 빨라도 몇 배는 더 빠른 쾌검술이었다.

"약발이 좋긴 하구나."

노천은 씨익 웃으며 좀 더 여유를 가지고 곡전풍 쪽으로 고
개를 돌렸다.

"제 발로 죽으러 들어오다니. 참 한심한 놈들이 아닙니까?"

곡전풍은 실실 웃으며 말했다.

하지만 황진수가 곧장 반박했다.

"아직 몰라. 이놈들이 가만히 당하고 있지는 않을 테니까."

그리고 그의 예감대로 불길한 상황은 생각보다 빨리 찾아왔
다. 순탄하게 흐를 것 같은 상황이 갑작스러운 비명으로 뒤바뀌
기 시작한 것이다.

"꺄아아악!"

"으아악! 사람이 죽었다!"

사방에서 괴성을 지르며 누구 할 것 없이 이리저리 뛰어다녔

다. 갑자기 동시다발적으로 피습당한 이들이 생겨나자 사람들은 두려움에 가만히 있지를 못했다.

그리고 그것은 통제하는 수준을 넘어 분열로 다다르고 있었다.

"내가 안 했다고. 네가 했잖아!"

"봤어. 네놈이 죽였어! 네놈이 죽였다고!"

"가만히 있다가는 죽어. 나가야 해!"

여기저기에서 터져 나오는 괴성과 분노의 목소리.

노천은 급히 능자진의 옆으로 다가왔고, 곡전풍과 황진수는 칼자루를 잡으며 사태를 주시했다.

＊　　＊　　＊

파팟.

기회를 노리던 야랑과 묘영이 누가 먼저라고 할 것 없이 동시에 공격해 들어갔다.

콰직.

하나, 그들의 첫 일격은 광휘가 꺼낸 거대한 도신에 그대로 막혔다.

타탓.

반격을 가하리라 생각한 광휘가 그대로 서 있자 그들 역시 잠시 움직임을 멈췄다.

스스스스─

광휘는 어두컴컴한 방 안의 맨바닥을 보고 있었다. 하지만 그에게는 어두운 시야가 아닌, 희미한 불빛들이 눈가를 스치고 지나가고 있었다.

환영(幻影).

모든 감각이 최고조에 달하자 환영의 편린들이 조각조각 이어지기 시작한 것이다.

쉭! 쉭!

편린이 이어지자마자 두 개의 검날이 아래위로 날아온다. 옆으로 비켜 검을 피해 내자 위를 향하던 검은 사선으로, 아래로 향했던 검은 회수했다가 찌르기로 변화했다.

검을 쳐내며 반격을 가하는 움직임을 그리던 광휘의 몸에 곧장 거부감이 일었다. 그들의 눈빛을 본 것이다.

방어를 도외시하고 공격하는 칼날은, 숨줄을 꺾어놓는 확실한 공격이 아닌 이상 자신이 당할 수 있었다.

'초식을 부숴 버려야 해.'

스으으으.

환영이 사라지자 광휘가 입을 열었다.

"두 명이라면 날 이길 수 있을 거라 생각하나?"

야랑과 묘영이 대답하지 않자 광휘가 구마도와 괴구검을 밑으로 잡으며 말을 이었다.

"와라. 살수들을 어떻게 상대해야 하는지 내가 직접 보여줄 테니까."

타타탓.

야랑과 묘영이 기다렸다는 듯 달려들었다.

스윽.

광휘는 지체 없이 구마도를 들어 앞을 가리며 생각했다.

'두 개의 검을 동시에 막고 벤다.'

움직임을 잠시 멈칫하게 만드는 순간 승부를 볼 생각이었다. 기다렸다는 듯 강한 충격이 구마도를 울렸다.

캉!

'응?'

순간 광휘의 눈이 커졌다. 머리와 아래를 찌르는 검을 막음과 동시에 공격하려 했다. 한데, 부딪치는 소리가 한 번밖에 들리지 않은 것이다. 대신 뭔가 머리 위로 살랑거리는 기분이 느껴졌다.

'이건!'

휘릭.

뭔가를 본 광휘가 급히 놀라, 옆으로 베리라 생각한 괴구검을 머리 위로 그어 올렸다.

쇄액!

그러자 눈으로 알아차리기도 힘든 실 하나가 바닥에 끊어졌다.

'은사(銀絲)……'

줄이었다. 상대가 검을 사용하지 않고 기이한 암기를 사용한 것이다.

'괜히 시간을 끌면 귀찮아진다……'

광휘가 입술을 깨물며 이번엔 직접 반격해 들어갔다.

그러던 그때였다.

와지끈!

갑자기 천장이 부서지더니 광휘의 정수리로 뭔가가 떨어진 것이다.

까앙!

광휘가 방어하기 위해 구마도를 급히 들었다.

그 찰나, 물러설 줄 알았던 야랑이 기회를 잡은 듯 달려 들어왔다.

어느새 묘영의 손에, 끊어진 은사가 아닌 비표가 들려 있었다.

눈 깜짝할 시간보다 더 짧은 촌각의 시각.

'암기가 첫 번째다!'

눈을 굴리던 광휘가 암기를 막기 위해 구마도로 앞을 가리는 선택을 했다.

캉!

그로 인해 비표는 튕겨져 나가며 일차적인 공격은 막아냈다. 하지만 선택이 옳았는지는 알 수 없었다.

패애애액!

정수리 쪽에 다가온 상대의 칼은 한 자의 거리를 남겨두고 있었고.

쉬이이익!

곡선을 그리며 옆구리 쪽을 겨냥한 살수의 칼은 겨우 반 자의 거리였다.

'상대의 공격을 이용해 쳐내야 한다!'

시간이 없음을 느낀 광휘는 날아오는 칼날을 쳐올리며 맞받아쳤다. 그러자 야랑의 검이 사선 방향으로 위로 올라갔다. 그리고 떨어지던 칼과 곧장 부딪쳤다.

까아앙!

검끼리 부딪치며 약간의 균열이 생겼다.

창졸간, 광휘의 눈빛이 변했다. 기회가 온 것이다.

패애액.

광휘의 검이 야랑의 쇄골에 직격했다.

푹!

이후, 쇄골이 갈라졌고 주춤하던 야월객의 허리를 재차 빠르게 베고 지나갔다.

'제길, 제대로 맞지 않았다.'

광휘는 인상을 쓰며 노려봤다.

자신이 생각했던 것보다 상대의 움직임이 빼어나 손가락 마디 정도 스치고 지나갔다.

타타탓.

그사이 그들 셋은 곧장 멀어지며 자세를 잡았다.

"이놈… 대체 뭐야?"

천장을 부수며 도우러 왔던 혼사가 허리를 부여잡고 말했다.

야랑 역시 상기된 얼굴이었고, 묘영의 표정은 굳어 있었다.

그들이 보기에 방금 전 광휘의 움직임 또한 상식에서 벗어난 것이었다. 세 방향에서 거의 같은 속도로 날아오는 병기를 막아내며 상처까지 입혔다.

과정은 더 충격적이었다. 일부러 검끼리 부딪쳐 상대의 공격을 이용해 방어하는 기함할 움직임을 보여줬으니 도저히 믿을 수 없었던 것이다.

"뭐 이런 미친놈이 다 있지?"

야랑도 기가 찬다는 듯 눈을 번뜩였다. 도저히 납득하지 못한 그의 눈빛이 광휘를 노려보았다.

척. 척.

점점 혼란스러워지던 그때 또다시 움직임이 일었다. 부서진 천장으로, 합류하지 않았던 두 명의 야월객이 나타난 것이다.

"무슨 상황인가?"

어둠 속 수라귀가 그들이 처한 상황을 물었다.

야랑이 말했다.

"이 호위무사 놈이 우리를 방해하고 있는 중이야."

"호위무사?"

그는 의아한 표정을 지었다.

그와 함께 나타난 비부는 말없이 광휘를 바라볼 뿐이었다.

"친절한 놈들이군. 알아서 찾아오다니."

중원 최강의 살수 다섯.

그런 그들을 보며 광휘는 재밌다는 듯 말했다. 그러고는 괴구검의 검신을 고쳐 잡고는 말했다.

"간만에 몸 좀 풀어볼까?"

파파팟.

선공을 펼칠 것 같던 광휘가 달려드는 척하며 지붕을 밟고 집무실을 나갔다.

다섯 그림자가 동시에 광휘를 따라붙었다.

척.

집무실 옆, 이름 모를 마당에 광휘가 멈추자 야월객들은 삽시간에 그를 포위했다.

"조금 넓은 곳에서 싸우면 좀 더 편하겠지."

광휘가 비릿하게 웃었다.

야월객 중 수라귀가 비죽거리며 눈을 흘겼다.

"뭐, 이곳도 나쁘진 않지."

보통의 살수들은 이렇게 사방이 뚫린 공간을 선호하지 않는다. 하지만 이들 어느 누구도 호위무사 따위에게 질 것이라고는 생각하지 않고 있었다.

'저들의 병기가 무엇인지 알아내는 게 가장 중요하다.'

광휘는 진지하게 싸움에 임하고 있었다.

일반 무사들과 달리 살수의 병기는 기기괴괴하다. 수단과 방법을 가리지 않는 그들의 특성상 병기도 그들의 성격에 맞게 변화하기 때문이다.

조금 전 세 명이 검과 은사, 암기를 썼지만 그것뿐이 아닐 것이다. 그들은 중원을 대표하는 자들. 눈을 속이는 암수(暗數) 따위야 얼마든지 들고 있을 가능성이 농후했다.

'온다.'

타타타타탓.

다섯 명이 동시에 달려드는 순간, 광휘의 눈이 빠르게 돌아갔다.

캉캉!

연속으로 들어오는 두 검을 쳐낸 광휘가 오른쪽으로 뻗어 나온 은사를 튕겨냈다. 그리고 다시금 뻗어 온 검을 일렬로 걸어내고는 그들의 공격을 기다렸다. 하나, 두 명은 달려드는 척하다가 멈칫할 뿐, 더는 달려들지 않고 있었다.

'저들의 병기를 봐야 해.'

살수의 가장 두려운 점은 기습이지만, 그것이 해결되고 나서도 신경 써야 할 것이 있다. 바로 그들이 사용하는 병기였다. 그것도 하나가 아니다. 살수에 따라서 사람을 일격에 죽일 수 있는 암기를 몇 개씩 들고 다니는 자도 있었다. 그것을 알지 못하기 때문에 두려운 것이다.

그로 인해 광휘는 야월객의 공격을 막으면서도 두 명의 야월객에게 시선을 떼지 못했다.

캉캉캉!

점점 매섭게 짓쳐들어오는 칼날. 특히 팔꿈치에 칼날을 숨겼다가 움직이는 야월객의 공격은 상당히 까다로웠다. 직선이 아닌 곡선을 그리며 공격해 들어오는 은사 역시 광휘를 더욱 혼란스럽게 만들었다.

캉캉!

그렇게 광휘가 그들의 공격을 힘겹게 막아낼 때였다. 드디어 마지막에 합류했던 두 야월객 중 한 명이 품속의 칼날을 꺼내 들었다.

검(劍)이었다.

'아니! 검이 아니다!'

캉!

상대의 검을 괴구검으로 막는 찰나, 광휘는 보았다. 소매가 팔랑거리는 그곳에서 어떤 변화가 일어나는 광경을.

'탄궁(彈弓)!'

쐐애애액!

고작 두 자도 안 되는 거리에서 공기가 찢어지는 파공음을 내며 활이 날아왔다. 그와 동시에 사방에서 날아드는 두 개의 칼날.

광휘는 급히 구마도로 전신을 가리며 몸을 뒤틀었다.

큭!

광휘는 야월객의 검을 막아냈지만 신형이 흔들렸다. 석궁이 정확히 어깨를 꿰뚫어 버린 것이다.

그리고 그것이 끝이 아니었다. 합류했던 마지막 사내의 소매에서 구슬이 튀어나왔다. 그 구슬은 휘청이는 광휘의 옷을 찢고 쇄골을 부숴 버렸고, 그 구슬 뒤에 숨겨져 날아온 작은 구슬은 늑골을 관통하고 지나갔다.

자모환(子母丸)이라 불리는 고명한 암기.

"미친놈이로군."

탄궁을 날린 수라귀가 혀를 찼다. 상대가 이토록 오래 버틴

것에 놀란 것이다.

주르륵. 툭. 툭.

광휘는 여전히 서 있었다. 다른 사람이라면 죽었어도 몇 번은 죽었을 공격을 받고도 아직까지 쓰러지지 않고 버티고 있었다.

"큭큭큭."

심지어… 웃고 있었다.

"확실히 미친놈이군."

"뭐야, 저거? 고통을 쾌감으로 느끼는 종자가 있다던데 그쪽 아냐?"

주르륵. 툭. 툭.

야월객들은 혀를 찼다. 그도 그럴 것이 화살과 구슬이 만든 관통상으로 광휘의 앞섶은 흥건하게 젖어 있었다.

그런데 삽시간에 바닥을 붉게 물들일 만큼 많은 피를 흘리고 있으면서도.

"그래, 잊고 있었어. 상대의 병기가 중요한 것이 아니라……."

광휘는 웃고 있었다. 숙이고 있던 고개를 천천히 들어 올린 그의 얼굴에는 선명한 희열이 서려 있었다.

"내겐 이게 필요했었어."

"…미친!"

"이런 씨!"

야월객들은 욕설을 내뱉었다.

바작바작!

상대를 마주 보던 중 피 냄새처럼 짙은 살기에 저도 모르게 한 발 물러서고 말았던 것이다.

"쳐!"

본인이 물러났다는 걸 뒤늦게 알아차린 중원 최강의 자객들은 이를 갈며 무기 든 손을 움켜쥐었다.

"큭큭큭큭!"

광휘가 그런 그들을 향해 미소를 보였다.

그것은 싸늘하고 잔혹한, 광마(狂魔)의 웃음이었다.

*   *   *

스스스슥.

공중으로 도약한 다섯 명이 눈 깜짝할 사이에 광휘와의 거리를 좁혔다. 그리고 일 장 내로 접근했을 때 제각기 공격을 시도했다.

쉭쉭!

두 개의 검.

피이이익—!

한 줄의 은사.

휘익! 휘익!

두 개의 단검.

다섯 방향에서 매서운 병기들이 날아들었다.

스윽.

광휘는 기다렸다. 그리고 날카로운 병기들이 지척까지 다가

온 그때야 비로소 지면에 납작 엎드렸다.

"……!"

야월객들의 눈빛이 변했다. 피할 공간이 없었기에 반격을 하거나 막아내는 정도로 생각하고 있었는데, 바닥에 드러누울 거라고는 전혀 예상하지 못한 것이다.

휘릭.

광휘가 엎드렸던 몸을 하늘이 보이게 빙글 돌렸다. 그러고는 들고 있던 구마도를 이용해 접근한 세 명의 야월객의 발을 노려 휘둘렀다.

패애애애액!

지면에서 거대한 도가 회전하자 야랑, 묘영, 혼사가 지면에서 급히 도약했다.

광휘 역시 자리에서 일어선 뒤 그들을 따라 곧장 도약했다.

그사이 수라귀와 비부가 움직였다. 수라귀는 소매에서 세 개의 구슬, 탄혈주(彈血珠)를 날렸고, 비부는 철주판(鐵珠板)을 꺼내 손가락으로 수십 개의 주판알을 튕겨 날려 보냈다.

쉬쉬쉬쉭! 타라라라락!

강철도 뚫을 수 있다는 탄혈주와 쇠로 만든 수십 개의 주판알. 그것들이 상대를 향해 세차게 날아들었다.

스윽.

광휘는 구마도로 전신을 막으려는 자세를 취했다.

그러자 상황이 역전되었다. 세 명의 야월객이 역습을 당하는 입장에서 다시 역습을 가할 수 있는 상황이 온 것이다.

따따다다다당!

하나, 그것은 오히려 그들의 위기를 불렀다. 설마 그 상황에서 광휘가 반격을 가하리란 생각을 하지 못한 것이다.

"피해!"

광휘가 사방에서 날아드는 암기들을 튕겨내자 비부가 가장 빨리 알아채고 외쳤다.

일부 암기가 앞서 도약했던 세 명의 야월객 쪽으로 향하고 있었다. 하지만 그가 외쳤을 때는 이미 상황이 종료된 후였다.

"컥!"

"윽!"

"흡!"

구마도로 튕겨낸 주판알을 피하지 못하고 세 명의 야월객이 몸을 휘청거렸다.

척. 척. 척.

지면을 다시 밟자 야랑이 제대로 서 있지 못하고 비틀거리다 중심을 잡았다.

"괜찮아?"

묘영이 허리를 부여잡으며 말했다. 그녀도 광휘의 반격으로 큰 피해를 입었다. 말을 하지 않았지만 혼사 역시 어깨를 부여잡은 채 힘겨운 표정을 짓고 있었다.

"무당의 태극혜검(太極慧劍)이야."

수라귀가 얼굴을 찡그리며 말했다. 그러고는 방금 전 당한 수법에 대해 얘기했다.

"주판알에 공력을 실었다. 날아오는 공격을 튕겨내는 순간 더 강하게 쳐내는 건 태극혜검의 사량발천근과 흡사해."

"그럼 저건?"

혼사가 광휘를 가리키며 물었다.

우득! 우드득!

구슬 때문에 전신에 크고 작은 관통상을 입은 광휘. 그런 그의 부상이 치유되고 있었다. 곧 쓰러질 것 같았던 그가, 버티는 것을 떠나 반격을 시도할 수 있었던 건 이 때문이었다.

주르륵. 툭. 툭.

출혈이 멎어 들고 있었다. 상처의 근육이 급속히 수축되어 몸이 스스로 지혈을 하고 있는 것이다.

"소림경기공(少林硬氣功)의 소림권법(小林拳法)."

"……!"

비부가 짧게 대답하자 일순간 야월객들의 표정이 변했다.

몸을 보호하고 적에게 심대한 타격을 주는 소림 외가권. 그 중 최강의 무공이라는 소림권법이라니.

"말도 안 돼. 저놈은 내공이 없어."

수라귀가 침음했다.

광휘는 고도의 내공 수련자만이 할 수 있는 기예를 선보이고 있었다. 그런데 내공을 깊이 익힌 자 특유의 신체 현상, 태양혈이 불룩하다든가, 눈매가 깊이 들어간다든가 하는 현상이 하나도 눈에 띄지 않았다.

"…설마 반박귀진?"

화로의 불(火)이 너무 뜨거워지면 오히려 푸르게(靑) 빛난다. 단련의 경지가 극에 달하게 되면 오히려 특유의 현상이 사라지고 평범하게 변한다.

"소림과 무당의 비기를 익히는 것이 말이 된다고 생각해?"

"모르지. 문파와 연이 닿았을 수도 있겠고. 확실한 건, 이 순간 우린 모든 전력을 기울여야 한다는 것."

야월객이 지금 광휘의 모습에서 유추할 수 있는 것은 그것이었다.

"제기랄. 소림과 무당의 무공이라니……. 이런 놈이 일개 세가의 호위무사를 왜 하고 있는 거야?"

"한가하게 떠들지 마! 온다!"

묘영이 날카롭게 그들의 말을 끊었다.

콰아아악!

광휘에게서 강렬한 공세가 뻗어져 나왔다. 야월객 다섯은 각 방향으로 흩어지며 욕설을 내뱉었다.

＊　　　＊　　　＊

"으아악!"

"꺄아아악!"

"으아아아앙!"

대청 안은 통제가 불가능한 상황에 이르고 있었다.

"크억!"

모습을 숨긴 채 무차별적으로 공격을 가하는 자객들. 옆에서, 혹은 뒤에서 일어나는 살육에 양민들은 사방으로 흩어지며 비명을 질러댔고, 어린아이들은 경기를, 여자들은 울음을 터뜨렸다.

"모두 움직이지 마! 움직이지 말라고!"

곡전풍과 황진수, 능자진은 필사적으로 고함을 질러댔다. 하나, 그들의 목소리는 들리지 않았다. 계속해서 사람들이 쓰러지자 너 나 할 것 없이 이곳을 벗어나기 위해 발버둥 쳤다.

"막아! 누구도 여길 나가게 해선 안 돼!"

능자진, 곡전풍, 황진수를 제외한 세가의 호위무사 십여 명은 어깨를 바싹 붙이며 문 앞에 섰다. 그들은 나갈 수 있는 유일한 길인 정문을 통제하고 있었다.

"사, 살려주십쇼!"

그때 아이를 가슴에 껴안은 사내와 여인이 입구 쪽으로 달려왔다.

"떨어져! 오지 마!"

그들을 본 능자진이 급히 검을 세우며 위협적인 자세를 취했다. 그러나 여인은 손을 비비며 발작적으로 울음을 터뜨렸다.

"피가… 피가 터져요! 자객이 왔어요! 이대로 있다간 모두 죽을 거예요!"

"우리가 찾을 테니 빨리 물러나라고!"

"무사님! 제발!"

"으아아아!"

그때였다. 눈이 뒤집힌 사내가 능자진을 몸으로 밀어붙이려고 달려왔다.

"잇!"

능자진이 검을 쓰려 하다 멈칫했다. 아직 그가 자객인지 확신할 수 없는 상황. 살검을 뿌리길 주저한 것이다. 세가의 무사들역시 순간적으로 어떻게 해야 할지 주춤거렸다.

쾅! 푸욱!

"억!"

그때 정문 앞까지 다다른 사내가 가슴을 부여잡으며 고꾸라졌다. 입구 쪽에서 등장한 사내가 미련 없이 칼을 쑤셔 넣어 버렸기 때문이다.

"이런 건 내 전문이지."

외발의 무사. 때마침 소위건이 등장한 것이다.

"아아아아……."

"으으으으……."

사내가 흘린 피로 소위건 주위의 바닥이 붉게 물들자 입구쪽을 바라보던 사람들의 얼굴에 공포가 서렸다.

지아비를 잃은 여인은 넋이 나간 채 자리에 털썩 주저앉았다.

"황 노인, 혹시 저 사내는……."

"아니네."

능자진은 혹시나 그가 자객일 수도 있다 판단하며 물었지만, 황 노인은 참혹한 얼굴을 하고 고개를 젓고 있었다.

그 모습에 능자진은 피가 터져 나오도록 입술을 깨물며 버럭 고함을 질렀다.

"물러서지 마라! 여기서 자객을 빠져나가게 하면 이 장원 전체가 위험에 빠져든다! 그렇게 되면 여기 있는 사람들도 어차피 다 죽게 돼!"

"아아아악!"

하지만 통제는 불가능했다. 또다시 비명 소리와 함께 여기저기서 도망가려는 움직임을 보인 것이다.

그리고 이해할 수 없는 광경도 나타나기 시작했다.

"영감, 칼 놓으시오!"

두 손으로 힘겹게 칼을 들고 있는 노인을 향해 곡전풍이 외쳤다. 그러나 그는 이미 실성한 얼굴로 바들바들 떨며 말했다.

"난 살 거요. 난 살아야 하오."

"노인, 칼 놓으시오!"

"내게 다가오지 마! 다가오지 말라고! 이익!"

"쳇!"

슈슉.

곡전풍이 다가오자 노인이 급히 칼을 휘둘렀다.

콱!

그런 그를 향해 곡전풍은 몸을 살짝 비튼 뒤 자루로 머리를 때려 기절시켰다.

'제길. 대체 이 상황을 어떻게 해야 하나……'

곡전풍이 인상을 쓰고 주위를 바라보며 생각했다.

"으아아아!"

"크아아아!"

또다시 이어지는 엄청난 비명.

이전보다 더 큰 혼란이 찾아왔다. 그로 인해 점점 세가 무사들의 정신도 흐트러지기 시작했다.

"녀석들이 이쪽에 선택을 강요하는군."

한편, 소위건은 팔짱을 낀 채 능자진에게 다가와 말을 건넸다. 능자진이 그를 보며 물었다.

"선택?"

"그래. 애꿎은 양민을 죽일 것이냐, 아니면 너희들이 죽을 것이냐. 큭! 재미있는 짓거리지?"

"……."

"확실한 건, 여기서 멈칫하는 거야말로 저놈들이 제일 좋아하는 반응이라는 거다. 이게 이 바닥에서는 제일 흔하게 쓰이는 수법이라고."

능자진은 말없이 고개를 끄덕였다. 자신 또한 이들이 이런 식으로 나올지 전혀 예상하지 못했으니까.

'이젠 어떻게 해야 하나…….'

능자진은 머리를 굴려봤지만 다른 이들과 마찬가지로 타개책을 찾지 못하고 고민만 할 뿐이었다.

"곡전풍! 황진수!"

그때였다. 갑자기 노천이 버럭 고함을 질렀다. 놀라서 돌아보는 두 사람에게 그는 심각한 얼굴로 어린애 머리통만 한 주머니 둘을 내밀었다.

"노 사부, 이건……?"

"뿌려라."

"예?"

"곡전풍, 너는 뛰어올라서 위에서! 황진수, 너는 빠르게 바깥을 돌면서! 어서!"

"노, 노 사부, 하지만 이건……."

"잔말이 많아! 어서!"

"옛!"

'독 아닙니까?'라는 물음을 속으로 품은 채 곡전풍과 황진수는 서둘러 군중 속으로 뛰어들었다.

휙휙휙!

파스스스스!

곡전풍은 노천의 독 영약을 통해 내공이 대폭 증진되어서 대청의 높은 곳까지 뛰어오를 수가 있었다. 그리고 황진수는 예전에 비해 엄청난 반사신경을 가지고 있었기에 빠르게 움직일 수 있었다.

무리의 바깥에서, 혹은 천장에서 정체를 알 수 없는 분말이 가득 뿌려지자 울고 광란하느라 넋이 빠진 인파 속에서 새로운 반응이 나타났다.

"크으으으……."

"아아아악! 따가워! 아파!"

"노, 노 사부! 이건!"

"독(毒)이지, 뭐."

경악하는 능자진을 향해 노천은 뭐 대수냐는 식으로 귀를 후벼 파 보였다.

"자객이 양민들 속에 숨어들었다. 그래서 구분하기 힘들다? 그럼 뭐, 다 같이 정리해 버리면 되잖아?"

"다, 다 같이 죽여 버리자는 겁니까!"

"안 죽어, 안 죽어. 그냥 지랄맞게 아프고, 목이 따가워서 숨도 제대로 안 쉬어지고 그렇겠지만. 어쨌든."

틱.

노천이 파서 던진 귀지가 젊고 신경질적인 촌민 하나, 아까까지만 해도 죽기 싫다며 갖은 난리를 쳐 대고 있던 양민 하나에게 향했다.

"이참에 다 묶어버려. 꼼짝도 못 할 테니까."

"어… 움직이는 놈도 있는데요?"

능자진이 멀뚱하게 대꾸했다.

과연 그의 말처럼 대부분의 양민들은 노천의 독에 중독되어 바닥을 데굴데굴 구르고 있었지만, 일부 몇몇, 고통스럽게 숨을 몰아쉬지만 몸을 곧추세우고 있는 사람들도 분명 있었던 것이다.

"이런 돌대가리! 내가 뿌린 게 뭐야? 독분이지? 독분을 맞고도 버티는 놈이 뭐겠어? 강호인이야! 달리 말해 자객이지!"

획! 휘휘획!

노천의 말을 바로 알아채고 소위건이 신속하게 공격해 들어갔다.

그리고 그때쯤.

콰장창.

대청의 두꺼운 나무 벽을 부수고 열 명이 넘는 자들이 밖으로 나갔다.

노천은 그런 무리를 보며 픽 웃었다.

"그리고 저놈들도."

타타타타탓.

노천의 말이 끝나자마자 황 노인만을 남기고 대청의 모든 호위무사들이 그들을 뒤쫓기 시작했다.

第六章

살수의 방식

능자진의 동작이 멎었다. 세 명의 자객들을 따라가던 그는 좁아지는 골목에서 본능적으로 걸음을 멈춘 것이다.

'이 근처다.'

분명 멀리 가지 않았다. 시야에서 사라진 것은 고작 꺾인 이 골목 부근이었다.

사각사각.

거의 들릴 듯 말 듯 한 소리가 귓가에 퍼지는 순간, 능자진의 솜털이 쭈뼛 섰다. 아는 것이다. 상대는 자객. 눈으로 보고 반응하는 순간 분명 늦는다는 것을.

'뒤다!'

탓.

인기척이 느껴지자마자 능자진은 몸을 비틀었다. 찰나의 순간, 은빛 칼날이 그가 있던 자리를 꿰뚫고 들어왔다. 곧장 상대의 목을 베려고 움직이던 능자진은 옆으로 두 보 움직였다.

'한 명이 아냐!'

그림자처럼 어른거리며 그가 서 있던 그 공간을 또 다른 자객 한 명이 파고들었다. 그뿐만이 아니었다. 마치 계산된 행동인 듯 위와 앞, 뒤쪽에서 두 자객이 쇄도해 들어왔다.

'네 방향.'

앞선 두 명과 또다시 나타난 두 자객을 보던 능자진의 눈빛이 변했다. 그리고 그의 눈빛보다 검은 더 빨리 반응했다.

빙그르르.

무릎부터 회전하며 움직이던 검은 가장 먼저 접근한 자객의 옆구리를 스치고, 그 뒤, 접근한 자객의 가슴으로 움직이고는.

피유유육!

세 번째 접근한 자객의 칼보다 더욱 빨리 목을 겨냥했다.

그 후, 마지막 공중에서 떨어지던 자객의 칼을 피해 목을 날려 버렸다.

두두둑, 털썩.

거의 눈 깜짝할 정도의 촌각.

섬광처럼 빠르고 물 흐르듯 변화하는 능자진의 검법에 달려들던 자객 네 명은 삽시간에 바닥으로 나뒹굴었다.

"놀랍군."

쇄애애애… 스윽.

인기척을 느낀 능자진이 곧바로 검을 휘두르려다 멈췄다. 외발의 사내, 소위건의 얼굴을 본 것이다.

"상당한 솜씨의 매화검법이군. 장씨세가에 이런 고수가 있었다니… 충격적이구먼."

"비꼬는 건가?"

"난 그런 거 못 해."

소위건은 재밌다는 듯 말했다. 하지만 능자진은 여전히 그를 향해 눈을 부라리고 있었다.

"검 좀 놓고 말하지. 이러다 날 찌르기라도 하겠구먼."

"충고하건대, 착각하지 마라. 광 대협만 아니었으면 넌 이곳에 발을 딛지도 못했다."

"그자가 아니었으면 나 역시 여기 오지 않았어."

소위건이 별다른 표정 없이 대꾸하자 그제야 능자진은 검을 거두었다.

"한데, 참 여유롭구먼. 아직 안심하기엔 이른데 말이지."

"……?"

능자진의 시선이 주위를 훑었다. 그리고 깨달았다, 이전과 달리 상당히 많은 인기척이 느껴지고 있다는 것을.

"네가 그들의 눈길을 끄는 데 성공했단 거야."

비아냥거림인가 싶어 능자진이 바라보자 소위건은 피식 웃었다.

"칭찬이라고. 다른 곳에 숨어드는 것보다 이렇게 한 번에 모두 처리하면 되는 게 아닌가?"

"……."

"참고로 말하자면, 지금 은신해 있는 놈들은 조금 다를 거야. 네가 화산파 무공을 쓴다는 사실을 알았고, 무공 수준도 파악한 상태일 테니."

능자진은 역시 그 말의 의미를 이해하고 있었다. 자객은 상대를 알면 알수록 더욱 암수를 교묘하게 뻗어 오는 법이다.

"그러니까 자넨 운이 좋은 거야. 이런 위급한 상황에 나 같은 분이……."

철컥.

소위건이 검을 꺼내 들며 말을 이었다.

"옆에 있으니까 말이지."

쾅!

말이 끝나자마자 한쪽 담벼락의 일부가 무너지며 자객들이 쇄도해 들어왔다.

*　　　*　　　*

타타타탓.

화분이 일렬로 놓인 내원의 어느 골목.

밀영대 조장 범무(凡武)는 몸을 낮춘 채 주위를 더듬거렸다. 행동이 마치 목적 없이 움직이는 것 같았지만, 사실 그는 지극히 계획대로 움직이고 있는 중이었다.

"만약 존재를 발각당하게 되면 까다로운 적을 일거에 제거하거나, 장씨세가 내원으로 퍼져 혼란을 일으켜라."

그는 단주의 명령대로 혹여나 남아 있을 사람을 찾아 건물 주위를 배회하고 있었다.

'응?'

그렇게 그가 한 건물을 스치고 지나가던 중이었다.

"으아아아악!"

땅에서 진동이 느껴질 만큼 엄청난 비명 소리가 터져 나온 것이다. 이 정도 비명이라면 거의 생살을 찢어발기는 수준이다.

'허, 어떤 녀석인지 몰라도 살벌하게 처리하는구먼.'

몇 걸음 걷던 범무의 걸음이 멈췄다. 그러다 결국 호기심을 이기지 못하고 소리가 나는 곳으로 들어갔다.

끼이이익.

문이 열리자 그의 눈에 들어온 건 어둠과 지하로 이어지는 계단이었다.

방이 아닌 은밀한 밀실이었던 것이다.

'뭔가 있음 직한 곳인데?'

치이이이.

그는 품속에서 뭔가를 꺼내 주위를 밝혔다. 주먹만큼 납작한 항아리에 봉해놓은 불씨를 꺼내 들고 온 초에 불을 붙인 것이다.

"이건 뭐야?"

밀실 안을 비추자 한 사내가 쓰러진 채로 있었다. 온몸이 비비 꼬인 채 끔찍한 고통으로 일그러진 얼굴을 하고.

'고문당했나? 아니면 우리 동료인가?'

그를 도와줘야 하나 어째야 하나 고민하다 사내를 뒤집어보려 할 때였다. 갑자기 엎어진 사내가 번쩍 눈을 부릅떴다.

"으아아아악!"

"헉!"

그는 흠칫 놀라며 칼을 꺼냈다.

털썩!

그러나 긴장한 것도 허무하게, 비명을 지른 남자는 허수아비처럼 쓰러졌다.

"…참 험하게도 당했군."

몇 마디 물어보려 하다 사방에 끔찍하게 흩뿌려진 토혈 자국을 보고는 고개를 저었다. 상태를 볼 때 이미 그른 몸이었다.

범무는 혀를 차고 검을 들어 상대의 목에 댔다.

"고생 좀 한 것 같은데 고통 없이 가시게."

상대가 적이라면 당연히 제거하겠지만, 동료라도 이런 때는 목숨을 거둬주는 게 자비일 터다.

막 그렇게 결단을 내리고 손을 쓰려 할 때였다.

"끄으아아아아―!"

쓰러진 자가 몸을 흔들며 괴이한 비명을 다시 질러댔다.

"…헉!"

범무는 눈을 의심하게 만드는 광경에 숨을 삼켰다.

두둑. 두두둑.

쓰러져 있던 남자의 몸에서 시허연 수증기가 뿜어져 나왔다.

화르륵! 우드드득!

피와 시커먼 체액으로 질퍽하게 젖어 있던 옷이 연기를 내며 타오르기 시작했다.

뚝! 뚜드드득!

거기에다 온몸의 관절이 뒤틀렸다가 제자리를 찾아가며 기이한 소리를 울리고 있었다.

"이, 이, 이게 뭐냐!"

범무는 등골에 소름이 쭈욱 끼쳤다. 무언가 불길한, 살수 특유의 위기의식이 돋아 올랐다. 지금 자신이 본 게 뭔지 따져보기도 전에 그의 손이 사내의 목에 검을 찔러 넣었다.

콱.

그러나 늦었다. 누워 있던 사내가 급작스럽게 일어나더니 그의 칼날을 붙잡았다.

"헉?"

범무는 당황했다. 내력을 실은 자신의 한 수를, 막은 것도 아니고 손아귀만으로 검신을 잡아버린 것이다.

뒤이어 귀신같은 몰골의 사내가 짐승 같은 안광을 뿜어내며 포효를 터뜨렸다.

"크아아아아악!"

"으어어어… 꺽!"

우득!

뒤따라 비명을 지르려던 범무의 시야가 이상한 괴음과 함께
비틀렸다. 그리고 깜깜하게 어두워져 가는 세상 속에서 그는 언
뜻 엉뚱한 의문을 떠올렸다.

'팔이 왜 길어졌다가 짧아지는 것인가……'

우드득! 트드드득!

뱀처럼 끔찍한 흉터를 안고 있던 사내의 팔에 강건한 근육이
돋아 올랐다. 온몸에 피딱지와 검은 노폐물을 줄줄이 흘리며
묵객이 끔찍한 고통 속에 포효를 터뜨렸다.

"우와아아아아!"

*   *   *

우와아아아아!

"헛?"

야월객 혼사는 울부짖는 소리를 듣자 반사적으로 고개가 돌
아갔다.

"집중해! 어딜 보는 거야!"

"제길!"

묘영의 말에 그는 욕설을 뱉으며 뛰어올랐다.

타타닷!

광휘가 구마도를 휘두르며 다가서자 야월객 모두 산개하며
자리를 벗어났다.

팟!

희멀건 연기가 삽시간에 피어올랐다. 야월객 중 하나가 연막 탄을 터뜨린 것이다.

"흥!"

앞을 분간할 수 없는 짙은 안개가 사방에 피어올랐지만 광휘 는 움직임을 멈추지 않았다. 칼날처럼 날카로워진 그의 감각이 가장 가까운 곳에 위치한 사내를 감지했다.

"제기랄! 어떻게 봤지?"

카카카카캉!

수라귀는 자신 쪽으로 다가온 광휘를 향해 품속에 있는 암기 를 던졌다.

다른 야월객들도 가진 암기들을 던지며 상대의 움직임을 무 디게 만들었다.

타타탓.

하나, 광휘의 움직임은 조금도 느려지지 않았다. 그를 향해 사방에서 암기가 빗발쳤지만 구마도로 막으며 상대와의 거리를 계속 좁혀 나갔다.

캬아아악!

그렇게 수라귀의 지척에 다다를 때쯤이었다. 그의 소매가 펄 럭이더니 꾸물꾸물한 수십 마리의 뱀들이 튀어나와 시야를 가 렸다.

휙휙휙휙!

광휘가 괴구검을 휘두르며 날아드는 독사를 베어버렸다. 시야 가 보이지 않는 연막탄 속에서 몸을 비틀며 날아드는 독사들을 너무나 쉽게 파훼해 버리고 있었다.

'저 도신을 걷어내야 한다!'

광휘의 모습을 본 야월객들의 공통된 생각이었다.

상당히 까다로운 병기다. 그들에게 비친 구마도는 웬만한 암기는 다 파훼할 뿐만 아니라 공격용으로도 쓰임을 보이고 있었다. 그러니 가장 우선적으로 가로막는 저 도신을 어떻게든 그에게서 떨어뜨려야 했다.

"내가 벗겨내지."

광휘 뒤를 빠르게 따라가던 비부가 손가락 마디 사이에 뭔가를 끼워 넣으며 말했다.

"나도 돕겠다."

묘영은 은사를 손가락 사이마다 엮은 뒤 두 손을 펼쳤다. 그러자 수십 개의 은사가 손아귀에 고정되었다.

"우린 그 틈을 파고든다."

이에 야랑과 혼사는 검에 내기를 주입시켰다.

슈우우욱.

이 척 이상의 검기가 새어 나왔다.

한편, 계속 뒤로 물러나던 수라귀의 표정이 점점 붉게 달아올랐다.

매우 민첩하고 날카로워 한두 마리만으로도 움직임을 멎게 만든다는 은당사(隱螳蛇). 무려 십여 마리를 던졌음에도 사내는 잠시 주춤한 모습일 뿐, 계속해서 따라왔다.

'아!'

수라귀가 도움을 바라는 얼굴로 주위를 바라볼 때쯤 일정 거리를 유지하며 달려오는 야월객들이 보였다.

'끝낼 수 있겠군.'

그들의 의도를 깨달은 수라귀의 붉은 얼굴이 점차 가라앉았다. 그리고 그도 동료들의 움직임에 맞춰 광휘와의 일전을 준비하기 시작했다.

그렇게 삼 장 이내로 거리가 좁혀질 때였다.

파파파팟!

광휘의 움직임이 두 배로 빨라졌다. 승부를 볼 수 있다고 가늠한 지점에서 비축했던 힘을 모두 펼쳐낸 것이다.

그러자 야월객들도 즉각 판단을 내렸다.

첫 수는 비부였다.

사라라라라락!

상대가 거리를 일 장으로 좁히는 순간 열 개의 유성추(流星鎚)가 공기를 찢으며 광휘를 향해 날아갔다.

휘리리리리릭.

동시에 이어진 묘영의 공격.

벌집 모양처럼 펼쳐진 은사가 광휘의 머리 위로 떨어졌다.

그리고.

지이이이이잉.

거의 차이가 나지 않는 간격으로 광휘를 향해 양쪽에서 강맹한 기운이 뻗어 나갔다.

캉!

수라귀의 암기를 구마도로 쉽게 막은 광휘는 곧장 반격을 가하려던 순간 멈칫했다. 사방에서 날아오는 기운을 느낀 것이다.

그리고 스치듯 보았지만 분명 기억했다, 바닥에 주저앉은 야월객이 자신을 향해 뻗고 있는 손동작을. 그의 손, 소매 사이에 감춰진 석궁의 존재를 느낀 것이다.

*　　　*　　　*

지켜보던 야월객들은 확신하고 있었다. 이번 공격이 절대로 실패할 리 없다고 여기고 있었다.

하지만 그들은 보지 못했다. 절체절명의 순간, 미친놈처럼 웃고 있는 광휘의 모습을.

피이이이—

시간은 거의 정지된 듯이 흘러갔다.

가장 먼저 도착한 비부의 유성추.

광휘는 몸을 비틂과 동시에 검신을 위로 그으며 쳐올렸다. 동시에 정수리 쪽으로 펼쳐진 묘영의 은사를 향해 검을 던져 버렸다. 펼쳐진 은사를 밀어내기 위함과 동시에 한 번의 동작으로 구분 동작을 없애려는 목적이었다.

그리고 양쪽에서 짓쳐들어오는 검기.

광휘는 구마도를 들어 맹렬히 휘둘렀다. 그러자 거의 동시에 도착한 두 개의 검기가 그의 몸을 파고들지 못하고 튕겨 날아가 버렸다.

피이이이—

괴구검을 버렸던 광휘의 왼손은 그 순간에도 움직이고 있었다. 쓰러진 수라귀를 향해, 정확히는 그의 오른팔 쪽 위, 튕겨 날아가는 화살을 향해 손을 뻗고 있었다.

때애앵. 콱!

석궁을 작동하던 순간 활촉이 뻗어 나가다 무언가에 걸린 듯 동작을 멈췄다.

수라귀는 고개를 들어 석궁 쪽을 바라봤다. 그리고 상대의 왼손 손바닥에 반만 꿰뚫다 멈춰 선 자신의 화살을 봤다.

"이… 이런… 개같은 경우가!"

수라귀는 상대가 펼친 무위에 놀람과 경악으로 물들었다. 그러다 차차 노골적으로 살기를 띠기 시작했다.

"크크큭. 괜찮아. 나만 아니라 너도 끝났다. 이 활촉에는 극독이 묻어 있어. 그러니……"

"상관없다."

콱!

광휘가 들고 있던 구마도로 그의 머리를 내리찍었다. 단숨에 수라귀의 안면부가 그대로 함몰되어 목숨을 잃었다.

터억.

이후, 광휘는 천천히 자리에서 일어섰다. 그리고는 자신을 보며 얼어붙은 야월객들을 향해 냉소를 보이면서 입을 열었다.

"나보다 너희들이 먼저 죽을 테니까."

콱!

광휘는 구마도를 바닥에 찍고는 축 처진 오른손의 혈자리를 빠르게 짚었다. 중독되는 속도를 조금이라도 늦추려 함이었다.

"이런 일이……"

지켜보던 야월객 중 혼사가 입을 열었다. 그는 홀로 흐느끼듯 말했지만 분명 야월객 모두 같은 생각이었다.

아래로 향하는 검신이 특이하긴 했지만 설마하니 검을 던져 은사를 꿰뚫을지는 몰랐다.

설령 그건 그렇다고 하더라도 도신으로 검기를 흘린다는 건 더욱 상상도 하지 못한 움직임이었다. 애당초 검기를, 도신을 이용해 막아낸다는 발상을 한다는 것 자체가 희귀한 일이었으니까.

그리고 충격적인 장면은 또 있었다. 그는 손바닥을 석공에 갖다 대며, 완벽한 기회를 잡았던 수라귀의 공격을 단숨에 파괴해 버렸다. 몸을 이용해 상대의 공격을 막는 기함한 행동을 보인 것이다.

비상식적으로 패도적인 수법과 짐승 같은 초감각적인 반응. 그 움직임 앞에 중원 최고의 자객이라는 야월객들의 숨소리마저 죽어버렸다.

"크크큭."

콱!

광휘는 손바닥에 박힌 석궁을 뽑아냈다. 그리고 수라귀를 죽이면서 얼굴에 튄 핏물을 손바닥으로 털어냈다. 그럼에도 여전히 핏기가 손바닥에 머물러 있자 재밌다는 듯 바라보다 입을 열었다.

"즐거워. 지나칠 정도로……."

광휘는 자신을 바라보고 있는 야월객을 향해 미소를 보였다. 그리고 느릿한 어조로 다시 말을 이었다.

"다들 그렇지 않은가?"

지이이잉!

그 모습을 보던 야랑은 급히 검기를 생성했다.

묘영 역시 검에 내력을 담았다.

빠득.

혼사는 이를 갈며 들고 있던 검을 버렸다. 그러고는 허리에 감춰놓은 연검(軟劍)을 꺼내 들었다. 연검은 허리를 감쌀 정도로 탄성이 좋아 채찍처럼 이리저리 휘어지는 검이다. 만들기 어려운 병기이니만큼 중원 내에서도 사용하는 자가 드문 병기 중 하나로 불린다.

촤라라락.

비부는 품속에서 푸른 구슬을 꺼내 검지와 중지 사이에 꼈다. 독환(毒丸)이라 불리는 구슬로, 연기를 단 한 모금만 들이마셔도 몸을 마비시키는 강력한 마비 독이다.

상대가 이것에 중독되어도 좋고, 중독을 피하느라 제대로 된 호흡을 못 하게 되어도 움직임에 크게 제약을 가져올 수 있을 터였다.

스윽.

광휘는 일전을 준비하는 야월객들을 한 명씩 일별했다. 그 뒤, 한 사내에게 시선이 머물렀는데 이내 그와 눈이 마주쳤다.

"이번엔 네놈이 좋겠군."

오싹.

광휘와 눈이 마주친 혼사의 몸엔 소름이 끼쳤다.

검은 동공이 붉게 변하는 기이한 광경.

순간적으로 상대가 인간이 아닌 아수라처럼 보였다.

'설마… 마공(魔功)?'

스윽.

야월객끼리 시선을 한 번 맞췄다. 그리고 그중 야랑이 지시를 먼저 내렸다.

"죽여!"

쇄애애애액!

그는 외침과 함께 검기를 날렸다. 묘영도 그에 따라 검기를 발출했다.

처억.

광휘가 급히 구마도를 집어 들고 앞을 막았다.

쩌정! 쩌어엉!

이번에도 그들의 검기가 구마도에 막혀 맥없이 사라졌다.

퍼퍼펑!

그 순간 광휘의 바닥 쪽에 폭음과 함께 허연 연기가 피어올랐다. 광휘가 검기를 흘러내는 기예를 보이자, 아예 피하지 못하도록 지근거리에 독탄을 터뜨린 것이다.

스스스슥.

그때 혼사는 마치 약속한 듯 광휘를 향해 접근했다.

비부가 독탄을 터뜨려 독 가루와 허연 연기를 피워 올린 것은 사실 그의 무대를 만들기 위한 공격이었다. 혼사는 이런 진흙탕 싸움이 장기였으니까.

'앞!'

휘리리릭.

호흡을 멈춘 무호흡 상태에서의 진격. 코앞도 보이지 않는 짙은 안개 속에서 휘두르는 낭창낭창한 연검은 알아차리기도 전에 상대의 목을 감아버린다.

스윽.

광휘는 정면을 향해 구마도를 세웠다. 그리고 손목을 비틀어 독사처럼 날아드는 연검의 궤도를 바꾸어 막아냈다.

깡. 깡. 깡!

"……!"

하나, 그것은 시작에 불과했다. 분명 뿌리쳤다고 생각했던 연검이, 검 끝만이 아니라 휘릭휘릭 휘어지는 검신을 통해 파도처럼 연속적으로 베어오는 것이다.

파르륵! 파르르륵!

흐느적거리는 물결처럼, 전혀 예측할 수 없는 궤도로 휘어지며 섬뜩하게 빛을 발하는 연검.

하지만 광휘는 여전히 덤덤하게 막아냈다. 구마도의 도신이 넓어 막기에 수월한 탓인지, 단지 약간의 비트는 동작만으로 공세의 대부분을 봉쇄해 버렸다.

'약점이다!'

혼사는 공격 중에도 한 가지를 떠올렸다. 상대는 조금 전 수라귀의 석궁에 맞고 중독된 오른팔을 쓰지 못한다는 것을.

과연 광휘의 방어는 철벽같았지만, 그가 구마도를 쥐고 있는 손은 왼손. 오른손은 간간이 경련하며 힘을 잃고 추욱 늘어져 있었다.

'저 팔을 노려야 해!'

그로 인해 집요함은 더욱 심해졌다.

패애액. 패액!

점점 현란해지고 예리해지는 상대의 연검에 광휘가 뒤로 쓱 움직였다. 하나, 몇 걸음 물러서지 못하고 멈출 수밖에 없었다. 광휘의 의도를 알고 야랑과 묘영이 퇴로를 차단한 것이다.

좌우 앞에서 휘몰아치는 매서운 검. 주위에는 한 번의 호흡만으로도 감염되는 독탄이 광휘의 시야를 더욱 좁히고 있었다.

비틀.

'빈틈!'

무호흡 상태로 한참을 싸우던 광휘의 방비가 허술해졌다.

그 순간 혼사의 눈은 빛났다. 그리고 야랑과 묘영 역시 그 찰나를 놓치지 않았다.

딱!

휘어지던 혼사의 연검이 구마도를 잡고 있는 광휘의 왼손을 때렸다. 일순간 광휘의 구마도가 아래로 처지고, 그들의 눈이 빠르게 돌아갔다.

"하앗!"

"핫!"

아랑과 묘영은 같은 속도로 도약해 검을 휘둘렀다. 약간의 시간 차를 두며 혼사는 연검을 이용해 물고기처럼 휘어지며 상대의 가슴을 요격했다.

씨익.

광휘는 입꼬리를 올리며 즉각 반응했다. 구마도를 손에서 놓은 그는 가장 먼저 다가온 야랑의 칼날을 향해 왼손을 뻗었다. 날아오는 칼에 대항해 본인의 칼을 버리고 손을 뻗는 비상식적인 행동을 펼친 것이다.

'헛!'

야랑은 상대의 무모한 행동을 비웃었다.

그러던 어느 순간, 자신이 뻗던 칼의 궤도가 갑자기 바뀌는 사태가 오자 일순간 경악으로 바뀌었다.

'공수입백인(空手入白刃)!'

순간 그의 머릿속에 한 무공이 스쳐 지나갔다. 가볍게 흐느적거리는 저 손짓은 개방의 금나수법 취타수의 요결을 닮아 있었다.

푹! 푹!

상잔(相殘: 서로 싸우는 것)이었다. 야랑의 검은 맞은편에서 찔러 오는 묘영의 검과 부딪쳤고, 서로의 어깨와 가슴으로 검을 찔러 넣고 만 것이다.

'끝이다!'

반면, 혼사는 이번만큼은 성공을 확신했다.

광휘의 왼손이 아래로 처진 와중에 이미 연검이 휘어지며 뻗어 나갔다. 그가 아무리 동작이 빠르다 하더라도 지금만은 예외였다.

덜컥!

"헛!"

그때 혼사의 눈이 경악한 듯 부릅떠졌다. 뭔가에 걸린 듯 연검이 멈춰 버린 것이다.

"걸렸군."

광휘는 축 늘어져 있던 오른손으로 연검을 잡고 있었다.

뚝. 뚝. 주르륵.

예리한 연검을 붙잡은 손은 심하게 상처를 입었다. 그럼에도 광휘는 혼사를 보며 웃음을 띠고 있었다.

"일부러……."

혼사가 기함한 표정으로 광휘를 바라보았다. 분명히 한 손을 봉쇄했다고 생각했는데, 아니었다. 상대는 애초에 부상당한 척 틈을 보여 자신들의 공격을 한쪽으로만 유도한 것이다.

"속았……!"

으득!

기묘한 소음과 함께 부릅뜬 혼사의 시야는 뿌옇게 흐려졌다.

언뜻 그 와중에 들려오는 음산한 목소리.

"내겐 늘 하던 방식이었다."

＊　　　＊　　　＊

주요 인사들이 모인 대의전에는 밤이 깊어지는 내내 무거운 분위기가 흘렀다.

"아아악! 으아아악!"

그러다 대청으로 짐작되는 방향에서 비명 소리가 들려오자 사람들은 당황하기 시작했다.

"이게 무슨 소리요!"

"자객들이 온 것 같소."

사람들의 표정은 점점 심각하게 굳어져 버렸다. 그리고 점점 동요하던 중 노인 한 명이 나서며 불만을 토로했다.

"언제까지 기다려야 하는 겁니까?"

그의 이름은 문조(文造). 성은 서(徐)씨로, 장 가주 부인의 사촌 형제 중 첫째였다.

"경거망동하지 마시오. 지금은 격동되어서는 아니 되오."

맞은편에서 그를 바라보던 일 장로가 대답했다.

서문조는 얼굴을 붉히며 말을 이었다.

"일 장로, 계속 이대로 있으란 말입니까? 지금 저 비명 소리가 안 들리십니까?"

—아아악! 으아아악!

―꺄아아악!

간간이 가늘게 들려오는 비명 소리.

강호의 고수들에게 보호받는, 안전한 대의전에서 대기하는 장씨세가 모두가 그 소리에 내장이 끊겨 나가는 끔찍한 고통을 겪고 있었다.

"사람들이 죽어 가고 있습니다. 칼 들 힘도 없는 무력한 양민들이! 이런 상황에서 우리가 손가락만 빨며 기다리고 있는 것이 정녕 올바른 일이란 말입니까?"

"공자께서 명하신 일이네. 지금 그것을 거역하겠다는 말인가?"

"하지만 장로! 이는 우리의 일입니다!"

일 장로가 다시 다독였지만 서문조는 물러서지 않았다. 그의 시선은 이제 일 장로가 아닌 장웅에게 이동했다.

"호위무사들이 우리 세가를 위해 목숨을 걸고 싸운 공은 인정합니다. 또한 그들의 말을 따르는 이 공자의 의중 역시 알고 있습니다. 하지만 이는 우리 세가의 일입니다! 그럼 우리도 싸워야지요. 이 문조는 당당한 사내입니다! 죽을까 두려워 대가리를 구멍에 숨긴 꿩처럼 전전긍긍할 수는 없습니다!"

"저도 그렇게 생각합니다."

맞은편, 노인이 말을 받았다.

장유성(張有聖)이란 자로, 가주와는 종숙질 간으로 전대 가주의 작은아버지의 아들인 그였다. 오십 수를 바라보는 나이임에도 젊은 장정처럼 강한 기광이 서려 있었다.

"자객들이, 적들이 두렵다고 하여 숨어 있을 수는 없습니다. 우리가 불러들인 양민들은 우리의 책임. 당장 나서서 그들을 보호해야 합니다."

"그렇습니다."

"저도 그리 생각합니다."

가슴이 뜨거워진 사람들이 의지를 표명하기 시작했다. 어느새 이 공자를 향해 답을 요구하는 분위기로 흘러갔다.

"흐으음."

장웅은 대답을 유보하고 있었다. 무슨 생각인지 눈을 감고 깊은 생각에 잠겨 있는 모습이었다.

나한승과 명호도 별다른 말 없이 상황을 지켜보고 있었다.

"서 당주, 당주께서는 곡전풍과 황진수, 혹은 능자진이란 호위무사들보다 무예가 뛰어나신가요?"

그러던 그때 생각지도 못한 곳에서 목소리가 흘렀다. 사람들의 시선이 장웅 옆, 장련에게로 모였다.

"당주께서 무예를 얼마나 연마하신지 모르겠으나, 자객들과의 싸움에서는 분명 십 초도 버티지 못할 것입니다. 아니, 초식을 받아치기도 전에 허망하게 목숨을 잃게 될지도 모르겠지요."

"아가씨, 어찌 그런!"

"만약 인질이라도 되면!"

순간 장련은 그를 노려보며 목소리를 높였다.

"그땐 더욱 비참해질 겁니다! 우리 때문에 본 가를 돕던 호위무사들의 손발이 묶이고, 적들은 그들을 처리하고 난 후 우리 목숨도 **빼앗을** 겁니다. 그러고 나면 여기에 휘말린 저 양민들은 아무 해도 없이 무사할까요?"

그 말에 서문조는 얼굴이 벌게졌다.

당연히 그럴 리가 없었다. 이미 이곳 장씨세가에 있는 모두는 양민이든 무인이든 일에 휘말려 들고 말았다.

"묵객께서도 부상이 극심하여 자리를 비운 상태예요. 지금 장씨세가를 지킬 분은 바로 그분뿐입니다. 그리고……"

장련은 그를 진정시키려는 듯 나긋이 말하고는 장웅의 뒤쪽을 바라봤다.

"지금 우리를 지키고 있는 이분들 역시 그분이 데리고 오신 분들입니다."

"크흐음."

"큼큼."

장련이 뒤쪽 무사들을 가리키자 사람들의 감정이 조금은 누그러졌다.

지금 이곳을 지키고 있는 호위무사는 명호와 세 명의 나한승이었다. 여기서 더 언급한다면 그들 역시 믿지 못하겠다는 말투로 비칠 것이기 때문이다.

"사람이 해와 달을 베려고 하지만, 어찌 해와 달에 손상을 입히겠습니까."

그때 허리춤에 계도를 찬 방윤 대사가 나섰다. 사람들의 시선이 그에게로 이동했다.

"허공에 말뚝을 박지 않는 법입니다. 장련 소저의 말대로 자객 중 누구도 이길 수 없는 실력으로는 오히려 혼란만 가중될 뿐입니다."

승려 특유의 모호한 선문답에 사람들의 얼굴이 찌푸려졌다. 하지만 그래도 마지막 말만큼은 알아들을 수 있었다.

"대사의 말씀은 알겠소. 하나, 지척에서 사람들이 어육이 되어가는 모습을 외면하고 어찌 우리가 마음이 편하기를 바라겠습니까."

"그건 시주께서 잘못 알고 계십니다."

"무슨 말이오?"

이번엔 나한승의 사형인 방천 대사가 나서 서문조의 말에 한 손으로 반장을 하며 입을 열었다.

"조금 전 바깥의 비명 소리들은 대청에서 들려왔다고 하기엔 지나치게 크고 가까웠습니다. 마치 이곳 대의전 바로 옆에서 일이 터지기라도 한 듯. 이게 무슨 말인지 아시겠습니까?"

"……!"

"저 비명 소리가 거짓… 이란 말씀입니까? 어째서……?"

서문조의 눈이 커다래지고, 장웅이 다급하게 물었다. 동요하는 사람들을 보며 방천 대사가 묘한 미소를 띠며 고개를 가로저었다.

"바로 지금의 여러분처럼, 안에서 내분을 유도하기 위한 것이지요. 안전한 곳을 스스로 박차고 뛰쳐나오게 하려는 도발입니다."

"후우… 대사께서 그걸 알아보셔서 다행이군요. 그럼 저들의 의도는 무위로 돌려졌군요."

장련이 가슴을 쓸어내리며 노승의 예리한 관찰에 찬사를 보냈다.

"그건 또 그렇지가 않소이다."

"…예?"

"이곳도 저곳처럼 안전하지 못하니까요. 조금 전, 자객으로 보이는 사내가 왔다 갔소이다."

순간 사람들은 동요하기 시작했다. 문을 열고 들어오는 게 보이지도 않았는데 누가 다녀갔단 말인가.

"내분과 도발이라. 일 차로 안에서 혼란을 일으키며 이 차로 성 바깥에서 미력한 양민들을 도륙하여 사기를 저하시키는 것."

문득 명호가 입을 열었다.

그는 짐작 가는 것이 있다는 얼굴로 묘하게 눈살을 찌푸렸고, 사람들의 시선은 그에게 주욱 몰렸다.

"공성전에서 일 책, 이 책이 모두 실패하면, 남은 삼 책은 뭐겠습니까?"

방천 대사가 명호를 향해 묻자 그는 곧장 대답했다.

"정면이군요."

"모두 살계(殺戒)를 열어라!"

타다닥!

명호가 품속에 급히 손을 집어넣었고, 방천 대사의 중후한 사자후가 퍼져 나갔다.

무공을 모르는 자들도 뭔가 변화를 감지할 정도로 소림승들의 몸에서 기이한 기운이 퍼져 나왔다.

그리고 그 순간.

콰콰콰쾅!

대청의 좌우 벽들이 일시에 부서지며 이름 모를 사내들이 짓쳐들어왔다.

第七章

장원태의 결단

대의전이 공격을 받기 반 각(7분) 전.

달빛을 등에 진 복면인 세 명이 내원의 담을 밟으며 넘어왔다. 그들은 재빨리 가장 가까운 건물 벽에 붙었다. 그러고는 미동도 없이 숨을 죽였다.

사박사박.

잠시 뒤, 은밀한 동작으로 네 명의 복면인이 그들 쪽으로 다가왔다. 그중 가장 앞선 사내, 담귀운을 향해 부복하며 나직이 말했다.

"안 먹힙니다, 대주."

"쯧. 겁이 많은 건지, 머리가 돌아가는 건지. 어쨌든 귀찮게 됐군."

내분과 도발은 실패했다. 이제 남은 것은 순수한 정면 승부였다.

다만, 이런 수는 살수들 입장에서는 좀 꺼림칙한 싸움 방식이었다.

'그래도 데려온 녀석들이 있으니……'

담귀운은 새삼 새끼 자객들을 많이 모아 오길 잘했다고 생각했다.

의표를 찌르는 것이 힘들어진 이상, 숫자의 힘으로 허점을 유도한다. 앞쪽에서 소모품들이 싸우며 시선을 끌어주는 동안, 밀영대의 주력이 틈을 노리는 것이 최선이었다.

"어느 쪽이야?"

"정면에 있는 네 번째 건물입니다."

일 조 조장의 말에 밀영대주 담귀운이 고개를 들었다. 그리고 그가 말한 네 번째 건물의 위치를 대충 확인하고는 일 조 조장을 보며 다시 물었다.

"안에 무사들은?"

"서너 명쯤으로 짐작됩니다."

"흐음."

담귀운은 잠시 생각에 잠겼다.

'설마 거기에 광휘란 자가 있는 건가.'

장씨세가의 무력상 수십 명이 방어해도 모자랄 수 있는 상황이다. 그런 상황에 서너 명이 있다면 아마도 묵객과 요주의 인물인 호위무사가 있을 터였다.

'어쨌든 만약을 대비해서라도 알아보는 게 좋겠어.'

팽인호는 장씨세가에 석염이, 폭굉의 위력을 증가시켜 주는 촉매가 있다고 했다. 이번 습격의 제일 목표는 어디까지나 그 석염의 확보였다.

한데 야월객이 그 석염의 탐색에 실패한다면?

아마도 인질이 필요할 것이다. 장씨세가에 남아 있는 이 공자 장웅이나 사 소저 장련을 고문하여 석염의 위치를 토설받아야 한다.

"한데, 대주."

예를 갖추던 일 조 조장이 고개를 들었다.

"뭔가?"

"굳이 이렇게까지 할 필요가 있습니까?"

"뭘 말인가?"

"새끼 자객들까지 전부 데려온 것 말입니다."

야월객과 밀영대가 장씨세가 인근에 진을 친 것은 진즉부터였다. 그들은 팽인호의 장담대로 모용세가와 개방이 떠나기 전에 자신들이 할 수 있는 최선의 준비를 마쳤다.

그것이 지금 장씨세가를 둘러싸고 있는 근 백에 가까운 살수들. 아직 정식 살수 명부에는 이름을 올리지 못했지만, 하나하나가 밀영대의 이름을 짊어지게 될, 싹수 보이는 후보들이었다.

"동네잔치에 농부가 이듬해 먹을 종자를 꺼내놓는 격이지 않습니까."

불만스러워하는 일 조 조장을 보고 담귀운은 단언했다.

"이번 임무는 그만큼 중요하다. 만에 하나라도 실수가 있어서는 안 돼."

지금의 밀영대는 말 그대로 총력전. 가진 바 모든 재원을 털어 넣어서라도 이번 일을 성사시켜야 했다.

일 조 조장의 불만을 가볍게 묵살해 버리고, 담귀운은 한 손을 들었다.

"움직인다."

사사사사삭.

밀영대 조장 여섯이 은밀한 동작으로 대의전에 접근했다. 그리고 각자 계획했던 위치에 서고는 담귀운의 명을 기다렸다.

스윽.

담귀운은 팔을 들며 주위를 한 번 훑었다. 그리고는 천천히 팔을 내렸다.

타타타타타탓!

신호를 주자마자 조장 넷은 어깨로 벽을 부수며 안으로 들어갔다.

지붕 위에 있던 조장 둘 역시 천장을 뚫고 안으로 파고들었다.

＊　　　＊　　　＊

"살계를 열어라!"

쾅! 쾅! 쾅! 쾅!

방천 대사의 외침이 끝나자마자 좌우측 벽이 부서지며 복면인들이 들이닥쳤다.

쾅!쾅!

동시에 천장을 뚫고 두 명의 복면인이 내려왔다.

"아아아악!"

"으아아아아아!"

전혀 예상치 못한 곳에서 자객들이 모습을 드러내자 사람들은 혼비백산했다. 갑작스러운 광경에 대의전 안은 극도의 혼란으로 빠져들었다.

슈우우웅!

하나, 그 와중에도 나한승과 명호는 전혀 흔들림이 없었다. 마치 기다렸다는 듯 그들을 향해 뛰어나갔다.

패애애애액!

셋째인 방곤은 그들이 보이는 즉시 도약하며 권풍으로 복면인 한 명을 주욱 밀어냈다.

파팟.

그 뒤, 섬전 같은 속도로 다른 자객을 향해 한 번 더 권풍을 발출해 버렸다.

슈아아앙!

둘째인 방윤의 기민함도 방곤 못지않았다. 가장자리 쪽으로 치고 들어온 복면인을 향해 그의 애병, 계도로 도풍을 발사해 밀어냈고, 다른 쪽에서 튀어나온 복면인의 검과 맞부딪치며 움직임을 막았다.

벽을 부수고 들어온 복면인 네 명. 방곤과 방윤의 대처로 기습 공격이 실패로 돌아간 것이다.

타탓.

그리고 천장을 뚫고 들어온 두 명의 자객.

그들은 명호가 상대했다.

슈슈슉!

품속에서 암기를 꺼내 던지며 뒤로 주욱 물러서게 만든 후, 또다시 연속으로 던져 그들을 사람들이 없는 안쪽 벽 끝까지 밀어냈다.

"장련 소저, 방천 대사에게로 가시오! 다른 사람들도 모두 그쪽으로 움직이시오!"

두 나한승과 달리, 첫째인 방천은 사람들을 통제하며 만약의 사태에 대비하고 있었다. 명호가 그것을 알고 소리쳤고, 이내 안쪽 벽 끝까지 밀어 넣었던 두 자객들을 향해 저돌적으로 달려들었다.

두 자객은 급히 품속에서 암기를 꺼냈다.

그 모습을 본 명호는 비릿하게 웃어 보였다.

"애송이들."

쏴악! 쏴악!

극도로 짧은 거리에서 날아온 두 개의 암기.

명호는 눈 하나 깜짝하지 않고 이미 꺼내놓았던 비수를 양손으로 던져 그대로 요격했다.

캉! 캉!

"……!"

"……!"

공격해 왔던 두 명의 자객은 눈을 부릅떴다. 명호와 그들과의 거리는 겨우 삼 장 이내. 거의 지척에서 암기를 암기로 쳐내는 놀라운 신위를 보인 것이다.

'응?'

암기를 꺼내 그들을 곧장 제거해 버리려던 명호가 멈칫했다. 나한승에 의해 가장 먼저 밀려났던 두 복면인이 어느새 합류해 자신 쪽으로 비수를 던진 것이다.

명호의 동작은 신기루처럼 빨라졌다.

툭.

들고 있는 비수는 바닥에 떨어뜨리고.

파팟.

자신의 손을 교차하며 양쪽 소매에서 칠 촌(七寸) 길이의 수리검을 꺼낸 뒤.

캉! 캉!

날아오는 비수를 수리검으로 직접 쳐냈다.

쉭쉭!

그 뒤, 날아온 두 방향으로 쳐다보지도 않고 그대로 수리검을 던졌다.

"컥!"

"큽!"

그들의 가슴에 수리검이 그대로 적중했다. 너무나 빠른 속도 때문인지 죽는 순간에도 눈을 부릅뜨고 있었다.

"두 놈은 끝났고."

척. 척.

명호는 바닥에 떨어뜨린 비수를 들어 나머지 두 명의 복면인에게로 던졌다.

획획!

미리 짐작했던 것인지 한 명의 자객은 가까스로 피해 대의전 밖으로 달아났고.

큭!

명호와 좀 더 가까이 있던 자객은 어깨를 맞고 주춤 물러섰다.

캉! 캉!

명호가 지척까지 다가오자 그는 급히 검을 휘둘렀지만 허사였다.

캉!

너무나 쉽게 막은 명호가 소매에서 수리검을 하나 더 꺼내 그의 가슴을 맹렬히 찔렀다.

푹!

"컥!"

복면인의 자세는 곧바로 무너졌고, 명호는 그의 목을 그은 뒤 발로 복부를 차버렸다.

쾅!

벽이 부서지며 그가 튕겨 나왔다.

쾅! 쾅!

그와 동시에 다른 쪽에서도 벽이 부서졌다. 때마침 방곤 대사와 방윤 대사가 복면인 둘을 쓰러뜨린 것이다.

살아남은 자는 한 명뿐. 삽시간에 다섯 명을 모두 죽인 것이다.

'뭐지?'

스윽.

대의전 밖으로 걸어 나오던 명호의 움직임이 멎었다. 눈앞에 서 있는 복면인을 확인한 그는 입꼬리를 올렸다.

"네가 이들의 대장인가?"

"…허어."

지켜보던 담귀운의 시선은 복잡한 감정으로 물들었다. 쉽게 정리될 것으로 여겼던 상황은 완전히 뒤바뀌어 있었다. 밀영대 여섯 조장들 중 한 명만 살아남았고, 그마저도 상태가 그리 좋아 보이지 않았다.

'이 정파 새끼들!'

담귀운은 얼굴을 일그러뜨렸다.

그를 더욱 격분시킨 건, 조장들이 당한 것보다 본 적도 들은 적도 없는 이들 때문이었다. 묵객과 광휘란 자도 아닌데 어찌 이런 실력을 보인단 말인가.

그는 뭔가 결심했는지 얼굴을 일그러뜨리며 영내가 떠나갈 듯 외쳤다.

"모두 와라!"

"응?"

그의 외침에 명호가 고개를 갸웃거렸다. 잠시 뒤, 이질적인 느낌을 받으며 내원의 담 쪽으로 시선을 돌렸다.

"……!"

바바박. 바바박.

그리고 눈을 의심했다. 외벽을 넘어 엄청난 숫자의 적들이 이곳으로 맹렬히 뛰어오고 있었던 것이다.

*　　　*　　　*

귀서(鬼鼠).

새끼 자객이라고도 불리는 이들은 밀영대의 정식 일원이 아닌 자들로, 자객이 되기 위한 훈련생들을 그리 부른다.

몇 년을 고되게 기르면 뛰어난 살수가 될 수 있지만, 안타깝게도 이번 일에서는 적을 흔들기 위해 소모품처럼 쓰이고 있었다.

"안에서 막아야 합니다!"

명호의 외침에 방곤 대사와 방윤 대사가 상황을 눈치채고는 급히 대의전으로 들어갔다. 명호도 대의전 안으로 즉각 움직였다.

"뭔 놈의 자객이 이렇게나 많이……."

"아아아… 모두 죽을 거예요."

사람들은 사방에서 뛰어오는 엄청난 숫자에 노골적인 두려움을 표출했다.

"모두 조용히 하시오!"

가슴이 울릴 만한 방천 대사의 엄청난 일갈! 엄한 기운이 서린 그 외침에 모두의 두려움이 일순간 사그라들었다.

"각자 자리를 지키고 움직이지 말아야 하오!"

방천 대사는 명호를 향해 말하고는 대열을 유지했다.

전, 후, 좌, 우.

사람들을 가운데에 둥글게 모아두고 각자 한 영역만 맡아야 한다. 홀로 이 많은 자객들을 상대할 순 없지만 정면의 공격만 막아내는 것은 충분히 할 만하다 생각했다.

다다다다닥.

바닥에서 진동이 느껴질 만큼 상당한 숫자의 자객들이 대의전을 빙 둘러쌌다. 척 보기에도 백여 명에 육박한 인원들이 모두 병기를 들고 대의전 쪽을 노려보고 있었다.

"너는 내가 신호를 줄 때까지 물러서 있거라."

담귀운은 겨우 살아남은 일 조 조장을 향해 입을 열었다.

"보면 안다."

그는 대의전 쪽으로 고개를 돌렸다.

꾸욱.

세 나한승은 긴장하기 시작했다. 적들이 무서워서가 아니라 많은 인원들이 일시에 공격해 들어왔을 때 생기는 변수를 두려워한 것이다.

명호 역시 긴장된 표정으로 품속을 뒤졌다. 대충 셈을 해보

니 날릴 수 있는 비도는 스물두 개, 그리고 단검 대용으로도 쓸
수 있는 수리검 세 개가 전부였다.

'가까운 적은 일 수에, 멀리 있는 적은 암기를 사용해야지.'

수리검을 꺼낸 명호가 매서운 눈으로 그들을 바라보았다.

"모두 달라붙어라!"

"와아아아아!"

담귀운의 외침에 귀서들이 요란한 함성 소리를 내며 달려 나
갔다. 채 부서지지 않은 벽은 부숴 버렸고, 천장으로도 뛰어 들
어갔다.

"위쪽은 걱정 마시오."

슈슈슉!

명호는 암기를 던져 천장으로 내려오는 자객들 셋을 삽시간
에 죽여 버렸다. 자객질이 서툰 자들이기도 하지만 천중단 출신
인 그의 암기는 너무나 빠르고 예리했다.

패액! 패애액!

그리고 정면으로 달려오는 적들도 수리검으로 직접 죽이거나
던져 제거해 버렸다.

세 명의 나한승의 움직임 역시 눈에 띄게 빨라졌다.

방곤 대사는 여덟 개의 칼날이 일시에 빗발치는 와중에도 너
무나 쉽게 방어해 냈다. 동시에 반격도 틈틈이 해냈는데 일 권
마다 상대가 곧바로 자지러졌다.

방윤 대사는 눈부실 정도로 빠른 도법으로 적들을 무너뜨렸
다. 상대방이 찌르는 순간에도 다른 한 명을 찔러가는, 가히 전

광 같은 움직임을 보이고 있었다.

그리고 이들 중 군계일학은 단연 방천 대사였다. 그의 봉술은 일 장 내의 어떠한 접근도 허락하지 않았다. 다섯 명을 일거에 쓰러뜨리는 것은 물론이고, 봉에 기를 실어 몇 발짝 떨어져 있던 자들도 영문도 모르고 픽픽 쓰러졌다.

'묵객만큼 강한 자들이다!'

상황을 지켜보던 담귀운은 다시금 얼어붙고 말았다. 절정의 솜씨였다. 내기를 다루는 것뿐만 아니라 대처 역시 칠객이라고 해도 믿을 정도로.

"대주, 설마 이러다가……."

"아니, 걱정하긴 이르다."

걱정스럽게 물어오는 일 조 조장을 향해 담귀운은 싸늘한 미소를 지어 보였다.

스윽.

그는 품속을 뒤져 둥근 모형의 놋쇠 물체를 꺼내 들었다. 팽인호에게 받았던 여덟 개의 폭꿩 중 하나를 만약을 대비해 들고 온 것이다.

'이대로 두면 저들은 우리의 후환이 될 터. 모두 죽이고 다른 인질을 찾는 게 더 낫겠지.'

그는 속으로 생각을 정리하며 크게 외쳤다.

"모두 달라붙어라! 녀석들을 한곳으로 더욱 몰아붙여라!"

담귀운은 다시 한번 새끼 무사들에게 명하고는 둥근 놋쇠의 허연 줄에 뭔가를 비벼댔다.

치이이이.

순간 이상한 소리를 내며 놋쇠 구형이 기분 나쁜 소리를 내기 시작했다.

*   *   *

장씨세가 사람들의 눈에 점점 희망이 샘솟기 시작했다. 적들을 막아 내는 호위무사들의 엄청난 신위를 보며 점점 미소가 피어오른 것이다.

툭.

"이게 뭐지?"

그러던 그때 사람들이 밀집되어 있는 곳에서 뭔가가 바닥으로 툭 떨어졌다. 부서진 천장에서 떨어진, 놋쇠로 된 둥근 물체였다.

누군가가 중얼거린 소리에 장련의 시선이 그 물체로 향했다.

'이건……'

둥근 놋쇠로 만든 물체와 바지직거리며 타는 화약 냄새. 그것은 분명 어디선가 본 적이 있는 물건이었다.

그 순간, 절규하듯 외치던 한 사내의 목소리가 그녀의 머릿속을 스치고 지나갔다.

"물러서! 안으로 피해!"

"피해요, 어서!"

"아가씨?"

"모두 흩어지세요! 당장!"

거의 울부짖는 장련의 목소리에 지켜보던 사람들은 또다시 어리둥절한 표정을 지었다. 몇 명은 그녀의 말대로 흩어지기도 했지만, 숫자로 압박하는 자객들로 인해 다시금 빽빽이 모여들었다.

"아아… 안 돼. 안 돼……."

장련은 사람들을 뚫고 둥근 물체 쪽으로 달려 나갔다. 그러고는 지척까지 와서는 다시금 외쳤다.

"내게서 떨어져요……. 나에게 오지 말아요!"

"련아?"

장련을 보던 이 공자의 눈이 커졌다. 그녀 앞에 있는 물체가 그제야 눈에 들어온 것이다.

치이이이!

정신이 나간 사람처럼 얼이 빠져 있는 그녀의 얼굴도 함께.

'서, 설마 저건!'

콱!

적을 쓰러뜨리다 장련의 외침에 뒤늦게 알아챈 명호는 이내 경악에 물들었다. 코끝을 간지럽히는 냄새의 존재를 뒤늦게 깨달은 것이다.

"소저!"

명호는 극도로 흥분했다. 갑자기 저것이, 하필 왜 지금 여기서 나타난 것인가.

"제발요! 제발 제 곁에 오지 마세요!"

팟.

장련의 외침에 명호는 급히 도약했다. 머릿속으로는 이미 늦었다고 되뇌고 있었지만 선택의 여지가 없었다.

"비켜! 모두 비키라고―!"

치익!

심지가 모두 타들어간 순간, 명호는 세상이 정지된 것처럼 느껴졌다.

스으으으―

핏물에 흠뻑 젖어 뒤늦게 돌아본 나한승들. 영문 모를 표정을 짓던 장씨세가 사람들 모두가 거의 움직이지 않는 것처럼 느리게 흘러갔다.

우우우웅―

소리도 멎었다.

절규하던 장웅과 병장기 소리는 공허한 울림으로 남아 명호의 귓가에 맴돌 뿐이었다.

처억.

"소저?"

장련 옆에 다가간 명호가 입을 여는 순간.

털썩.

"꺄아아악!"

자지러지는 그녀의 모습이 눈에 들어왔다.

캉! 캉! 캉!

뒤이어 들린 몇 번의 병장기 소리.

정지했던 시간이 움직이고, 고요했던 소리가 몇 배나 크게 터져 나온다.

윽! 으악! 악!

그리고 주위에서 비명 소리가 들리자 명호가 그제야 상황을 이해했다.

'폭굉이……'

폭굉이 터지지 않은 것이다.

＊　　　＊　　　＊

달그락달그락.

말을 탄 수십 명의 사람들이 어두운 숲속 길을 헤치며 나아가고 있었다. 그들 앞쪽에는 격자무늬의 반장등(盤長燈)이 거리를 비추고 있었다.

사람들은 마차 위에 내걸린 그 불빛에 의지해 따라가고 있는 중이었다.

"말년에 이런 거창한 마차에도 타보고 말이야. 맹은 참으로 맹이야. 돈도 많고……."

능시걸이 창가에 고개를 내밀고 불쾌해진 표정으로 말했다.

무림맹은 장씨세가에 있던 그들이 부름에 응하기도 전부터 많은 수의 마차와 말을 준비해 두고 있었다. 거기에 호위란 명

목으로 달라붙은 감시의 눈들. 그들이 무슨 의도를 가졌는지 명백하게 느껴졌다.

"장 가주는 어떠시오?"

능시걸은 장원태에게로 시선을 돌렸다.

"아니… 저는……."

장원태는 불편한 얼굴로 말끝을 흐렸다. 마침 그의 맞은편에 앉은 맹의 순찰 부당주, 중수운(重水雲)이 딱딱하게 얼굴을 굳히는 모습을 확인한 탓이다.

"가진 게 권력과 돈뿐인 맹이거늘, 이 정도 마차를 사용하는 거야 뭐 어렵겠습니까."

장원태가 난처해하자 옆에 앉은 모용상이 말을 받았다.

"허허허. 듣고 보니 모용 가주의 말이 맞소. 밥 한 끼 먹기 힘든 비루한 거지들이 있어야 호의호식하는 맹의 사람들도 있을 수 있는 것이지. 안 그렇소, 장 가주?"

능시걸이 껄껄 웃으며 물었고, 장원태는 어색한 얼굴로 헛기침만 했다.

'제길…….'

중수운은 인상만 구겼다.

원래 그의 앞에서 노골적으로 맹을 욕하는 자는 당장 제 목을 댕강 잘라 내놓아야 했을 것이다. 그러나 정작 그의 앞에서 입을 터는 자는 중원 십만 거지의 대표인 개방의 방주, 또 하나는 오대세가 중 하나인 모용세가의 가주다. 아무리 무림맹의 권력자 중 하나인 순찰 부당주라 해도 그의 권력이 이들의 힘에 비견될 수는 없었다.

"빨리 좀 몰라 하게. 아직 장씨세가의 권역도 벗어나지 않았소."

"…알겠습니다."

그래서인지 창밖을 보며 외치는 능시걸의 불만에도 일말의 대꾸도 없이 가만히 있었다.

"헉."

끼이이익.

그러던 그때, 갑자기 마차가 멈춰 섰다. 순간 내심 짜증이 치솟아 있던 순찰 부당주가 뒤도 안 돌아보고 급히 내렸다.

"어느 놈이 감히 무림맹의 행차를 방해하느냐!"

그사이 능시걸과 모용상, 장원태가 차례로 내리며 눈썹을 움찔거렸다.

"팽 장로?"

선두의 마차를 가로막은 자는 놀랍게도 팽인호였다. 그는 지친 기색이 역력한 표정으로 그들 앞에 서 있었다.

"팽 장로 아니십니까? 맹에서 뵙기로 하셨는데 어찌 여기에……"

"큰일 났소이다. 빨리 말을 돌리십시오."

팽인호의 말에 다들 의아한 시선으로 그를 바라보았다.

"조금 전, 장씨세가가 습격당하고 있다는 소리를 들었습니다."

"그게 무슨! 습격이라니!"

장원태가 목소리를 높였다. 상대의 연배고 권세고 모두 잊어버린 반사적인 반응이었다.

팽인호의 눈썹이 잠시 곤두섰으나 그는 곧 고개를 돌리며 말을 이었다.

"본 가의 팽가비가 한 보고입니다. 본 가가 주시하고 있던 사파의 잡졸들, 세청 밀영대란 놈들이 얼마 전 이곳을 지나 장씨세가로 갔다는 겁니다."

"이놈!"

순간 능시걸이 엉킨 머리까지 부스스 일으키며 노성을 터뜨렸다. 땟국이 그득히 얼룩진 그의 옷소매가 바람 든 것처럼 팽팽히 부풀어 올랐다.

"너 이놈! 이게 죄다 네가 한 짓이지, 이거……."

"방주! 지체할 시간이 없소. 지금 가야 하오!"

와락!

그러나 그런 그를 저지하는 손이 있었다. 청수한 인상의 노인, 모용세가주 모용상이었다.

"모용 가주! 지금 이게 무슨 뜻인지 모르시겠소? 이런 개방귀 같은 수작을 저놈이……."

"그렇든! 아니든! 지금은 한시가 급한 상황이오. 시간이 지체될수록 피해가 더 커질 것이오!"

"이런 찢어 죽일 놈……."

팽인호를 바라보는 능시걸의 인상이 일그러졌다.

분노로 터질 듯하던 그의 얼굴은 곧 얼음처럼 굳어 노성을 터뜨렸다.

"십오 조!"

타타타탁.

한마디 호령하자 삽시간에 그의 주위에 너저분한 옷을 입은 거지들이 몰려들었다.

"너희들은 지금 즉시 장씨세가로 가거라! 한시가 급하다!"

"예엣!"

휙! 휘휙!

대답과 함께 십오 조는 삽시간에 사라졌다. 밀영대 고수들이 장씨세가를 친 상황이라면 지금은 일단 그쪽의 안위부터 살펴야 한다.

"모용세가는 들으라. 우리도 장씨세가를 구하러 간다."

"옙!"

모용상의 호령에 그 뒤에 있던 사내들이 대답했다. 그들도 곧장 말을 버리고 경신술을 펼치며 사라졌다.

"자, 그럼 우리도 갑시다, 방주."

모용상이 불렀지만 능시걸은 이를 바득바득 갈며 팽인호를 보는 눈길을 끊지 못했다.

"팽인호, 내 이 일은 기필코 잊지 않을 것이다."

맹에 개방이 사파와 음모를 꾸몄다는 거짓 소문을 낸 팽가. 팽가 가주를 죽였다는 유언비어. 그것도 모자라 장씨세가를 없애려는 사파의 모략까지. 치밀하게 설계된 팽인호의 음모가 찬찬히 능시걸의 뇌리에 자리 잡혔다.

팽인호는 살기등등한 능시걸의 눈길을 받으며 태연자약하게 되물었다.

"이건 또 무슨 말씀이신지……? 제가 무슨 일을 벌이기라도 했다는 말씀입니까?"

"참으로 공교롭지 않나? 우리가 장씨세가에 있을 때 마침 맹의 소환령이 떨어지고, 우리가 돌아가는 길에! 네놈이 기다리고 있다가 장씨세가의 비보를 전해줬으니!"

"별로 이상할 것도 없습니다. 팽가 역시 운수산의 행차에 방해를 받았습니다. 녀석들의 행동을 예의 주시 하는 게 당연하지 않습니까?"

"이놈이 그래도!"

벌컥 하는 능시걸의 소매를 중수운이 붙잡았다.

"너무 흥분하신 것 같습니다. 뭐가 어찌 된 것인지는 모르나… 급하다 하시지 않으셨습니까?"

"흥!"

능시걸은 코웃음을 치며 소매를 뿌리쳤다.

휙! 휘휙!

바람처럼 능시걸과 모용상이 떠나자 맹의 직속 인원과 장씨세가의 장원태만 덩그러니 남아버렸다.

"허허, 어르신들의 혈기가 젊은이 못지않으시군요. 너무 괘념치 마십시오."

중수운이 팽인호를 향해 부드러운 미소를 띠며 말했다. 팽인호가 웃으며 답례했다.

"압니다. 오해는 시간이 지나면 금방 풀어지게 마련이지요. 그보다 한 가지 부탁드려도 되겠습니까?"

"말씀하시지요."

"장 가주와 마차를 쓰고 싶습니다. 갑작스러운 변고에 마음이 어지러우실 테니 이 늙은이가 몇 마디 위안이라도 해드리고 싶군요."

"물론입니다. 이 마차에 오르십시오."

중수운은 흔쾌히 고개를 끄덕였다.

"……."

장원태는 아무 말 없이 서 있었다. 눈앞에서 자기 가문의 멸문이나 다름없는 위기를 통보받았다. 그런데 거기에 대해 아무 저항도, 반박도 하기 힘든 것이 강호의 약소 세가들의 운명이 아닌가.

꾸욱!

그 생각 때문인지 그의 주먹이 피를 맺을 듯 으스러졌다.

*　　　　*　　　　*

바바바박. 쿵쿵.

마차는 조금 전보다 몇 배는 더 거칠게 움직였다.

개방의 고수와 모용세가의 고수들은 보이지 않을 거리만큼 사라졌다. 다급한 상황이니만큼 바삐 움직이고 있는 것이다.

"너무 걱정 마시오, 장 가주."

창가를 내다보던 팽인호가 입을 열었다. 그는 장원태에게 눈을 두지 않고 있었다. 마치 너 따위는 내가 쳐다볼 필요조차 없다는 듯이.

"이번 녀석들은 귀문이 아니라 적사문으로 파악되오. 복수가 아닌 돈이 목적일 테니 이유 없이 아무나 죽이지는 않을 거란 말이외다."

장원태는 말없이 고개만 숙이고 있었다. 그러다 잠시 뒤 미미하게 끄덕였다.

"저도 그리 생각합니다. 본 가도 그들 정도에 심각한 피해는 입지 않을 겁니다."

"…허?"

전혀 예상치 못한 답변 때문일까. 팽인호가 반사적으로 돌아보았고, 장원태와 눈이 마주치자 헛기침을 하며 고개를 돌렸다.

"뭐… 그렇다고 너무 지나친 낙관은 하지 마시지요. 끔찍한 살기를 품고 있는 살귀들이니."

"본 가의 무사들도 그들 못지않다고 생각합니다."

"허허허."

팽인호가 말도 잇지 못하고 헛웃음만 흘렸다.

'내가 너무 위안해 줬나?'

밀영대가 비록 귀문은 아니라 하나, 적사문 또한 날고 기는 자객들의 집단이다. 명목상 위로해 주는 척 던진 말을, 장원태는 너무 고스란히 받아들인 것 같지 않은가.

"그건 그렇고, 참으로 안타깝습니다. 어찌 우리 세가의 관계가 이리되었는지… 생각하면 생각할수록 아쉬움이 듭니다."

왠지 껄끄럽다고 느껴 팽인호는 화제를 돌렸다.

"사람이 자리가 바뀌면 행동도, 태도도 다 바뀌는 법이지요. 귀한 사람, 천한 사람 가리지 않고 누구나 말입니다."

장원태는 담담히 말을 받았다.

"흠, 저도 그리 생각합니다. 모두가 다 바뀌어가고 있는데 그러지 못한 자들이 있다는 게 마음에 걸립니다. 나쁜 일은 보통 거기서 오는 법이지요."

팽인호가 말속에 묘한 가시를 넣으며 장원태에게 둘러말했다. 네놈들이 이전처럼 고분고분 기지 않고 뻗대기 시작하니 일이 이렇게 된 것 아니냐는 의미였다.

"바뀐다고 해서 모두 옳은 것은 아닙니다. 그 방법이 그릇된 것이라면 어찌 옳다고 할 수 있겠습니까. 과정 또한 존중받아야 한다고 생각합니다."

그런데 장원태는 그 의미를 알아들었는지 못 알아들었는지 진중한 얼굴로 말을 받았다.

팽인호는 이제 슬며시 짜증이 나기 시작했다. 이제 그의 목소리는 조금 더 날이 섰다.

"장 가주, 정중지와라고 했습니다. 우물 안의 개구리는 우물 밖 넓은 세상을 보지 못합니다. 안 그렇습니까?"

"분명히 그렇습니다. 개구리는 보이는 우물의 구멍이 사각이면 하늘도 사각인 줄 알고, 우물이 둥글면 하늘도 둥근 줄 안다지요. 그러나 팽 장로, 정도(正道)는 희생을 강요하기보다 상생을 권하는 법입니다. 이는 사도(邪道)와는 엄연히 다른 길이지요."

'…이놈이?'

꿈틀! 찌릿!

팽인호의 눈꼬리가 매섭게 올라갔다. 이제껏 제가 말하는 것마다 꼬박꼬박 말대답하는 것도 건방져 보였는데, 이번에 하는 말은 그의 자존심을 완전히 건드렸다. 장씨세가라는 우물 속에 갇힌 촌 늙은이가 감히 팽가의 장로에게 네가 우물 안 개구리라고 반박하지 않는가.

"이리 말해도 이해가 안 되시는 듯하니 단도직입적으로 말씀드릴 수밖에 없겠군요."

불쾌해진 팽인호의 표정이 변했다. 더 이상 돌려 말하지 않고 직접적으로 협박에 나서기로 한 것이다.

"장씨세가는 곧 세상에서 잊힐 겁니다."

팽인호를 보는 장원태의 미간이 꿈틀대자 그는 그런 변화를 기다리고 있었다는 듯 말을 이었다.

"개방과 모용세가라는 걸출한 배경을 얻었다고 하여 장씨세가가 같은 급으로 올라서는 것은 아니지요. 맹의 눈에 장씨세가는 일개 세가, 그저 그런 장사치 정도일 뿐입니다. 아, 불쾌하실지 모르지만 소인은 사실을 말씀드리는 겁니다."

"……"

"개방과 모용세가의 일은 적정한 선에서 타협이 될 것입니다. 팽가가 사파와 연관이 없다는 것도 차차 증명이 될 것이고요. 운수산은 이번에 논란의 지역이 되었으니, 그 수습은 팽가도 장씨세가도 아닌 맹이 가져가는 것으로 될 터. 하나, 장씨세가는."

팽인호는 거기서 잠시 말을 끊었다. 그는 미소를 띠며 말을 이었다.

"그냥 잊힐 겁니다. 운이 없다면 아예 세상에서 지워질지도 모르지요."

"……!"

장원태의 분노가 눈썹 끝에서부터 피어올랐다.

그런 그에게 팽인호는 눈 하나 깜빡이지 않고 말했다.

"적사문의 밀영대 정예가 투입되었습니다. 사람 죽이기를 주머니에서 물건 꺼내듯 하는 자들. 그리고 그중 다섯은 중원 전역에서도 파다한 악명을 얻은 자입니다. 음, 모산파(茅山波) 운룡신검(雲龍神劍)의 죽음에 대해서 아십니까?"

꾸드득!

장원태의 주먹이 소리를 내며 쥐어졌다.

팽인호는 그런 모습을 보고 조금 기분이 유쾌해졌다.

"백대고수에서도 상위에 드는 운룡신검 적군양(積君陽). 그가 어느 날 아침, 모산파의 본당 암자(庵子)에서 좌선을 하다 말고 시체로 발견되었다지요. 일파의 장문인을 그들의 본거지에서 살해할 수 있는 미친 살귀들. 그런 일을 벌인 자들이 이번 일에 개입되었다는 겁니다."

팽인호는 느릿한 자세로 다리를 꼬았다.

"그들은 전문가입니다. 특히 한 사람을 죽이는 데 있어서는 중원… 아니, 강호 최고의 전문가지요. 우스갯말로 구대문파 장문인도 죽일 수 있다고도 하던 자들입니다. 묵객인들, 장씨세가의 유명한 호위무사인들 그들의 손을 피할 것 같습니까? 장 가주, 아직 늦지 않았습니다."

"…무엇이."

장원태의 목소리가 가늘게 갈라졌다.

팽인호는 이제 약간의 측은함을 느끼며 조금 목소리를 가라앉혔다.

"돌아가시는 길에 운수산을 팽가에 넘기시오. 그러면 차후 맹에 갔을 때 최대한 장씨세가의 입장에 서서 증언을 하겠습니다. 비록 이번에 불행한 일은 있었으나 그에 대한 보답으로 앞으로 향후 십 년간, 그런 위협으로부터 장씨세가를 지켜 드리겠습니다. 어떻습니까? 이 정도면 괜찮은 조건이지 않습니까?"

장원태는 잠시 고개를 숙였다.

팽인호는 그런 그의 무기력한 모습에 한숨을 쉬었다.

'끝났군.'

자신은 할 바를 다 했다. 상대의 손발을 꽁꽁 묶고, 아무 힘도 쓰지 못하게 만들었다. 이런 상황에서 일개 세가, 그것도 무가도 아닌 그저 그런 세가의 입장에서 달리 방법이 없으리라.

"팽 장로."

"예, 말씀하시지요."

나지막하게 가라앉은 장원태의 목소리를 팽인호는 달갑게 맞았다.

"저희가 장사치라고 하셨지요? 예, 그 말씀대로 본 가의 출신은 상방, 장사치가 맞습니다. 지는 싸움에는 승부를 걸지 않습

니다."

"허, 그러시겠지요."

역시나 항복 선언인가? 그렇게 생각하고 미소를 짓던 팽인호의 표정이 서서히 변했다.

"본 장씨세가에도 뛰어난 무사들이 많습니다. 어떤 적과 싸워도 밀리지 않을 정도로."

"……."

눈이… 살아 있었다. 그만큼 짓밟혔으면 꺾였어야 할 투지가 불길처럼 남아 있었다.

"그리고 그중엔 전문가도 있지요."

"허어, 참."

팽인호는 웃었다. 하지만 제대로 웃지 못했다.

'정말로 관을 봐야 눈물을 흘릴 모양이군.'

이 정도 얘기를 했는데도, 충분히 친절을 베풀었는데도 장원태는 자신의 말을 알아듣지 못했다. 이제는 참기 힘든 노기가 끓어올랐다.

"전문가라고요? 어떤 전문가 말입니까?"

팽인호는 그래도 묻기로 했다. 전문가란 얘기에 왠지 그의 장단에 한번 맞춰보고 싶은 생각이 든 것이다.

"말씀하신 전문가를 잡는 전문가입니다."

팽인호의 표정이 일그러졌다.

"이보시오, 장 가주……."

"팽 장로께서는 당연히 팽가에 거셨겠지요?"

장원태는 겁도 없이 그의 말을 잘랐다. 마차 안에서 나눴던 그 어떠한 얘기보다 더 자신감이 넘쳐흐르는 모습이었다.

　"소인은 장씨세가에 걸었습니다, 제 육십 평생을."

第八章

소위건의 부탁

"대협… 어떻게 된 겁니까?"

안색이 하얗게 된 장웅이 달려와서 물었다. 명호는 불발된 폭꾕을 저 멀리 던져 버리며 씹어뱉듯 말했다.

"이 공자, 잠시 장련 소저 곁에 있어주시오."

"예, 옙!"

장웅은 고개를 끄덕였다. 뭐라 묻기에는 명호에게서 스멀스멀 소름 끼치는 살기가 피어오르고 있었던 것이다.

"대협! 놈들이 다가오고 있소!"

조금 전까지 명호가 지키던 지점에서 비명 소리가 들려왔다. 그는 즉각 품속에서 암기를 꺼내, 보지도 않고 던져 버렸다.

바바바박!

네 개의 비수는 뚜렷한 곡선을 그리며, 사람들에게 달려들던 새끼 자객들의 머리에 박혀 들었다.

"칼을 좀 빌려도 되겠소?"

"아, 네! 물론입니다."

장웅은 엉거주춤한 자세로 자신의 허리춤에 찬 검을 꺼내 주었다.

터억.

명호는 검을 받자마자 원래 있던 자리로 돌아갔다.

"쓰레기들."

어디서 암기가 날아왔는지 아직도 감을 잡지 못한 새끼 자객들. 그런 주제에 겁도 없이 더러운 이빨을 드러낸 것들.

명호는 그들을 향해 검을 세우며 처음으로 매서운 살기를 드러냈다.

"싹 쓸어주마!"

＊　　　＊　　　＊

"뭐야!"

담귀운은 버럭 소리를 질렀다.

조금 전까지 흐뭇하게 바라보던 그가 격노하듯 분노했다.

당연히 터져야 할 폭굉이다. 그것도 다섯 배 강하다고 했으니 저 건물쯤은 통째로 날려 버리고도 남을 상황이 와야 한다.

그런데 터지지 않았다.

"설마 그놈이……."

순간적으로 담귀운은, 미묘하게 시선을 돌리던 팽인호의 모습이 떠올랐다.

"단주……."

일 조 조장이 그를 불렀지만 이미 담귀운의 얼굴은 붉게 물들어 있었다.

"개자시이익!"

제대로 속았다는 생각에 담귀운의 표정이 일그러졌다. 그는 이를 바득바득 갈았다. 하나, 그의 분노는 짧았다.

픽! 픽! 쐐애액!

저 멀리서 서너 명씩 죽죽 떨어져 나간다.

시선을 자극할 정도로 새끼 자객들을 죽이는 한 사내. 틈틈이 던지는 암기 역시 백발백중이었다. 누구 하나 막는 이 없었고 버티는 자 없었다.

'뭐야, 저놈은…….'

일 대 다수의 싸움이다.

아무리 새끼 자객들의 무공이 일천하고, 지금 자객이 원하는 싸움을 하는 게 아니라 해도 숫자가 압도하고 있었다.

"으아아악!"

"아아악!"

"컥!"

한데, 그의 검법 앞에 너무나 무기력하게 죽어나가고 있었다. 담귀운이 퍼뜩 정신을 차렸을 때는 거의 모든 자객들이 날아가

버린 상태였다.

"대체 이런 일이……."

무위의 감탄은 그뿐만이 아니었다. 잠시 정적 상태를 유지하던 나한승의 시선도 명호에게로 향한 상태였다. 방향 전환, 저돌적인 검술 앞에 그들 역시 말을 잃어버렸다.

콱!

"대사, 마무리를 부탁하오."

눈앞에 하나 남은 새끼 자객을 제거한 명호가 나한승을 향해 말을 건네고는 앞으로 곧장 뛰어갔다. 그리고 십 장 정도 떨어진 담귀운과 시선을 맞췄다.

스윽.

명호가 그를 향해 손바닥을 펼쳐 보였다. 담귀운의 시선이 그의 손바닥에 머무르는 순간 명호가 말했다.

"다섯이다."

"……?"

"다섯을 셀 시간 안에 너를 죽여주마."

"감히!"

담귀운은 칼을 빼냈다. 검 끝에 기운이 맺히자 급히 명호의 움직임을 쫓았다.

파파팟.

명호는 칼을 바닥에 던지고는 저돌적으로 달려들었다. 그리고 어느 지점에서 솟구쳐 올랐다.

쇄애애액.

담귀운의 검 끝에 맺힌 일 척의 검기(劍氣). 그는 명호가 떠오르다 멈춘 지점을 포착하기 위해 정신을 집중했다.

휘리리릭.

하나, 그의 생각보다 명호는 허공에 오래 머물렀다. 지면을 향해 암기를 던져 몸을 반 장 더 띄워 올리는 수법으로 포착 지점을 알 수 없게 만든 것이다.

'언제냐.'

점점 다가오는 명호를 보며 담귀운은 어느 때보다 집중했다. 검기가 발출된 이상, 단 한 번만 맞히면 끝인 상황이다. 하지만 마치 아래위로 요동치듯이 변화하는 명호의 움직임 때문에 쳐야 할 간극을 잡을 수 없었다.

슈슈숙.

때마침 두 개의 암기가 그를 향해 날아들었다.

'제길!'

담귀운은 결국 신법을 발휘해 뒤로 도약하며 작전을 바꿨다. 상대가 땅에 닿는 순간 잠시 멈칫거릴 터. 그때 검기를 날리면 된다고 판단한 것이다.

그런데 한 발 피하는 순간, 이번엔 전혀 예상치 못한 것이 치솟아 올랐다.

파파파파팟.

손 한 번 뻗은 순간에 십여 개의 암기가 일렬로 뿌려졌다.

피할 공간, 막을 공간 같은 건 존재하지 않았다. 광범위하게, 그리고 암기 끝에 기광이 서린 채 제각기 괴이한 형태로 회전하며 날아온 것이다.

담귀운은 멍한 머리에 하나의 단어를 떠올렸다.

'만천화우!'

그리고 그걸 떠올렸을 때는 이미 암기 몇 개가 그의 몸을 관통한 다음이었다.

그는 허공에서 발이 땅에 닿기도 전부터 숨이 틀어막히고 있었다.

'천하의 당가가 왜⋯⋯.'

풀썩.

그것이 그의 마지막이었다. 그 자리에서 절명해 버렸다.

슉!

"컥!"

명호는 품속에 남은 마지막 암기를 던졌다.

홀로 남은 일 조 조장은 영문도 모른 채 그대로 죽어버렸다.

"다 처먹고 배나 터져라."

명호가 죽은 담귀운을 싸늘하게 바라봤다. 그리고 뒤돌아서며 말을 이었다.

"네놈들이 처먹기엔 너무 고급이지만⋯⋯."

         *   *   *

"나와라."

뒤쪽에서 사람의 인기척이 느껴지자 능자진이 반쯤 몸을 돌리고선 경고했다.

소위건도 그의 말에 시선이 뒤로 이동했다.

저벅저벅.

어둠 속에서 얼굴이 보이자 그들의 눈썹이 올라갔다. 놀랍게도 여인이었던 것이다.

"살려주세요."

봇짐을 품에 안은 여인은 몸을 떨어대며 말했다. 땀으로 범벅된 앞머리가 헝클어져 바람에 흩날리는 것이 사뭇 애처로워 보였다.

능자진이 물었다.

"여긴 어떻게 온 것이오?"

"대청의 부서진 문으로 몰래 도망쳐 나왔습니다."

"분명 그곳에 있으라고 했을 텐데?"

"너무 무서워서요……"

여인이 목이 메는 와중에도 힘겹게 얘기하자 능자진이 고개를 끄덕이며 손짓을 했다.

"거기 있으면 안 되오. 지금 이 근처에 자객이 있소."

"예?! 자객… 아!"

당황한 듯 여인이 눈을 부릅떴다. 이윽고 몸을 떨며 애절한 표정으로 능자진을 바라보았다.

"어서 내 등 뒤로 숨으시오. 가만히 있다간 필시 큰일을… 응?"

"아악!"

능자진이 말하던 중이었다. 어느새 그녀 앞에 다가간 소위건이 그녀의 목을 날려 버린 것이다.

"뭐 하는 짓인가!"

능자진이 소리쳤지만 오히려 소위건은 그를 매섭게 질책했다.

"정신 차려, 새끼야. 이 위험한 곳에 여인이 왜 있겠어?"

"…뭐?"

그 말에 능자진은 당황한 표정을 지었다.

"하여간 정파 샌님들은… 이런 뻔히 눈에 보이는 수작에 말려? 이거 봐라. 이 안에 든 게……."

그사이 소위건은 그녀가 내려놓은 봇짐을 뒤졌다.

그때였다.

"큭!"

무언가에 당한 듯 소위건은 가슴을 부여잡고 뒤로 주춤 물러났다.

봇짐이 찢어지며, 그곳엔 주름지고 흉측한 얼굴의 남자가 씨익 미소를 짓고 있었다.

삼 척 단구. 흡사 어린아이처럼 작은 체구.

능자진은 경악했다. 설마 사람이 들고 있는 봇짐 안에서 작은 사람이 나오리라곤 생각도 할 수 없었던 탓이다.

"괜찮나!"

"네놈이나 신경 써, 새끼야!"

소위건이 버럭 외칠 때였다.

캉캉.

사방에서 복면인들이 기습적으로 덤벼들었다.

캉캉캉!

번뜩 정신을 차린 능시걸은 곧장 검을 찌르며 가장 근접한 자객의 가슴을 겨냥했다. 그리고 뒤이어 다가오는 자객을 바라보며 검을 빼내려 했다.

꾸욱!

'이건…….'

그러나 빠지지 않았다.

앞의 놈은 미끼. 이미 죽음을 각오하고 뛰어든 자가 제 가슴을 찌른 검을 붙잡고 동료들에게 기회를 준 것이다.

능자진은 검을 빼내는 것을 포기하고 그의 어깨를 잡았다.

콱!

그러고는 찔러 들어오는 다른 자객의 칼을, 자신이 죽인 자객을 방패 삼아 막았다.

쇄액!

어느새 접근한 다른 자객의 칼은 허리를 숙이며 피해냈고.

빽!

뒤이어 접근한 자객이 칼을 뻗기 전에 발로 차고는 바닥에 떨어진 자객의 검을 낚아챘다.

캉! 캉!

이윽고 자객 다섯에게 둘러싸이자 능자진의 눈에 당황한 기색이 역력했다. 분명 하나하나는 별것 아닌 상대인데, 떼로 몰려든 지금 상황에서는 기묘하게 손발이 어지러워졌다.

더구나 그들의 싸움 방식. 동료의 생사도, 제 죽는 것도 신경 쓰지 않고 같이 죽자는 식의 공격은 능자진이 처음 겪는 살기 어린 합공이었다.

'온다.'

생각은 길지 않았다. 잠시 머뭇거렸던 자객들이 동시에 달려들었다.

파팟.

짧은 순간 내린 능자진의 결정은 우선 최대한 피하는 거였다. 그 뒤, 자신에게 유리한 지점을 선점하여 싸우는 것이다.

슉!

한 명을 벤 능자진이 또다시 방향을 틀었다. 최대한 거리를 벌리며 한 명씩 상대하려 애썼다.

슈슈슉.

이번엔 암기가 날아오자 그는 신법을 발휘해 몸을 움직였다.

'암기가 날아오면 무조건 피해야 해.'

위기는 곧바로 찾아왔다.

자신의 편을 생각지도 않고 암기와 함께 날아온 자객.

능자진의 눈매가 가늘어지더니 곧장 검법을 펼쳤다.

매화검법. 광풍낙화(狂風落華).

거센 바람에 흔들리는 꽃가루.

눈부신 검초가 곧바로 쏟아지며, 달려든 두 자객의 목을 날려 버렸다.

파팟.

그리고 검초가 끝날 때쯤 도약하며 다가오는 자객.

'……!'

능자진은 급히 검을 휘두르려는 찰나의 순간 멈칫했다. 덤벼든 자객 뒤에 몸을 숨긴 다른 한 명의 존재를 깨달은 것이다.

"하앗."

쉐애애액!

그는 급히 반 척의 검기를 생성해 낸 뒤 공간을 갈랐다. 그러자 일렬로 날아간 검기가, 덤벼든 자객과 등 뒤에 있던 자객의 목을 동시에 날려 버렸다.

"하아, 위험했어."

뚝뚝뚝.

능자진은 호흡을 골랐다.

만약 생각 없이 검을 휘둘렀다면 뒤에 있던 자객의 검에 목숨을 잃을 뻔했다. 짧은 순간 생성해 낸 검기가 자신의 목숨을 살린 것이다.

능자진이 문득 소위건을 떠올린 건 그때였다.

"이봐, 괜찮……."

그리고 채 말을 잇지 못했다.

아홉 명.

단 다섯으로 죽을 고비를 넘긴 자신과 달리, 소위건은 그 주변에 두 배나 되는 시체 더미를 만들어두고 있었다.

그런데 그 역시도 상태가 좋아 보이지 않았다. 바닥에 주저앉은 그의 가슴에서 펑펑 선혈이 솟구치고 있었다.

"아, 씨발. 다리 한쪽 날려먹은 걸 까먹었어. 킬킬킬!"

"소위건!"

능자진은 기겁하며 그에게 다가갔다. 멀리서 본 것과 다를 바 없이 소위건의 가슴은 선혈이 가득했다.

부러진 칼날 두 개가 삐쭉삐쭉 솟구친 모습으로 소위건은 킬킬대며 웃고 있었다.

"쳐다보지 마. 정들어, 새끼야."

"소위건……."

"똑똑히 기억해라, 화산파 샌님아. 이게 살수다. 밑바닥 박박 긁는 새끼들이 얼마나 독한지 기억해……."

"콜록콜록!"

소위건이 말끝에 기침을 했다. 그 기침의 절반은 시뻘건 피였다.

"서둘러 뒤로 피하세! 의원이 빨리 조치하면……."

"난 텄어. 그러니 이거부터 받아."

바르르. 터억.

소위건이 품에서 조그마한 옥패를 내밀었다.

피로 물든 그의 입이, 가늘게 탄식처럼 한마디를 흘려냈다.

"부운현(浮雲縣) 우룡객잔(雨龍客殘)."

"…어디라고?"

"부운현 우룡객잔이라고. 똑똑히 기억해, 새끼야. 너 나한테 목숨 빚졌어. 잊지 말고… 끄끄… 끅!"

바르르륵!

말을 채 잇지 못하고 소위건의 목이 떨어졌다. 온몸에 피 칠

갑을 한 그는 능자진의 발아래에서 숨을 거두었다.

"소위건……."

알 수 없는 감정이 목구멍으로 치솟았지만 능자진은 꾸역꾸역 참았다. 그에겐 슬픔을 표현할 시간이 없었다. 현 상황은 여전히 너무나 위급했기 때문이다.

＊　　＊　　＊

슈슈슈슉!

휘릭! 휘리리릭!

야월객들은 품(品)자로 선 상태로 광휘를 향해 암기를 던졌다.

빙그르르르.

광휘는 구마도로 가린 채 팽이처럼 몸을 회전하며 암기들을 막았다.

따당따당!

그리고 그저 막는 것에서 그치지 않았다. 일시적으로 맞받아치거나 암기들을 흘려 반격을 가하는 수법을 쓴 것이다.

"아, 안 돼. 안 먹혀……."

세 명의 야월객은 신음했다. 원거리에서 보여줄 수 있는 모든 공세를 펼쳤다. 그럼에도 상대는 거의 타격을 받지 않았다.

독에 감염된 몸 상태에 기대를 걸었지만, 그것 역시 어떠한 영향도 주지는 못한 듯 보였다.

이제 남은 건 근거리 타격뿐. 하나, 그가 보인 무위를 보건대 접근전은 거의 자살행위나 다름없었다.

'이길 수 없어.'

야랑과 묘영은 지치고 부상당했다. 연거푸 검기를 생성해 낸 탓에 체력이고 기력이고 모두 바닥을 기고 있었다.

그에 반해 그들 눈에 비친 광휘는 전혀 그런 점이 없어 보였다. 아니, 오히려 이전보다 더욱 기세가 등등한 모습이었다. 부상은 오히려 그가 훨씬 더 엄중했었음에도.

깡깡깡!

기습적으로 비부가 날린 암기가 또다시 광휘의 도에 막히자 그들의 얼굴에 절망감이 스며들기 시작했다.

흐르르륵.

온몸에 피를 두른 광휘가 마물처럼 흐릿한 소리를 내며 그들을 불렀다.

"더 팔딱거려 봐, 어서……."

그들의 눈엔 악마였다. 바라보기만 해도 전의를 상실케 하는.

"너야."

야랑의 시선과 맞닿은 광휘가 입꼬리를 올리며 말했다. 그러고는 바닥에 널브러진 괴구검을 천천히 회수하더니 순간적으로 도약했다.

"피해!"

파파팟.

급히 다른 쪽으로 몸을 틀던 묘영이 소리쳤다. 하나, 그들의 생각보다 광휘의 움직임은 몇 배나 더 빨랐다. 야랑이 뭔가 하려고 마음을 먹은 순간 이미 다가와 있었기 때문이다.

캉!

급히 내두른 야랑의 일 초(一草).

캉캉캉!

연속으로 휘두른 이 초, 삼 초, 사 초.

지이이잉. 캉!

검에 기운을 담아 내지른 오 초.

하나, 모든 공격이 무산되었다. 심지어 마지막 내력이 담긴 초식을 펼치자 튕겨 나간 것은 오히려 야랑이었다.

그리고 곧장 위기가 찾아왔다.

팍!

"윽!"

삽시간에 거리를 좁힌 광휘의 구마도에 맞은 야랑은 주르륵 밀려 나갔다.

파아악!

또다시 이어진 이 연타.

그의 신형이 이번엔 삼 장을 부웅 떠서 날아갔다.

슈슈슉. 피익.

그사이 야월객들도 놀고 있지 않았다.

묘영이 등 뒤에 있는 두 개의 유엽비도(柳葉飛刀)를 양손으로 날렸고, 비부가 품속에서 여섯 개의 탈명비도(奪命飛刀)를 떨어뜨렸다.

파파파팟.

패애애애액!

솟구치다 떨어지는 유엽비도와 엄청난 회전력으로 날아가는 탈명비도.

사방팔방으로 날아드는 암기에 대응해, 광휘는 그것들이 닿기도 전에 구마도를 휘둘렀다.

휘우우우웅—!

그 순간, 놀라운 일이 일어났다. 구마도를 통해 생성된 도풍(刀風)으로 단번에 흩날려 버린 것이다.

'아!'

야랑은 마귀를 보는 듯했다. 동료들의 공격을 손쉽게 파훼시키는 광휘의 무예에 정신이 거의 마비될 지경이었다. 그는 거의 정신이 혼미해진 상태에서도 악착같이 검을 휘둘렀다.

휘익!

광휘가 고개를 숙여 그의 검을 손쉽게 피해냈고.

쉭!

오히려 광휘가 반격을 하자 야랑이 다리에 상처가 났다.

쇄액!

이후. 광휘는 그의 가슴에 빠르게 검을 찔러 넣었고.

사악! 삭삭!

어깻죽지, 허리, 허벅지로 연속해서 지나갔고.

콱!

이윽고 광휘의 구마도가 그의 가슴팍을 때리자 야랑의 몸이 거의 일직선으로 밀려 나갔다.

콩!

등 뒤에 쌓인 벽을 뚫고.

콰쾅!

또다시 사 장이나 날아가더니 밖에 둘러진 토사의 외벽까지 무너뜨리고서야 땅에 널브러졌다.

타타탓.

광휘는 쉬지 않았다. 전광석화와 같은 속도로 달려들었다.

"응?"

칼을 휘두르려던 광휘가 멈칫했다. 야랑이 온몸에 피를 두른 채 축 늘어져 있었기 때문이다. 그가 더 이상 움직이지 않자 그를 보던 광휘는 안타까운 얼굴로 후, 한숨을 쉬었다.

"벌써 죽으면 어떡해……."

콱!

아쉬워 허무해진 얼굴로 광휘는 괴구검을 들어 상대의 가슴에 찔러 넣었다.

퍼뜩! 부르르르!

이미 유명을 달리해 버린 시체가, 칼날에 육신이 저며져 반사적인 경련을 일으킨다.

"하아아아……."

광휘는 이미 주검이 된 시신에 칼날을 박은 채 오래도록 조용히, 발그레하게 핏기 도는 얼굴로 하늘에 시선을 두고 있었다.

쑤욱! 으드득!

검을 뽑자 그 끝에 묻어 나오는 피. 그리고 시체의 너저분한 살점.

"좋아……. 하지만 부족해……."

처덕처덕.

칼날에 묻은 살점과 피를 매만지며 광휘의 눈이 기이한 열기를 띠었다.

"조금 더."

턱. 턱.

미친놈의 눈빛처럼 인광이 배어 나오는 눈이, 먼저 간 두 명의 야월객을 좇는다.

"조금 더."

턱. 턱.

광휘의 걸음이 빨라졌다. 더 빨라지고 더 광포해졌다. 칠 년 전 광마가 되어버린 그때의 그 자신으로, 그는 온 얼굴에 진득한 미소를 담은 채 달리기 시작했다.

"조금 더 나를 즐겁게 해달라고! 버러지들!"

광휘의 눈과 마주치는 순간 야월객은 갈지(之)자로 찢어졌다.

강호에 발을 들인 이래 많은 경험을 쌓았다고 자부한 그들이지만, 오늘처럼 엿같은 상황은 생에 처음 겪는 일이었다.

한마디로 미친놈이었다.

명문 도가의 도법. 불가의 외공과 외가권.

개방의 무예 수법과 괴이한 검술.

중원에서 볼 수 없는 괴이한 검(劍)과 도(刀).

사방을 물들일 정도로 미친 광기까지.

그는 상대할 수 있는 수준을 넘어선 괴물로 바뀌어 있었다.

"느리잖아."

도망가던 묘영의 등 뒤에서 나긋한 목소리가 들려오자 그녀의 몸에 털이 곤두섰다.

"이익!"

반격하기 위해 재빨리 뒤돌던 묘영은 이미 늦었음을 깨달았다. 거대한 도신이 눈앞에 한가득 들어왔기 때문이다.

콰콰콰! 콰콰쾅!

근처에 있는 집채의 문짝도, 벽도 뚫으며 그녀는 무려 팔 장이상을 날아갔다.

"쿨럭."

그녀는 피를 한가득 토해내며 힘겹게 일어섰다. 지금 움직이지 못하면 죽는다는 걸 상기했기에 성치 않은 몸으로 몸을 날렸다.

연결된 두 채의 집.

이어지는 소로.

와자창!

그리고 창가를 통해 이층집을 뚫으며 다른 창문을 통해 도약해 숲속으로 빠져나왔다.

모든 힘을 짜내 경신법을 쓴 그녀가 겨우 한숨을 돌린 뒤 뒤돌아보았다.

"……!"

콱!

일순간 그녀의 목이 허공에 솟구쳤다.

광휘가 휘두른 도신에 머리를 부딪친 그녀는 공중에서 그대로 절명해 버렸다.

철컥.

광휘는 괴구검을 검신에 넣고는 눈을 감았다.

스스스스스.

사방에서 건물과 공간이 확장되며 눈앞에 휘몰아쳤다.

광휘가 감았던 눈을 떴다. 그러고는 곧장 숲속을 뚫고 나갔다.

*   *   *

"아야야야."

"아이구, 나 죽네."

대청 밖 널찍한 공간에서 사람들이 고통을 호소하고 있었다. 노천이 뿌린 독초 가루가 남아 공중에 흩날리자 그것을 피해 밖으로 나온 것이다.

"주욱 들이마시게."

황 노인은 그들 속을 분주히 움직이며 사람들에게 사발을 내밀었다.

그는 대청 옆에 있는 큰 동이를 가져와 노천의 처방대로 급히 해독약을 만든 뒤, 사람들에게 한 사발씩 먹이고 있는 것이다.

꿀꺽꿀꺽.

"후우."

큰 사발을 단숨에 들이켠 사내가 긴 한숨을 내쉬었다.

황 노인은 그의 안색을 관찰하며 물었다.

"어때? 괜찮은가?"

"대체 이게 무슨 해독제입니까? 비리고 악취가 납니다. 마치 똥물을 먹는 것처럼……."

"그래도 먹어야 하네."

황 노인은 머리를 긁적이다 갸웃거리며 뒤쪽을 바라봤다. 이미 해독약을 먹었던 백여 명의 사람들도 여전히 고통을 호소하고 있었다.

자연스럽게 그의 시선이 노천으로 향할 때였다.

"빨리 처먹어! 죽게 생겼는데 그까짓 냄새가 문제냐!"

노천이 소리를 버럭 지르며 꾸짖자 황 노인은 급히 고개를 꾸벅 숙였다.

그 모습을 보던 노천은 에헷, 하며 뒷짐을 진 채 시선을 뒤로 돌렸다.

'난 못 먹어. 절대…….'

노천은 약재를 생각하며 몸서리쳤다. 해독에 쓰일 만한 것들을 모두 때려 넣다 보니 아무래도 인간이 먹을 수 없는 냄새와 맛이 난 것이다.

"아! 왔는가?"

등 뒤로 들려오는 황 노인의 목소리에 뒤돌아서 있던 노천이 고개를 돌렸다. 그곳엔 곡전풍과 황진수가 서 있었다.

"한숨 돌렸습니다."

"주위를 둘러보니 더는 없는 것 같습니다."

당당히 말했지만 그들의 안색은 좋아 보이지 않았다. 그들의 옷섶이 붉게 물든 것을 보면 꽤 고전했던 모양이었다.

"그럴 게다. 자객들은 만만한 놈들이 아니니까."

이해한다는 듯 말하는 노천의 대답에 곡전풍과 황진수는 예를 갖췄다. 그러다 곡전풍이 뭔가 생각난 듯 말을 붙였다.

"한데, 능 형이 걱정입니다. 저희와 달리 능 형이 쫓아간 자객의 숫자는 열 명이 넘었습니다."

곡전풍과 황진수는 고작 네 명의 자객이었다. 그런 그들을 상대로 큰 상처를 입었으니 능자진의 상황에 더욱 우려를 표했다.

"걱정 마라."

틱.

그러던 그때, 한 곳에서 누군가 나타났다.

"능 형!"

곡전풍과 황진수는 밝은 얼굴로 동시에 그를 불렀다.

능자진은 그런 그들을 한 번 쳐다보고는 노천을 향해 예를 표했다.

"왔습니다."

"수고했다. 숫자가 많았다는데… 모두 네가 처리한 거냐?"

"소위건이 도와줬습니다. 한데……."

능자진이 말을 머뭇거리자 의미를 눈치챈 노천이 혀를 찼다.

"쯧쯧쯧. 그래도 쓸 만한 구석이 있는가 보군. 죽을 때라도 덕(德)은 쌓고 가는 걸 보면."

능자진은 별다른 대답 없이 침묵했다.

잠시 침묵이 일 때였다.

저벅저벅.

사람들의 발소리와 함께 주변이 환하게 비치기 시작했다. 한쪽에서 많은 사람들이 이곳으로 걸어오고 있었다. 장련과 장웅도 보였고, 장로들의 얼굴도 보였다.

"어르신."

그리고 그들 앞에 선 명호가 노천을 불렀다.

"어떻게 된 거냐?"

노천의 물음에 명호는 그의 앞에 다가선 채 그간의 일들을 얘기했다. 기습적인 적의 공격과 갑자기 튀어나온 새끼 살수들. 그리고 불발된 폭굉의 존재까지.

"…그런데 군이 여기까지 왜 나왔느냐?"

"똑같은 일이 발생한다면 대의전에 있는 것이 위험하다고 판단해 밖에 나와 있었습니다. 그리고 상황이 잠잠해진 걸 보고는 이곳에 온 것이고요."

명호의 말에 노천은 고개를 끄덕였다.

"공자님, 아가씨, 무탈하셨습니까?"

그사이 황 노인이 장웅과 장련에게 다가왔다. 안색은 좋지 않았지만 그들은 웃음으로 맞이했다.

"괜찮소."

"괜찮아요."

그들은 애써 밝은 웃음을 지으며 화답했다.

"한데, 광 호위는 어디에 있습니까?"

"아, 그게……."

장웅과 장련이 머뭇거리자 옆에 있던 명호가 대답했다.

"까다로운 적들을 상대하고 있을 겁니다. 그분의 실력이라면 무탈하실 테니 너무 걱정하지 마십시오."

"아……."

황 노인은 고개를 끄덕였다.

"그런데 황 노대, 저기 저 사람들은 어떻게 된 건가요?"

"아!"

장련이 한 곳을 가리키자 황 노인은 그제야 그들의 존재가 기억이 났다. 잠시 노천의 얼굴을 슬쩍 보던 그는 고개를 저었다.

"이쪽 어르신이 자객들 때문에 약간 손을 쓰긴 하셨는데… 별일 아닙니다. 그럼 전 해야 할 일이 좀 있어서."

황 노인은 종종걸음으로 사람들 사이를 걸어갔다.

노천은 그런 그를 보며 머쓱한지 머리를 긁적였다.

"그런데 무사님, 광 호위께서는 대체 누구와……."

"아아악!"

"아악!"

장련이 명호에게 말을 건넬 때였다. 갑작스러운 비명에 모두의 시선이 그리로 이동했다.

"이 새끼들……."

사람들 사이에 온몸에 피 칠갑을 한 복면인이 있었다. 눈동자가 온통 검은 그는 황 노인의 목에 칼을 겨누며 표독스럽게 외치고 있었다.

"나와라! 네놈이 구해야 할 자가 여기에 있다."

"아아아!"

주위가 삽시간에 물려지자 황 노인과 이름 모를 복면인만 그곳에 덩그러니 남았다. 어찌 된 영문인지 복면인은 황 노인의 목에 칼을 대고 부르짖고 있었다.

"황주일! 쉰아홉! 아비가 이 집안의 방계이고 지방 현령 출신인 황선일이 숙부라 마흔하나에 외총관이 되었지! 이후 직위를 박탈당하고 이 가문의 하인이 되었다가 네놈과 연락이 닿아 이곳으로 불러들였다!"

야월객 비부는 황 노인의 신상 명세를 줄줄이 외웠다.

자객이 활동을 원활히 하기 위해 가장 필수이면서 습관적인 행동 중 하나가 정보를 모으는 것이다.

장씨세가에 공습을 가하기 전, 밀영대는 전력으로 세가 내의 중요 인사들의 약점과 포섭 이유 등을 분석한 바 있었다.

"이자가 바로 네놈을 부른 녀석이 아니더냐. 나와, 악귀 같은 녀석아!"

그 정보에 따르면, 광휘란 자의 유일한 끈이 바로 자신의 손에 붙들린 황 노인이었다. 비부는 자신이 살아날 마지막 동아줄을 간신히 붙든 것이었다.

"안 나와? 정말? 그럼 이건 어떨까?"

슥.

칼을 쥐지 않은 손으로 품 안에서 둥근 물체를 꺼내 들었다. 그것을 황 노인의 등덜미에 들이대자 장련과 장웅이 두려움에 떨며 신음했다.

"저건……."

"설마……."

폭굉이었다.

벌써 몇 번이나 저 저주받을 폭약을 목도한 장웅이 명호에게 물었다.

"명 대협, 혹시 저것도……."

"모르겠습니다. 하지만 진짜일 수도 있습니다."

명호는 상기된 얼굴로 신음했다. 거리가 멀고 너무 급박한 상황이라 찬찬히 살펴볼 수가 없었다.

운수산 동굴 앞에서 던져진 폭굉이나, 조금 전 장련이 끌어안았던 불발탄이나 생긴 모양새는 동일했다.

"아마도 진짜가 맞을 겁니다."

그리고 명호의 예상은 빗나가지 않았다.

비부가 들고 있는 물체는 팽인호가 준 여덟 개의 가짜 폭굉이 아닌, 처음 운수산에서 받았던 네 개의 진짜 폭굉 중 하나.

장씨세가 무사들이 있는 곳에서 제일 처음 소진한 흑마대, 동굴 안에서 터뜨린 불명귀, 모용세가에게 사용한 밀영대와 더불어 야월객에게 배정되었던 진짜 폭굉이었다.

반경 오 장 내에선 누구든 날려 버릴 수 있는 가치 있는 폭약이라, 이제껏 아껴둔 것을 비부가 마침내 꺼내 든 것이다.

"나와! 모두 죽이고 싶지 않으면 나오라고!"

비부는 뭔가에 쓰인 듯 미친놈처럼 소릴 질렀다. 흥분을 가라앉히기 힘든지 황 노인의 목에 겨누고 있던 얇은 귀도(鬼刀) 한 자루가 덜덜 떨리고 있었다.

"안 나와? 좋다! 그럼 이걸 터뜨려 모두 죽여 버리고……."

"소리 지르지 마라."

그때 그의 등 뒤에서 음산한 목소리가 들렸다. 나무 사이에서 한 사내가 천천히 걸어 나온 것이다.

"진작부터 와 있었으니까."

온몸이 피에 젖은 채 나른한 미소를 띠고 있는 광휘였다.

第九章

광휘의 광기

비부의 얼굴은 참혹할 만큼 일그러져 있었다.

일방적인 사냥이었다.

분명히 자신을 따라잡을 수 있음에도 광휘는 무슨 이유에서
인지 일정 거리 이상을 좁히지 않았다. 그러다 조금 마음을 놓
으려 속도를 죽이면 어느새 다가와 칼을 휘둘렀다.

콱!

"윽!"

분명 죽일 의도는 없었다.

도신으로 휘두르지 않고 내리쳐 끔찍한 고통만을 안겨주며.

스걱!

"악!"

상처가 벌어지도록, 하지만 치명적이지 않을 만큼만 적당히 찌르며 추격하고 있었다.

"일어서. 어서 빨리……."

광휘는 웃어 보였다.

스걱! 컥! 콱!

그리고 계속되는 사냥.

비부는 아무리 발버둥 쳐도 광휘에게서 벗어날 수 없었다.

그런 상황이 서너 번 계속되자 그는 거의 미칠 지경이었다.

쾅!

또다시 도망치던 비부의 몸이 허공을 삼 장이나 날아가 섰다. 이번엔 도면으로 얼굴을 맞았는지 이가 모조리 바닥으로 떨어져 나갔다.

"널 반드시 죽여 버리겠다!"

괴성을 토해내던 비부는 또다시 뛰기 시작했다. 어느덧 그의 얼굴은 광기로 물들고 있었다.

'그래, 그거다.'

거기서 떠오른 하나의 방법. 바로 인질이었다.

광휘는 호위무사. 분명 지켜야 할 인물을 인질로 잡으면 그 역시 움츠러들 것이라 판단한 것이다.

때마침 모여 있는 한 무리의 사람들을 발견했다.

'저자는……'

제일 먼저 눈에 들어온 것은 장웅과 장련의 존재였다. 하지만 근처에 있는 무사들로 인해 발을 멈춰야 했다.

그리고 그때 장씨세가의 오누이보다 더 시선을 끄는 존재, 황주일을 발견했다.

"왔군, 미친 호위무사……."

비부는 황 노인의 목에 칼을 들이대며 위협적인 미소를 지어 보였다.

사박.

그런 그를 향해 광휘는 한 발짝씩 움직이기 시작했다.

"무사님, 조심……."

그 모습을 본 장련이 뭔가 말을 하려다 흠칫거렸다. 섬뜩했다. 마치 자신이 알고 있는 광휘가 아니라는 생각이 들 정도로.

"이제야 기어 나오나? 왜? 또 해보시지. 아까 나한테 하던 짓거리를 또 해보라고오오!"

악에 받친 비부의 목소리가 주위에 쩌렁쩌렁 울렸다.

사람들은 광기 어린 그의 모습에, 그리고 이해할 수 없는 말에, 무엇보다 섬뜩하게 변한 광휘의 모습에 아무 말 없이 그저 지켜볼 뿐이었다.

스윽.

명호가 품속에서 암기 하나를 조심스레 꺼내자 광휘는 돌아보지 않고 싸늘하게 말했다.

"쓸데없는 짓 마라."

"죄송합니다, 단장."

명호가 반사적으로 사과했다. 예전의 그때처럼.

사박.

잠시 멈췄던 광휘의 발이 또다시 움직였다.

이윽고 거리가 삼 장 내로 좁혀지자 참다못한 비부가 버럭, 소리를 질렀다.

"멈춰! 더 오면 이놈 목이 날아간다!"

"광휘! 난 괜찮네. 날 신경 쓰지 말고 이놈부터 죽이세!"

붙잡힌 황 노인은 의연한 표정으로 비부를 향해 되레 고함질렀다.

비부의 얼굴이 삽시간에 일그러졌다.

"늙은이, 난 장난하는 게 아냐."

콱!

칼날이 움직이고 핏물이 주륵 흘렀다.

살이 두 치쯤 베이고 단번에 목울대까지 파고들자 황 노인의 당찬 의기도 끔찍한 고통에 누그러졌다.

"원하는 게 뭔가?"

다가오던 광휘가 드디어 한 발 물러서며 입을 열었다.

"원하는 것이라······."

이제 비부의 웃음은 더욱 짙어졌다.

"나도 잘 모르겠군, 내가 원하는 게 뭔지."

"짧게 말하겠다. 그 노인을 내려놓고 물러서라. 그러면 그 목숨은 붙여놔 주도록 하지. 다음에 만날 때까지는."

광휘의 눈빛을 보던 비부가 얼어붙었다. 사납고 독살스러운 눈빛. 정파의 무인이라고 절대 생각할 수 없는 그런 눈빛을 내보인 것이다.

"아아… 이제 알겠어. 내가 뭘 원했었는지."

킥킥킥!

그러나 그 눈빛이 비부의 독기를 자극했다. 이제 그는 벌겋게 핏발이 선 눈으로 광휘를 보며 미소 지었다.

"내가 원한 거? 여기서 살아 나가는 게 아냐. 네놈을 끔찍하게 괴롭혀 주는 거다. 살지도 죽지도 못하게."

"그 노인을 죽이면."

광휘가 그를 노려보며 또박또박 말했다.

"넌 갈가리 찢긴다."

강렬한 살기에 비부가 눈썹을 꿈틀거렸다. 하나, 잠시뿐. 그는 다시 냉정을 찾으며 말했다.

"그래? 그런데 어차피 다음에 널 만나면 죽는다며? 뭘 해도 죽는다면 내가 여기서 한 놈 더 못 데려갈 이유가 뭐지? 내가 여기서 살아 나갈 가망이나 있나?"

스극. 부그극!

비부의 손이 움직이고, 황 노인의 목에서 피거품이 피어올랐다. 칼날이 급기야 기도까지 침범하기 시작한 것이다.

"이 새끼……."

광휘의 눈빛이 더욱 사나워졌다. 그리고 머릿속은 유리알처럼 투명하게 맑아지기 시작했다. 주변 사람들의 손짓 하나, 발구름 하나까지 다 감지된다.

상대와의 거리는 삼 장. 괴구검을 던지고 그의 머리에 꽂히는 시간은 적어도 눈 두 번 정도 깜빡할 시간이다.

'시간이 부족해.'

한때 살수 암살단의 수련 중 가장 두각을 나타냈던 감지 능력조차, 지금 와서는 어떻게 쓸 방법이 없었다.

상대는 칼을 든 미친놈. 그것도 제가 죽는다고 확신하고 있는 미친놈이다. 저 정도 의지와 반응 속도라면 두 번이 아니라 눈 한 번 깜박하는 순간 모든 것이 끝이 난다고 봐야 했다.

"마셔."

터억. 데굴데굴.

광휘 앞에 기다란 병 하나가 굴러 왔다. 사람들의 시선은 그곳으로 쏠렸다.

"그걸 마시면 일단 이 늙은이 목숨은 붙여두지. 다른 방법은 없다."

"……."

"독이냐! 이 비겁한 자식!"

가만히 비부를 노려보고 있던 광휘 대신 오히려 뒤쪽에 떨어져 있던 곡전풍이 발칵 소리쳤다.

"그래, 독이지. 하지만 대단치는 않아. 마시면 순식간에 온몸이 마비되고 재수 없으면 죽는 정도랄까."

말과 함께 클클클, 비부가 조소를 흘렸다.

"하지만 그래서? 거부할 건가? 뭐, 그건 네 마음이겠지."

"……."

"대협!"

이번엔 능자진이 소리쳤다. 광휘가 느릿느릿, 비부가 던진 병을 집어 드는 걸 본 것이다.

모두가 얼어붙어 광휘만을 바라보고 있을 때.

피직! 파아아앗!

"억!"

"헉!"

갑자기 사람들이 당황하며 비명을 질렀다.

병마개를 열고 독약을 입에 흘려 넣으려던 광휘의 동작도 함께 멎었다.

"속지… 말게, 광휘."

부그륵!

황 노인이 목에서 분수처럼 피를 뿜어내며 입에 피거품을 물었다.

"뭐, 뭐야! 이 미친 것이!"

비부의 안색은 새파랗게 질렸다. 인질이 제 스스로 칼날에다 목을 디밀어 버린 것이다.

"듣지 말게, 광휘…… 살아봤자 아무 도움도 안 되는 이런 늙은이 따위는……."

"제기랄!"

비부의 머리에 맹렬한 경종이 울려 퍼졌다. 상처를 보건대, 이 늙은이는 앞으로 반 각도 지나지 않아 죽을 것이다.

하지만 원래의 목적을 성공한 그는 결심했다.

'기왕에 내친김이라면!'

푹!

비부의 입가가 잔인하게 비틀어지고, 그의 귀도가 황 노인의 가슴을 쑤시고 들어갔다.

"아악!"

"악!"

지켜보던 사람들의 비명.

뜨득!

피시이익!

찔러 넣은 칼을 비틀어 가슴에 바람구멍까지 내며 비부는 중얼거렸다.

"반 각을 아예 촌각으로 만들어주지!"

휘익!

그리고 뒤이어 황주일의 몸을 광휘에게 내던졌다.

이를 악물며 피로 물든 황 노인을 잽싸게 받아 드는 광휘. 분노로 가득 차 있던 그의 눈이 다음 순간 칼날처럼 예리해졌다.

"캬하하하! 내 한 명씩, 한 명씩! 너희들을 찾아 죽일 것이다. 평생을 자객의 위협 속에서 두려워하며 살아야 할 것이야! 캬하하하!"

휙! 휘휘휙!

황 노인을 던져 광휘의 발을 묶은 비부가 미친 듯한 비웃음을 흘리며 몸을 빼냈다.

창졸간에, 사람들의 당황을 틈타 빠져나간 그 움직임에 아무도 제대로 된 반응을 하지 못했다.

*　　　*　　　*

"광휘 대협!"

"황 노인!"

장씨세가를 호위하던 무사들이 광휘에게 달려갈 때 노천이 그들을 막아섰다.

"다가가지 마! 뭔가 이상해!"

"뭐, 뭐가 말입니까?"

의아하게 바라보는 무사들을 향해 노천은 왠지 모를 불안감 어린 얼굴로 광휘 쪽을 주시했다.

"단장님, 괜찮으십니까?"

광휘에게 다가간 명호가 물었다. 하지만 아무런 대답 없이 황 노인을 조용히 눕히는 광휘를 본 그는 차마 얼굴을 들지 못하고 한숨을 쉬었다.

"너무 자책하지 마십시오. 어쩔 수 없는……."

"아니, 내가 죽인 거다."

"예?"

반사적으로 묻는 명호를 향해 광휘는 황 노인을 눕힌 채로 나직이 말을 이었다.

"기회가 얼마든지 있었다. 그런데도 나는 그를 죽이지 않고 내버려 두었지. 왜인지 아느냐?"

흠칫.

그제야 광휘의 얼굴을 본 명호는 주춤거리며 물러섰다. 그의 얼굴이 말로 표현할 수 없을 정도로 참혹하게 일그러져 있었던 것이다.

"재미있었기 때문이야."

오싹.

명호는 온몸에 소름이 끼쳤다.

"…단장님?"

"너무, 너무 재미있었다."

정신이 극도로 붕괴하거나, 자책감으로 미쳐 버린 사람들에게서 나오는 반응. 그것이 광휘에게서 쏟아져 나오고 있지 않은가.

"즐기고 싶었다. 난 이 상황을 즐기고 싶어. 계속해서… 계속해서 피를……."

덜덜덜덜.

황 노인의 상처 주위를 지혈하던 광휘가 갑자기 떨기 시작했다. 그 떨림이 온몸으로 퍼져 나가자 명호는 눈을 부릅떴다.

'이건…….'

발작이다. 이전에 광휘가 일으키던 발작과는 차원이 달랐다. 지금의 광휘는 떨림이 온몸으로 퍼져 나가는 것을 넘어, 온몸의 털이 올올이 서고 거품을 문 미친 동물처럼 동공이 확장되고 있었다.

"단장!"

이런 경우는 명호 역시 처음 겪는 일이었다. 아니, 생각해 보면 처음은 아니었다. 천중단의 살수 암살단에서, 중압감에 짓눌린 대원들이 차례차례 죽어갈 때의 모습과 흡사했다.

"늦기 전에 황 노인을 노천 어르신께 보여 드리는 것이 어떻습니까? 단장님도 지금 많이……."

"명호."

광휘가 그를 바라보자 명호는 입을 다물었다.

언뜻, 광휘의 눈동자가 녹색으로 짙어지고 있었다.

이따금 고양이처럼 어둠 속에서 빛을 발하는 것도 보았고, 살기를 띠어 검붉게 변하는 것도 보았다. 하지만 지금, 수초가 가득한 연못처럼 뭐가 들어 있는지도 모를 저런 끔찍한 녹색은 처음이었다.

"시간이 없다. 지금부터 내 말 잘 들어라."

광휘는 무언가 참아내듯 이를 악물며 간신히 말을 이었다.

"사람들을 모두 피신시키거라. 한 명도 빠짐없이. 절대 내 주위에 접근시켜선 안 된다."

"예? 단장……."

"시간이 없다니까! 지금 당장!"

두근두근. 두근두근.

벼락같이 외치던 광휘가 퍼뜩 머리를 들었다.

주위가 온통 시뻘겋게 변하고 있었다. 공간과 지각 능력이 미친 듯이 팽창되고, 발을 디디고 있는 바닥조차도 끈적끈적하게 바뀌고 있었다. 그야말로 피의 바다처럼.

"……!"

그 속에서 광휘의 시선을 잡아끄는 것이 있었다.

지이이이.

황 노인의 등에서 언제 떨어졌는지 모를 천 조각. 그 모양은 구체처럼 둥글었고, 그 안에서 미약한 소리가 들려왔다.

"…명호!"

광휘가 외치는 순간 명호도 그것을 알아차렸다.

폭굉이다.

"제가!"

콱.

명호가 덮어버리려고 몸을 날리려던 순간, 광휘가 그의 멱살을 낚아챘다.

"가!"

휘이이익!

그리고 있는 힘을 다해 사람들이 있는 곳으로 던져 버렸다.

"단장!"

명호는 바닥에 나뒹굴며 외쳤다.

바닥을 구르는 와중에도 그의 눈에 폭굉의 심지가 천 속으로 급속히 타들어가는 모습이 보였다.

그럼에도 광휘는 여전히 움직이지 않았다. 그저 피로 얼룩진 황 노인의 시신을 멍하니 바라볼 뿐이었다.

"단장! 단자아아아아앙!"

명호가 연거푸 외치는 순간 그제야 광휘의 시선이 폭굉으로 향했다. 천 위로 피어오르는 불빛이 서서히 옅어지더니 이윽고 그마저도 사라졌다.

콱.

그 순간, 광휘는 무슨 생각인지 바닥에 떨어진 구마도와 괴구검을 집어 들었다.

"단장님!"

"대협!"

"무사님!"

콰아아아아아아앙!

사람들의 외침과 동시에 엄청난 폭발과 광풍이 주변을 휘감았다.

* * *

"크하하하하하!"

속이 다 후련했다. 아니, 머리에서 발끝까지 짜릿했다. 도망치다 말고 유혹을 못 이겨 돌아온 비부는 크게 웃었다.

'이거야. 이것이지! 이렇게 박살 내는 것이야! 감히 누구에게! 크하하핫!'

자신을 사냥감처럼 괴롭혔던 광휘. 녀석이 폭굉에 날아가는 모습은 상상만으로도 짜릿했다. 그리고 그 결과는 대단히 만족스러웠다.

'고작 저놈뿐이지만 뭐……'

아쉬운 게 있다면, 더 큰 피해를 주지 못했다는 것.

기왕 온 김에 광휘와 저 늙은이, 주변에 몰려들 사람들에게까지 독이고 암기고 죄다 난사해 버릴 생각이었지만 이상하게도 그물에 걸린 건 저 둘뿐이었다.

그나마 명호라는 놈마저 마지막 순간 광휘가 던져 버렸으니 잡은 건 광휘뿐이다.

목적은 이루었지만, 값비싼 폭굉을 너무도 헐값에 써버린 것에 속이 쓰렸다.

'내 앞으로 너희들을 따라다니며 죽여 버릴 것이다. 한 놈도 남김없이 제거할 것이야! 평생 고통과 두려움 속에서 사는 것이 뭔지 똑똑히 느껴보거라!'

비부는 속으로 저주를 퍼부으며 몸을 돌렸다.

그러던 그때, 그의 몸이 경직된 듯 주춤거렸다. 예리하게 발달된 그의 감각이 경고를 보내고 있었기 때문이다. 폭연과 먼지로 자욱해진 폭심지에서.

"그러고 보니 한 가지 이상한 게 있어."

"뭐가?"

"칼자루가 꺾인 이상한 검은 그렇다 치더라도, 저 거대한 도는 왜 들고 다니는 거지?"

문득 장씨세가에 침공하기 직전, 야월객들과 주고받았던 대화가 떠올랐다.

모락모락 피어올랐던 폭연이 가라앉고 그 속에 삐죽이 솟은 거대한 도를 보는 순간, 그 대화에 이어 나왔던 말들도 떠올랐다.

"뭔가 있어 보이고 싶었나 보지. 거 있지 않은가. 괜히 요란한 무기를 들어 사람들을 기죽이는 자들 말일세."

"설마 그 때문이겠나. 화살이라도 막으려고 들고 다니는 것일 수도 있지 않은가?"

"하하하! 듣고 보니 그럼직하네!"

그때 농담처럼 주고받은 말이 왜 하필 지금에서야 생각나는 것인가.

연기를 헤치고, 광휘가 질풍처럼 자신에게 날아드는 것을 보고 나서야 비부는 그제야 그 이유를 깨달았다.

'저놈… 폭굉을 경험해 본 놈이야! 대체 어떻게?'

생각해 보니 그랬다. 단순한 기병(奇兵). 그렇게 보기에는 상대의 거대한 도, 구마도가 지나치게 컸다. 적을 공격하기 위해서라기보단 오히려 무언가를 막기 위한 모양새였다. 마치 지금의 폭굉에 대비하기라도 한 듯.

쇄애애애액.

다가오던 도신이 슬쩍 옆으로 움직이자 광휘의 찢어진 눈매가 드러났다.

"피해야……"

쇄애액!

그리고 창졸간 날아온 괴구검에 비부의 다리가 허무하게 잘려 나갔다.

패애애애액!

뒤이어 허리도.

"끄아……!"

패애애애애액!

비명은 더 이어지지 못했다. 목이 잘려 소리 대신 피를 뿜는 머리 하나가 팽그르르 허공으로 날아갈 뿐이었다.

쿠우우우웅!

"크으윽!"

"귀, 귀가……."

폭굉이 일으킨 광풍은 엄청났다.

오 장 이상이나 떨어져 있는 사람들 일부를 수숫대처럼 멀리 날려 버렸고, 일부는 귀를 붙잡고 고통스러워했다.

나한승은 그런 그들의 앞을 방비해 주며 한숨처럼 불호를 내뱉었다.

"아미타불……."

그들 또한 충격을 받았었다. 중후한 소림의 내공이 아니었으면 곧장 정신을 차리기 힘들었으리라.

"무사님……."

장련은 광휘 쪽에서 폭발이 일어난 것을 보고는 거의 쓰러지다시피 했다.

폭굉이 터진 순간 주위는 거의 초토화된 것이다.

파악!

"아!"

하지만 절망에 빠져 있던 그녀의 눈이 짧게 빛났다. 연기를 뚫고 광휘가 뛰어오르던 모습을 본 것이다.

그나마 폭발에 어찌어찌 대처해 낸 무사들의 입에서도 감탄이 터져 나왔다.

"허어!"

휘릭! 콰악!

팽그르르르!

달아나려던 비부가 광휘에게 요격당했다. 악명 높은 자객. 야월객이 단 몇 수에 바닥으로 굴러떨어지는 모습에 다들 말문이 막혀 버렸다.

"세상에! 지금 내가 보고 있는 게 맞소?"

곡전풍이 입을 찢어질 듯 벌린 채 말했다.

"광 대협이 살아 있는 걸 말하는 거라면 맞소."

황진수는 고개를 끄덕였다.

"어떻게 그 폭발에서 무사했던 거지?"

"난들 알겠소. 어쨌든 저걸 보면……."

연기가 서서히 다 걷히자 조금 전 폭발이 인 곳의 상황이 눈에 들어왔다.

황 노인 앞으로 일(一)자가 그어져 있었고, 주위에는 큰 구덩이가 보였다.

"저 거대한 도를 방패 삼아 막은 것 같소."

황 진수는 그 특유의 예리한 감각으로 폭발이 일기 전 광휘가 구마도를 들어 땅바닥을 찍는 모습을 보았다. 짐작컨대, 아마도 쓰러진 황 노인을 지키기 위해서 그런 행동을 벌인 것으로 보였다.

그럼에도 여전히 풀리지 않는 의문. 이토록 강력한 폭발을 어떻게 견뎌낸 것인가.

비부를 삽시간에 처리하는 것으로 보아 피해 자체를 거의 입지 않은 듯했다. 이건 눈으로 보고서도 믿기가 힘들었다.

"황 노인이 괜찮은지 모르겠군. 일단 손을 좀 보탭시다."

"그럽시……."

"멈춰!"

곡전풍과 황진수가 밝은 얼굴로 움직이려 할 때 등 뒤에서 경고 섞인 목소리가 들렸다. 돌아본 그곳에는 노천이 굳은 얼굴로 채 가시지 않은 연기 쪽을 바라보고 있었다.

"가까이 가지 마. 지금 저놈 제정신이 아니다."

둘은 자연스레 앞을 주시했다.

헝클어진 머리카락 사이에 비친 핏빛 안광. 선뜻 광휘라고 여겨지지 않을 만큼 흐트러진 모습이었다.

능자진이 안타까운 얼굴을 했다.

"제정신이 아닐 만도 하지 않습니까. 눈앞에서 황 노인을 잃었으니……."

"아니… 그런 수준이 아니다. 맹수가 미쳐 버린 모습을 본 적

있냐?"

노천이 고개를 저으며 말을 이었다.

"흐트러진 의기가 정기(正氣: 정상적인 기운)까지 잡아먹었어. 저거, 사람 눈이 아니다."

저벅저벅.

비부를 베어 죽인 광휘가 천천히 움직였다.

십 장이나 떨어져 있음에도 불구하고 사람들은 느꼈다. 그가 뿜어내는 살기가, 송곳이 몸을 찌르는 듯이 상상을 초월하고 있다는 것을.

"사람들을 대피시키십시오!"

"…예?"

"급합니다!"

명호의 말에 장웅은 뜬금없다는 표정을 지었다.

세가를 향했던 침공은 성공적으로 물리쳤다. 가장 위험하던 적도 광휘의 손에 모두 명을 달리한 상황. 그런데 갑자기 명호가 얼굴에 긴장을 떠올리고, 이토록 식은땀까지 보이며 말하는지 도통 이해가 가지 않았다.

"단장님께서 충격을 너무 크게 받았습니다. 싸울 줄 모르는 자들은 빨리 이곳을 벗어나야 합니다."

"아니, 그게 무슨 말씀입니까? 광 대협께서 왜……."

"주화입마라고 하면 아시겠습니까?"

"……!"

장웅의 안색이 딱딱하게 굳었다.

서벅. 서벅.

술에 취한 듯 느리게, 천천히 걸음을 이쪽으로 옮겨 오는 광휘. 한눈에 보기에도 정기를 잃은, 광인이나 다름없는 얼굴이었다.

장웅은 바닥에 쓰러진 황 노인을 보고 나지막이 신음했다.

"그, 그럼 황 노인 때문에……."

"시간이 없습니다! 어서!"

명호가 이제는 비명처럼 소리를 질렀다.

장웅은 냉수를 뒤집어쓴 듯 퍼뜩 정신을 차렸다.

"모두들! 내원 바깥으로 피하시오!"

"네?"

"이 공자님, 무슨 말씀을……."

"피하라고! 어서! 내원을 나가서 바깥으로 나가!"

장웅이 급하게 소리 질렀지만 사람들의 얼굴에는 당황한 기색만 서릴 뿐, 발을 떼는 사람은 적었다.

그들은 조금 전의 장웅과 똑같이, '광휘의 활약으로 적을 모두 처리했는데 왜 도망쳐야 하나?' 하는 얼굴을 하고 있었다.

"외원의 서문! 서문 바깥으로 집결하세요! 이곳에 적이 던진 폭약이 더 있을지 모른대요."

한데 그때, 장련이 뜬금없이 소리를 질렀다.

"으헉!"

"헛! 빨리! 빨리 나가!"

우르르르!

또 다른 폭약이란 말에 사람들이 긴급하게 움직이기 시작했다.

장웅은 이 판국에 기지를 발휘한 그녀를 보고 겨우 한숨을 내쉬었다.

"잘했다."

"그보다 정말인가요?"

저벅저벅.

흐늘흐늘 무너진 채로 걸어오는 광휘.

어느새 이야기를 전해 들었는지 장련이 입술을 깨물며 명호에게 물었다.

"…그렇습니다."

"허어, 선재로다. 선재로다."

옆에서 듣던 방천 대사가 장련을 대신하며 답했다. 그리고 옆에 있던 두 노승과 함께 몇 발짝 앞으로 걸어 나갔다.

처억.

때마침 곡전풍과 황진수는 사람들을 통제하기 위해 밖으로 나갔고, 노승들 옆으로 능자진과 노천이 다가와 섰다.

뚝.

삼 장 남짓한 거리.

그제야 광휘의 걸음이 멈췄다.

"흐흐흐흐."

"……!"

알 수 없는 흐느낌.

핏빛 안광과 함께 광휘의 어깨가 들썩이자 그들의 경각심은
극에 달했다.

"긴장해. 곧 온다."

꿀꺽.

노천의 말에 다들 한 번씩 침을 삼켰다.

그렇게 광휘의 움직임이 착란을 일으키는 순간.

"막아!"

장내의 모든 고수들이 일제히 광휘를 향해 달려들었다.

*　　　*　　　*

슈슈슈슈슉!

먼저 달려 나간 건 명호였다. 맹렬하게 달려오는 광휘를 향
해, 그의 보폭 여덟 걸음 지점에 암기를 던졌다.

타탓.

하지만 그의 공격은 보기 좋게 빗나갔다. 광휘의 움직임이 예
상보다 더욱 빨랐기 때문이다.

아니, 빠른 정도가 아니라.

파파팟.

시야에서 움직임을 놓쳐 버렸다.

"방윤!"

명호의 오른쪽에서 방천이 소리쳤다.

왼쪽 옆을 지키던 방윤 대사는 본능적으로 자신의 칼, 계도

를 들어 앞을 막았다.

카아아앙!

"큽!"

그리고 이 장이나 주욱 밀려 나갔다. 공격을 제대로 보지 못하고 눈앞에 뭔가 어른거린다는 느낌만 받다가 그리된 것이다.

'지독하게 빠른 일격이다!'

캉! 캉! 캉! 캉!

하지만 정신을 차릴 새도 없이 광휘가 또다시 짓쳐들어왔다.

"윽!"

방윤은 곧장 자세가 무너졌다.

번갯불처럼 뻗어 나오는 네 번의 칼질.

칼날을 아래로 쥐는 검법은 처음 겪어보는 것인 데다, 자루에 손목을 넣고 칼날의 위치를 바꾸는 초식은 너무나 생경했다.

'아니, 그런 문제가 아니라 너무 빨라!'

쇄액! 칵!

이어지는 공격에 방윤의 오른 손목이 베이며 들고 있던 칼을 떨어뜨렸다.

검신을 세운 광휘의 괴구검이 재차 변화하며 그의 목을 향해 날아들었다.

피유유육!

순간 광휘의 어깨로 봉 하나가 회전하며 찔러 들어왔다.

탓.

가볍게 뒤로 물러난 광휘가 봉을 피해내자 방천의 봉도 함께 따라 움직이며 그를 압박했다.

타탓.

그러자 광휘는 더는 피하지 않고 오히려 봉을 향해 검을 가져다 댔다.

착! 차차착. 착.

"……!"

방천의 눈가에 한 줄기 당황스러운 빛이 어렸다. 봉에 칼이 착 달라붙더니 좌우로 밀치며 그의 움직임을 완전히 봉쇄해 버린 것이다.

'흡자결(吸字結)!'

공격에 지척으로 달라붙어 상대의 힘의 흐름을 방해하고, 때론 그 힘을 이용해 반격하는 고도의 무학.

본시는 금나술(상대를 잡거나, 눌러 제압하는 적수공권의 무학)에서 쓰이는 수법인데, 광휘는 지금 검을 맨손처럼 써서 봉의 움직임을 막아내고 있는 것이다.

'부처님 앞에 선 손오공이로고!'

차. 차차착.

방천은 자신 있는 얼굴로 힘겨루기에 들어갔다. 병기 중에서 흡자결을 가장 많이 활용하는 것이 바로 봉이다.

방천 대사는 근 사십 년을 그 봉술에만 노력해 왔으니, 흡자결로 자신을 희롱하는 광휘의 공격을 여유만만하게 받을 수 있었다.

턱! 턱! 가가가각!

봉과 검이 서너 번씩 엉키며 밀고 당기기가 계속되었다.

쇄애애애액!

"헛?!"

그런데 분명 밀고 들어오던 광휘의 검이 쑥 하고 빠져나가 버렸다.

반발을 예상했던 방천의 봉은 크게 앞으로 질러 나갔고.

따각! 댕그렁!

한순간에 장봉이 반 토막이 되고 말았다. 눈앞에서 사기라도 당한 느낌에 방천은 눈을 부릅떴다.

'이 무슨!'

쐐액!

충격에 휩싸인 그에게 어느새 검이 가슴을 향해 맹렬히 찔러들었다.

카각!

"큽!"

방천이 몸을 비틀었지만 광휘의 괴구검은 끝끝내 그의 쇄골을 파고들어 박살 내버렸다. 그리고 뒤로 재차 물러나는 그에게 접근해 또다시 칼을 휘둘렀다.

방천도, 방윤도, 소림승 모두의 안색이 새하얗게 물든 순간.

캉!

괴구검이 막혔다.

광휘의 고개가 천천히 위로 향했고, 그곳에 서 있는 능자진을 발견했다.

"형장! 정신 차리시오!"

씨익.

광휘는 대답하지 않았다. 대답 대신 그를 향해 독사의 그것 같은 싸늘한 웃음만 지어 보였다.

캉! 캉! 캉!

'헛!'

방천을 구한 능자진의 표정이 급격히 굳어졌다. 삽시간에 섬전 같은 삼 격(三擊)이 날아왔다.

'이런 바보 같은!'

운 좋게 이 격까지 피해냈지만 능자진은 땅바닥에 주저앉고 말았다.

나한승을 구하느라 막아서는 것까지는 좋았다. 하지만 그뿐이었다.

툭.

상대의 검이 너무나 빨라 대응하기가 불가능했다.

쇄애애액!

"물러서라!"

광휘의 검이 능자진의 목으로 치솟는 순간, 그의 등 뒤에서 몸을 휘감듯 엄청난 기파가 쏟아졌다.

그와 동시에.

"단장!"

슈슈슈슈슈슉.

공기를 찢어발기는 비수 열 개가 광휘의 등 뒤로 함께 쏟아졌다.

척.

하나, 광휘는 피하지 않았다.

횡그르르.

잽싸게 구마도를 들어 몸을 팽이처럼 회전해, 날아오는 권기(拳氣)의 방향을 흘려 버렸다.

우우우웅.

이에 권기는 구마도의 도신을 타고 뒤쪽으로 날아갔고.

좌르르르륵.

이 순간만을 노리고 있었던 노천의 암기를 날려 버렸다.

"이런 미친!"

노천은 반사적으로 욕설이 튀어나왔다.

뿜어낸 기. 형체도 없는 공격을 흘려 버리는 것도 기가 찬 일인데, 상대는 그 기운을 조종하기까지 했다. 위아래로 퍼지며 날아오는 비수와 격돌케 하여 서로 공멸하게 만든 것이다.

탓. 탓. 탓.

그사이 몸을 빼낸 나한승 셋이 간격을 벌리며 자리를 잡았다.

그들과 함께 바짝 긴장한 얼굴로 서 있던 능자진은 문득 자신의 목으로 손을 가져갔다.

'아……'

손을 내려다본 그의 동공이 커졌다. 손바닥에 홍건한 핏물이 묻어 나온 것이다. 목 밑의 옷섶도 이미 조금씩 젖고 있었다.

'언제 당했던가.'

분명 광휘는 검으로 자신의 목을 찌르다 채 뻗지 못하고, 거대한 도로 방어에 힘썼다. 그런데 이제 와 보니 그의 칼날이 목젖까지 닿았다가 회수한 모양이었다. 그 장면을 자신의 눈으로는 좇지 못한 것이다.

"시주께서는 물러서시오."

심각히 얼어붙어 있는 능자진을 향해 방천이 나직이 말했다.

능자진은 잠시 머뭇거리다 고개를 숙였다.

"힘이 못 돼 드려서 죄송합니다."

그는 인정할 수밖에 없었다. 자신의 실력으로는 광휘의 일초지적도 받아낼 수 없다는 사실을.

한편, 명호는 옆에 선 노천을 향해 말을 붙였다.

"제압하기가 쉽지 않……."

"죽이자."

"……!"

명호가 당황한 얼굴로 그를 바라보았다.

"그럴 각오로 싸워야 해. 죽이지 못하면 우리가 죽어."

노천은 굳어진 얼굴로 말을 이었다.

"광휘는 원래 평소의 무위만으로도 천하에 손꼽히는 고수다. 그런 놈이 마성(魔性)에 젖어들었어. 지금 우리 중에는 누구도 저자를 제압할 수 없다."

명호는 입을 옴짝달싹했지만 어떠한 말도 못 했다.

'결국 과거의 망령에서 벗어나지 못한 겁니까? 당신 역시도…….'

그저 안타까운 눈으로 광휘를 바라볼 뿐이었다.

＊　　　＊　　　＊

지금 광휘가 펼치는 무위는 과거 천중단 시절과 흡사했다. 그때에도 이토록 움직임이 빨라 대원들이 눈을 의심했을 정도니까.

하지만 이 정도는 아니었다. 이건 마치 칠 년 전, 광기에 휩싸였던 광휘를 생각나게 만들었다.

"모두 칠 조 조장을 막아!"

생각도 하기 싫은 그날, 큰 충격에 빠져 광휘가 마성을 일으킨 적이 있었다.

그 한 사람을 상대로 천중단 전원이 덤벼들었다. 그런데도 제압은커녕 오히려 그 많은 대원이 당하기만 했다.

만약 천중단 총교두가 나타나 그를 제압하지 않았다면 아마 몇 명은 그의 손에 죽었을 것이다.

하지만 그때와 달리 지금은 그를 제압할 절대고수가 없는 상황이었다. 그러니 죽일 각오로 덤벼들어야 했다.

"만천화우. 준비해라."

"옙."

노천이 짧게 말하자 명호가 상념에서 빠져나오며 당문의 절기를 준비했다.

"중놈들과 시간을 벌겠다. 기회는 단 한 번뿐이다. 만약 실패하면……."

노천은 미간을 찌푸리며 뒷말을 삼켰다.

'여기 있는 모두가 죽겠지.'

끄덕!

명호는 입에 올리지 않은 노천의 말을 알아들었다. 그는 망설임을 없애고 품속에서 스무 개의 비수를 꺼내 들었다. 그리고 모든 신경을 손끝에 집중했다.

스윽.

자리에 서 있던 광휘가 주위를 둘러보다 고개를 멈췄다. 자신을 둘러싼 이들의 기세가 심상치 않았다. 입마에 접어든 상황에서도 광휘는 정확하게 그 기세의 중심, 명호를 바라보고 있었다.

"가세!"

노천의 외침과 함께 세 나한승이 달려들었다.

휘익!

그들이 달려들자 광휘의 신형도 빠르게 움직였다. 허깨비처럼 사라진 그림자에 노천의 고개가 옆으로 움직였다.

'이, 이런. 너무 빨라!'

직선으로 달려가는 네 명.

광휘는 자신들을 피해 반원을 그리며 움직이는데도 예상보다 서너 배는 빠른 움직임을 보였다.

다다닥.

노천은 광휘의 움직임을 봉쇄할 목적으로 손에 든 암기를 그의 동선에 던졌다.

스팟.

광범위하게 뿌린 탓인지 광휘의 움직임이 옆으로 꺾였다.

그 순간 빠르게 세 명의 나한승이 다시 한번 달려들었다.

캉! 캉! 쿵!

겨우 앞길을 막아선 나한승과 교전이 일어났다. 계도를 오른손이 아닌 왼손으로 휘두르는 방윤과 봉을 휘두르는 방천, 그리고 손바닥으로 장법을 구사하는 방곤. 다친 몸임에도 불구하고 그들은 필사적으로 세 방향에서 광휘를 공격했다.

쑤욱!

막고 휘두르기를 반복하던 중 광휘가 괴구검에 손목을 집어넣었다.

"조심!"

방곤이 눈을 부릅떴다. 그러나 칼날의 방향이 바뀌자 순간적으로 시야에서 놓쳐 버렸다.

쇄액!

대가는 컸다.

방곤의 어깻죽지가 찔리며 밀려났고.

스걱.

찰나의 틈을 타고 칼을 휘두르던 방윤의 왼팔 역시 찔려 병기를 놓쳐 버렸고.

쾅!

머리를 겨냥해 봉을 내리찍던 방천은 구마도에 맞고는 저 멀리 떨어져 나갔다.

타탓.

일격에 소림승 셋을 떨쳐 내고 멈췄던 광휘가 재차 움직였다.

사사사사삭!

그러던 그때, 어둠 속에서 수많은 빗방울이 쏟아졌다. 아니, 비가 아닌 침(針)이다. 숨죽이고 있던 노천이 당가의 폭우이화침(暴雨梨花針)을 사용한 것이다.

가가가가강!

수백의 침이 광범위한 범위로 쏟아졌지만 광휘는 구마도로 쉽게 막아냈다. 하나, 그건 미끼였다.

"명호, 지금이다!"

"하앗!"

노천이 고개를 돌리며 외치자 함성과 함께 이십여 개의 비수가 날아들었다. 당가의 절기인 만천화우가 모습을 드러낸 것이다.

쏴아아아아악!

광휘가 고개를 들자 앞, 뒤, 좌, 우, 위에서 비수가 폭풍처럼 쏟아져 내렸다.

팟.

광휘는 지체 없이 자리에서 도약하며 몸을 웅크렸다.

이후, 몸을 팽이처럼 돌리며 구마도를 함께 휘둘렀다.

까가가가가강!

까랑한 금속성과 함께 기이한 울음소리가 흘러나왔다.

"……!"

명호는 경악했다. 하나하나 내력이 담긴 비수가, 광휘가 생성해 낸 도풍에 의해 튕겨 날아갔다. 아니, 튕긴 것이 아니라 되돌아오고 있었다. 자신을 향해.

파파파팟.

"악!"

명호는 온몸을 비틀며 피하려고 노력했다.

픽! 퍼퍼픽!

노력이 헛되지 않아 급소 부위는 피했지만 어깨와 손목, 팔, 허벅지에 비수가 쑤셔 박히는 것까진 막을 수 없었다.

털썩!

격통에 그가 흐릿해진 눈을 뜨는 순간, 어느새 그의 발치 앞에 광휘가 다가와 있었다.

"명호!"

"대협!"

나한승 모두와 노천이 불렀지만 명호는 그저 멍하니 움직이지 못했다.

비수에 온몸을 격중당했고, 거리는 너무 지척이었다. 광휘의 앞에서 그는 어떤 방어도 할 수가 없었다.

"단장……."

교차되는 광휘와 명호의 시선.

"흐."

하지만 명호의 바람과는 달리 광휘는 일말의 망설임도 없이 명호를 향해 검을 휘둘렀다.

까아아아아아아앙!

"큭!"

좌아아악!

한데 그 순간, 때마침 불어닥친 일진광풍과 함께 광휘의 몸이 칠 장이나 주욱 밀려 나갔다.

"……!"

"……!"

"……!"

"……!"

명호가 무사함을 확인한 노천과 노승 세 명의 시선이 재차 한곳에 집중됐다.

그곳엔 한 사내가 짜증에 겨운 얼굴로 서 있었다.

"하아, 살기(殺氣) 때문에 잠을 잘 수가 있어야지……."

묵객.

아직 장씨세가에 남아 있었던 한 명의 고수가 드디어 모습을 드러낸 것이다.

第十章

황 노인의 부탁

"성공했군."

노천이 미소를 머금으며 말했다.

그의 시선은 묵객의 팔에 머물러 있었다. 한때 뼈가 보이도록 깊게 파였던 팔에는 분홍빛 새살이 돋아 있었다. 모르는 사람은 모르겠지만, 노천은 묵객의 상세를 똑똑히 기억하고 있었다.

'탈각을 드디어 이루어냈는가! 자그마치 환골탈태라니!'

상황이 이렇지 않다면 고래고래 고함을 지르며 사방팔방에 자신의 업적을 자랑할 만한 일이었다.

"일단은 그런 것 같소. 더럽게 아프고 냄새도 고약했지만. 한데……."

묵객은 잠시 주위를 둘러보고는 미간을 찌푸렸다.

"광 호위는 대체 왜 저러는 거요?"

"간단히 말해주마. 미쳤다. 그러니 우선은 막아야 한다."

"음……."

묵객은 광휘 쪽을 바라보고는 흔쾌히 고개를 끄덕였다.

"뭐, 척 봐도 그리 보이는군. 하지만 걱정하지 마시오. 이제 천하의 묵객이 왔으니… 헉!"

카아앙!

스스스스슥.

말하던 묵객은 일 장이나 주욱 밀려 나갔다.

삽시간에 다가와 휘두른 광휘의 검은 환골탈태를 이룬 그의 눈에도 지독하게 빨랐다.

"독을 안 먹었으면 죽었겠군."

"이놈아! 영약이라고!"

이 와중에 발끈하는 노천의 말을 묵객은 무시했다. 그는 검을 든 손에 불끈 힘을 주며 또다시 움직이는 광휘를 향해 외쳤다.

"광 호위! 예전의 나라고 생각하면 오산… 컥!"

캉! 캉! 캉! 쿡!

묵객은 연신 뒤로 밀려 나갔다.

엄청난 괴력도 그렇지만, 하단과 상단으로 향하는 광휘의 검술은 한 수 한 수가 물러서지 않으면 안 될 만큼 치명적이었다.

쇄액! 캉! 쇄액! 캉캉!

단순해 보였으나 실로 예사롭지 않았다. 분명 베기였는데 묵객의 도와 맞닿는 순간 변화했고, 거의 눈으로 좇을 수 없는 속도로 찔러 들어왔다.

'무슨 검술이 이토록…….'

묵객의 표정은 천천히 상기되었다.

약의 기운으로 내공이 몇 배나 증진되고, 감각도 눈에 띄게 예민해진 상태였다. 그런데 공격을 막아내는 것도 버거웠다. 그나마 내력에서는 좀 더 우위라, 밀리기는 해도 치명타는 받지 않고 있지만…….

"이익… 이익!"

묵객이 신음을 토해내며 계속 밀려날 때였다.

"카학. 카학."

갑자기 광휘가 숨을 가쁘게 토해내더니 잠시 행동을 멈췄다.

"핫!"

빈틈을 보았다 느낀 묵객은 그 틈을 비집고 단월도를 휘둘렀다.

쇄애애액.

캉! 푹!

"윽!"

그런데 뒤늦게 반응했던 광휘의 검이 그보다 몇 배는 더 빨랐다.

먼저 공격했던 묵객이 오히려 어깨를 베이며 신음을 토해냈다.

"진짜… 쌍욕이 나오려 하는구먼!"

상세는 갈수록 암울해졌다.

하지만 묵객은 오히려 투지가 이글이글 끓어올랐다. 그는 사납게 웃으며 소매를 걷어 올렸다. 그와 함께 흉터조차 남지 않은 매끈한 어깨가 드러났다.

카앙! 캉!

카학! 카학!

금속음이 요란하게 울리고, 광휘가 가쁘게 숨을 토해냈다.

"지치고 있어. 이거 잘하면……."

상황을 바라보던 노천의 낯빛이 점차 밝아졌다.

광휘가 아무리 강하다 한들, 아무리 입마에 들었다 한들 결국은 인간의 몸.

외공으로 단련된 튼튼한 몸도 육체의 한계치를 넘는 움직임을 보이면 지치게 마련이다.

"조금만 버티세! 처음보다 많이 느려졌어!"

그리고 그 조짐이 지금에서야 서서히 보이기 시작했다. 광휘의 치명적인 공격을 묵객이 연이어 막아내자 노천은 힘차게 소리 질렀다.

'세상에, 이게 느려진 거라고?'

모두가 다시금 힘을 내는 사이, 묵객만은 암울하게 투덜거렸다. 구마도로 몸을 가린 광휘에겐 빈틈이란 없어 보였다. 없는 틈을 억지로 만들라치면 광휘는 괴구검을 휘둘렀고, 칼날 방향도 이리저리 바꿔가며 정신을 차릴 수 없게 만들었다.

'제길! 검의 궤적을 파악하는 것만으로도 이리 힘들다니!'

묵객은 눈이 아닌 오로지 감각만으로 광휘의 검을 상대하고 있었다.

광휘의 검술은 지극히 단순했다. 검식도 평범했고, 변화도 많지 않았다.

쇄애애액 쇄액!

하지만 상식을 파괴시켜 버리는 속도가 어우러지자 그 평범한 검이 공포 그 자체로 돌변했다.

캉! 캉! 캉! 캉!

"윽! 윽!"

묵객은 필사적으로 검을 막아서며 물러섰다.

노천의 도움으로 탈각을 이루었는데, 이제 누구든 무섭지 않다고 자신한 게 일각도 되지 않았는데, 깨자마자 너무 벅찬 상대를 만난 것이다.

애당초 반격은 꿈도 꿀 수 없었다. 지금 광휘의 기세는 그야말로 검과 하나가 된 듯한 느낌. 사람이 칼을 움직이는 것이 아니라 마치 칼이 사람을 조종하는 것처럼 느껴졌다.

'검과 부딪치는 순간! 그 순간을 노려야 해!'

악착같이 버티며 묵객은 생각했다.

그간 부딪치며 얻은 경험으로 볼 때, 속도나 변초만은 광휘가 압도적이었다. 하지만 내공은 자신이 몇 수는 위였다. 이걸 잘 살리기만 하면 광휘에게 피해를 줄 수 있을 것 같았다.

'하지만 거대한 도가……'

몸을 가리는 광휘의 구마도. 사람 하나를 가릴 만큼 넓은 도신은 묵객의 어떠한 공격도 손쉽게 막아내고 있었다.

물안개처럼 퍼지는 그의 검술 속에서 묵객은 도 끝에 내력을 쏟아냈다. 그 와중에 어깨와 허벅지가 찍히고 긁혀 나갔지만, 묵객은 한 번의 기회를 위해 온 신경을 집중했다.

'막으려 한다면 더 강한 힘으로 뚫어버리면 돼!'

처억.

잠시 뒤로 물러서던 광휘가 갑자기 주춤거렸다. 그리고 이제껏 듣지 못한 거친 숨소리를 토해냈다.

"카학. 카학."

'기회!'

묵객은 곧장 단월도를 휘둘렀다. 이전처럼 다가서지 않고 한 발짝 물러서며 기를 뿌린 것이다.

처억.

숨을 몰아쉬던 광휘가 반사적으로 구마도로 앞을 가리다 갑자기 눈을 부릅떴다.

"……!"

묵객이 뿜어낸 검기(劍氣)에, 그 검기가 지금까지 겪은 것과는 차원이 다른 종류라는 걸 느낀 것이다.

괴이이이잉.

기괴한 소리와 함께 광휘의 몸이 오 장이나 붕 떠서 공중으로 날아갔다.

"저건!"

멀리서 지켜보던 능자진의 눈이 커졌다. 지켜보던 노천과 나한승도, 몸을 추스르고 있던 명호도 마찬가지였다.

강기(罡氣)였다.

광휘의 발치를 스치고 지나간 그것은, 완전하지는 않지만 분명 흐릿한 빛을 발하는 강기가 틀림없었다.

"허억. 허억. 허억."

온몸의 기력을 소진한 건지 묵객은 거친 숨을 몰아쉬었다.

광휘가 날아간 지점을 바라보던 그는 고개를 절레절레 저었다.

"아, 씨… 말도 안 돼. 그 와중에 그걸 피하다니. 이건 꿈일 거야."

몸을 굴려 공격 권역을 벗어난 광휘가 다시 일어서는 것을 본 묵객은 허탈해졌다. 나름 필살의 공격이었는데, 상대는 전혀 타격을 입은 모습이 아니었다.

그의 거대한 도도 그랬다. 자신의 강기를 정면으로 맞았으니 설령 신병이기라도 파괴되었어야 하거늘, 그 모습 그대로 온전했다.

"아니, 효과는 있었다."

노천이 단언했다.

외견으로 보기엔 광휘는 좀 전과 아무 차이가 없었다. 하지만 기세가 바뀌었다. 뭔가 체력적으로 대단히 지쳐 보이는 데다, 원래라면 흉성을 폭발시키며 곧장 달려왔을 그가 지금 분명히 주저하며 숨을 고르고 있었다.

"언제까지 버텨야 하는 게요! 나 혼자 더는 못 해 먹겠소!"

"이런……."

문제는 광휘보다 묵객이 훨씬 지쳤다는 것이다.

전신의 기력을 쥐어짜 강기를 뽑아낸 묵객은 다시금 광휘가 움직이는 모습에 인상을 찡그렸다.

"독종… 지쳐라, 좀 제발!"

타탓.

그때쯤 노천이 힘껏 몸을 던졌다. 능자진도 달려 나갔고, 몸을 가누기도 힘든 명호와 세 명의 나한승도 이를 악물고 움직였다.

"멈춰요! 무사님! 공격을 멈춰요!"

멈칫.

갑자기 들리는 소리에 노천이 멈칫거렸다. 절박한 비명. 울음이 섞인 장련의 외침에 그의 고개가 반사적으로 돌아간 것이다.

'아차! 내가 무슨 짓을!'

그러느라 시야에서 광휘를 놓쳤다. 강호 초출도 하지 않을 실수를 한 그는 당황하며 앞, 위, 옆을 살폈다.

그러던 그 순간.

"황 노인이 살아 있어요!"

"…어?"

노천은 다시금 놀랐다.

걸음을 멈춘 것은 자신들만이 아니었다. 어느새 광휘도 그들과 함께 장련에게 눈을 돌리고 있었다.

＊　　　＊　　　＊

'방법을 찾아야 해!'

장련은 스스로에게 몇 번이고 말했다.

대청의 한쪽 건물 그늘에 숨은 그녀는, 외원 바깥으로 나가라고 한 장웅의 말을 어기고 이곳에서 상황을 지켜보고 있었다.

'무사님이 저리되신 이유를……'

장씨세가의 모두를 상대로 싸우고 있는 광휘. 경천동지할 무위를 보이고 있는 그의 눈빛에 서린 것은 명백한 광기였다.

그 모습은 다른 사람들에게는 공포의 대상이었지만, 장련의 눈에는 누구보다 고통받는 사람으로 보였다.

'그래, 황 노인 때문이었어. 황 노인이 죽는 순간 저렇게 되었어. 그러면 일단……'

마음을 굳힌 장련은 눈앞에 쓰러져 있는 황 노인을 향해 슬금슬금 다가갔다.

챙! 챙! 캉! 캉!

광휘와 모두의 싸움은 가면 갈수록 격해졌고, 어느새 멀리 떨어져 버린 광휘건, 다른 누구건 그녀에게 시선을 돌릴 여유를 갖지 못했다.

"하아, 이미 숨이……"

황 노인의 코에 손을 가져간 그녀는 이내 한숨을 쉬었다. 혹여나 해서 기대를 가져보았지만, 그는 역시 숨을 쉬고 있지 않았다.

쾅!

그때 엄청난 폭음과 함께 광휘가 저 멀리 튕겨져 날아갔다.

낙엽처럼 바닥을 나뒹군 후, 비틀비틀 일어서는 광휘.

'위험해. 이대로는 안 돼.'

장련은 이를 악물었다.

위태해 보였다. 광휘뿐만 아니라 모든 사람들이.

어떻게든 무언가, 무언가 방법이 없을까 하고 머리를 쥐어짜는 그녀의 얼굴이 일순 흠칫 굳었다.

툭. 툭. 툭.

"……?"

장련은 일순 자신의 손을 바라보았다.

황 노인의 숨을 확인하고 맥이 빠져 내려놓은 손. 그 손은… 황 노인의 심장 부근에 얹혀 있었다.

"설마……?"

바싹! 와락!

장련은 급히 몸을 굽혀 황주일의 심장에 귀를 가져다 댔다. 그리고 확, 하고 안색이 밝아졌다.

툭. 툭. 툭.

그건 착각이 아니었다. 너무도 미약해서 집중하지 않으면 들리지도 않을 소리였지만, 분명 황 노인이 마지막 숨줄을 놓지 못하고 세상에 매달려 있는 것이 느껴졌다.

"멈춰요! 무사님! 공격을 멈춰요!"

장련은 반사적으로 힘을 다해 외쳤다.

광휘의 움직임이 멎었다. 그뿐만 아니라 모두가 멈춰 그녀를 바라보았다.

"황 노인이 살아 있어요!"

타타탓.

얼어붙어 있던 이들 중에서 가장 가까이 있던 방천이 먼저 당도했다.

"살아 있다고?"

그는 황 노인의 숨을 확인하고는 이내 기가 막힌 시선을 그녀에게 보냈다.

"소저, 대체 무슨 생각으로……."

"가슴을 만져 보세요. 아직 맥이 남아 있어요."

방천은 심장에 손을 가져다 댔다. 분명 그 말대로 아직 심장이 뛰고 있었다. 수양 깊은 노승조차 여기서는 놀라 버렸다.

"호흡이 없거늘, 어찌……."

"없는 게 아닌가 봐요. 여기."

장련은 황 노인을 보았다. 그러곤 칼에 베인 기도 부근에서 피거품을 뿜어내는 그의 목을 가리켰다.

"어쨌든 심장이 뛰는 건 아직 살아 있다는 거잖아요. 대사님, 혹시 혈도를 짚어 강제로 생문(生門)을 열 수 있으신가요? 소녀의 무공은 일천하지만, 강호에 그런 활인술이 있다고 들은 적이……."

"맞소. 그런 것이 있소. 진기를 불어넣으면 우선 숨을 틔울 수 있을 게요."

방천의 안색이 밝아지며 고개를 크게 끄덕였다.

탁. 탁. 탁.

그들은 황 노인의 혈도 몇 곳을 짚은 후 몸을 뒤집어 허리에 손을 대고 같이 진기를 불어넣었다.

"활인술(活人術)인가? 허어, 아직 살아 있으신 겐가?"

뒤이어 달려온 방윤 역시 그 의미를 깨닫고는 방천을 돕기 시작했다.

"아미타불!"

지켜보던 방곤 역시 합세했다.

세 소림승은 다친 몸을 아랑곳 않고 필사적으로 매달렸다.

"……"

황 노인 쪽을 바라보던 광휘의 얼굴은 굳어 있었다. 바위처럼, 표정이라고는 일절 없는 굳은 얼굴.

툭. 툭.

이따금 미미하게, 얼굴에 선명히 드러난 혈관이 가느다란 움직임을 보였다. 광기에 정신을 침습당한 것이 분명하지만 지금의 그는, 기다리고 있는 모습이었다.

"콜록. 콜록!"

그때였다.

죽은 줄 알았던, 분명히 죽었던 황 노인이 정말로 괴로운 기침을 토해냈다.

"광휘, 제발 멈추게."

"……."

"제발… 자넨… 살인마가 아니지 않은가."

광휘는 대답하지 않았다. 반응도 없었다. 그저 굳은 석상처럼 황 노인을 향해 고개를 돌린 채로 가만히 서 있었다.

"어떻게……?"

명호가 의아함에 중얼거렸다.

분명 황 노인은 명이 경각에 달했고, 그 뒤로 숨이 넘어갔다.

그런데 깨어나자마자 자신이 쓰러졌던 이후의 상황을 눈으로 보듯 알고 있지 않은가.

"아미타불. 육신이 숨을 다해도 넋은 잠시 남아서 기다리는 법."

방천이 반장을 하며 말을 이었다.

"사람의 심장이 멎은 후에도 귀는 마지막까지 제 할 일을 하지요. 죽은 다음에도, 죽고 난 후에도, 마지막의 마지막까지 제 기능을 다하고, 그다음에 꺼지는 것이 청각입니다. 황 노인이 들은 겁니다."

그는 짧게 설명했다. 부디 이 말을 광휘가 듣길 바라며.

정신을 차린 황 노인은 힘겹게 광휘 쪽으로 고개를 돌렸다.

"자네, 우리가 처음… 만난… 만난 날을……."

'기억하는가?'

갈라지고 부은 목으로, 그는 제대로 말을 잇지도 못했다. 그런데 그의 안타까운 눈길을 받은 광휘가.

"꾸욱. 끄끅."

알 수 없는 말을 내뱉기 시작했다.

그 모습에 황 노인이 흐릿하게 웃음 지었다.

어둑어둑해진 그의 시야에 오 년 전 봄, 광휘를 치료하던 그때가 스쳐 지나갔다.

"반드시 금목상단이어야 하오. 도와주시오."

정신을 차린 뒤 서로 몇 마디 주고받던 중 광휘는 외총관이라는 자신의 얘길 듣자마자 다급하게 부탁해 왔다.

주산이란 곳에서 발견된 석염이란 광물. 오직 금목상단과 거래를 했으면 하는 의견을 피력했던 것이다.

자신의 권한을 넘어서는 부탁.

당연히 거부하려고 했었다. 분명 그러려고 했지만…….

"살려야 하오. 어떻게든 살리고 싶소, 어르신!"

살리고 싶다는 말.

그 말이 그를 흔들어놓았다. 따뜻한 눈빛도, 진실한 감정 호소도 있었지만, 무엇보다 그 말이 그를 움직인 것이다.

"자넨… 그런 사람이야. 적어도 나에게는… 사람을 살리는 사람이었네."

착각이었을까. 그저 말없이 서 있던 광휘가 몸을 약간 떠는 것이 느껴졌다.

"그러니……."

그 순간 황 노인의 얼굴에 서린 빛이 살짝 흔들렸다.

"흐윽… 큭!"

세 노승들의 머리에서 무럭무럭 김이 올라왔다.

황 노인의 숨은 아슬아슬하게 멎지 않았다. 그가 입을 열어 말할 기력을 낸 것은 오로지 소림승들의 심후한 내력 때문에 가능했다.

"방윤, 방곤, 더 힘을……."

아무리 소림의 내공이 심후하다 해도 황 노인은 사실 상세로 보아 이미 숨을 다했어야 할 처지였다.

"그러니. 자네가 지켜주지 않겠는가."

다시 얼굴빛이 돌아온 황 노인이 입을 열었다.

"힘이 없어 죽어야만… 그래야만 한다면… 자, 자네가… 우리들 곁에… 있어주면 되지 않겠나."

광휘의 눈썹에 미묘한 변화가 생기기 시작했다. 그리고 그 변화는 눈빛으로, 얼굴로 점점 퍼져갔다.

"자랑하고 싶어서야."

"……."

"누구에게… 누구에게가 아니라… 나에게… 내게 자랑하고 싶어서."

황 노인의 숨이 점차 가빠졌다. 세 노승이 기운을 불어넣고 있지만 워낙 상황이 안 좋은 탓인지 다시금 꺼지고 있었다.

"자랑……."

술렁.

광휘가 말을 꺼내자 사람들의 시선이 그에게로 쏠렸다.

말을 했다. 몸은 여전히 기이하게 흔들리고 있었지만 그의 시선은 황 노인에게 똑바로 향해 있었다.

부들부들. 덜덜덜.

"…그러니 저승으로 가는 길에 부탁 하나 들어주게나."

황 노인은 힘없이 미소 지었다. 이제 막 생명이 꺼져가는 와중에도 그의 얼굴은 묘하게도 개운하고, 후련해 보였다.

"내가 자랑스러워해도 되겠는가……."

부르르르.

광휘의 떨림은 눈으로 이어졌다. 그리고 그 떨림은 곧 어깨로, 온몸으로, 삽시간에 격동이 되어 퍼져 나갔다.

"저세상에서도 내가……."

"……."

"자넬 만난 것을 자랑스러워해도 되겠는가?"

힘없이 흘린 노인의 말이 광휘의 뇌리에는 경종을 울리듯 크게 들려왔다.

"앞으로 그를 본다면 이 말 한마디도 꼭 해주시오."

"무슨 말이오?"

"앞으로는 자랑할 일이 많아질 거라고."

"소저, 황 노인에게 오늘 일도 빼놓지 않고 말해주시오."

"네?"

"자랑할 일이 또 생길 것 같으니까."

주르륵.
광휘의 볼에 한 줄기 눈물이 흘러내렸다.
기억이 난다. 자랑할 일이 많아질 거라고 말한 건 자신이었다. 자랑할 일이 또 생길 거라 말한 것 역시 자신이었다. 그런데 황 노인을 부끄럽게 만드는 사람 역시도 자신이었다.

"어르신, 모르셨습니까? 강호란 곳은 그런 곳입니다."

생존할 힘이 없으면 아무것도 할 수 없다고 한 건 자신이었다. 하지만 생존할 힘이 있어도 제대로 도움이 되지 못한 건 자신이었다.
오히려 사람들을 위험에 빠뜨린 자가 바로 자신이었다.

"기억하게. 강호도 사람이 살아가는 세상일세."

"난… 못난 사람이오."
광휘는 바닥에 주저앉아 흐느꼈다.
한 줄기, 한 줄기 흘러내리던 눈물이 어느 순간 셀 수 없이 흘러내리기 시작했다.
"난 말이오, 어르신… 난 정말… 정말 이러려고 이런 게… 크흐흑… 나 때문에… 흐흐흐흑"

"……."

"정말 잘하고 싶었소……. 어르신을 부끄럽게 만들고 싶지 않았소……."

광휘는 얼굴을 들 수 없었다. 비통한 마음 역시 진정시킬 수가 없었다.

황 노인의 얼굴에 잠시 돌았던 활기는 이미 사라져 있었다. 그는 그 꺼져가는 한 줌의 빛을 붙들고 힘들게 말을 꺼냈다.

"광휘… 포기해선 안 돼. 자넨… 강한 사람이야."

"크흐흐……."

광휘는 그 말에 소리조차 제대로 내지 못하고 가늘게 오열했다. 포기하지 말라는 말이 광휘의 가슴속을 몇 번이고 맴돌며 울리고 있었다.

그는 알고 있었다, 자신이 지쳐 있었다는 걸. 신검합일을 위해 끊임없이 바라고 바랐지만, 결국 포기하고 놓아버렸다는 걸. 그런 메마른 그의 가슴에, 완전히 메마른 것이라 생각한 그곳에 또다시 파문을 일으킨 것이다.

"무사님……."

어린애처럼 우는 광휘의 소매를 잡으며 장련도 목이 메었다.

스륵. 툭. 툭.

세 노승이 손을 놓고 물러섰다. 안타까운 얼굴로 반장하는 그들은, 황 노인이 이미 명을 달리했다는 것을 알려주고 있었다.

툭.

문득 광휘가 힘을 잃고 쓰러지자 장련이 놀라 고개를 들었다.

"걱정 마라. 또 날뛸까 봐 잠시 기절시킨 거니까."

노천의 손엔 가느다란 침 하나가 들려 있었다. 그는 씁쓸한 표정으로 하늘을 한 번 쳐다보고는 옆으로 고개를 돌렸다.

"명호야."

"예."

"아무래도 이곳에 좀 오래 있어야 할 것 같구나."

"예?"

"병자들이 이리 많지 않느냐."

긴 한숨을 내쉬며 애꿎은 바닥을 걸어차는 노천. 그의 복잡 미묘한 얼굴에 명호는 미소를 지었다.

"단장님이 좋아하실 겁니다."

"일없다, 이놈아. 상처나 내밀어."

노천은 투덜거리며 나한승 셋과 명호를 보고 팔소매를 걷어붙였다. 부상이 극심했다. 당장이야 싸움의 흥분 때문에 잘도 움직여 대지만, 이대로 반나절만 지나도 사람 잡는 비명을 흘리며 바둥바둥대며 경련할 것이다.

"아이고, 아파라!"

"저놈은 벌써부터 저러고 있네."

분명히 커다란 활약을 했는데 왜 저렇게 한심해 보일까? 묵객의 처량한 비명을 들으며 노천은 장내를 둘러보았다.

사악. 사악. 토닥. 토닥.

혼절한 광휘를, 눈물을 글썽이며 쓸어주는 장련.

다리에 힘이 풀린 능자진을 부축하는 곡전풍과 황진수.

투덜거리는 노천과 기진맥진한 노승 셋과 명호.

한쪽 바닥에 주저앉아 허리를 툭툭 치는 묵객까지.

그들에게 너무나 길었던 어둠이 걷히고 오지 않을 것 같았던 새벽빛이 차츰 밝아오고 있었다.

第十一章

신검합일의 경지

"정신 차려……."

"크으으으."

"정신 차려! 광휘이이!"

"……!"

피이이이이—

거친 바람 울림이 귀를 관통하던 순간, 어둠으로 뒤덮였던 시야가 점차 밝아지기 시작했다.

"교두……?"

그리고 눈앞에 나타난 사내. 바로 천중단을 대표하는 총교두였다. 항상 감정을 드러내지 않는 그가, 큰 바위 석상이라는 별명마저 붙었던 그가 지금은 불이라도 뿜어 나올 듯한 눈빛으로 자신을 노려

보고 있었다.

뚝뚝뚝.

"왜 교두가……."

교두는 피를 흘리고 있었다. 얼굴에는 아무런 고통의 흔적도 없었지만 그의 몸은 수십, 수백 개의 상흔이 빼곡했다.

"이게 대체 어떻게 된 겁니까? 왜 제가 교두께 칼을……."

"광휘이이이!"

흔들리던 광휘의 정신이 교두의 대갈일성에 확 돌아왔다.

"지금부터 내가 하는 말 새겨듣거라. 앞으로 천중단은 네가 이끌어야 한다. 네가 이끌고 최전선에서 싸워야 한다."

"……."

"적은 치밀하고 영악하다. 그리고 강해. 그들과 맞서 싸우기 위해서는 몸 안의 분노와 감정을 다스려야 한다. 오직 검과 하나가 되기 위해 노력해라!"

"교두, 아니 사부! 난 할 수 없소……. 아니, 못……."

"놈! 내 죽음을 덧없게 만들 셈이냐!"

"……!"

광휘의 시선이 다시금 그의 가슴으로 내려갔다.

교두의 몸에 난 수도 없는 상흔. 바닥까지 축축하게 적셔 버린 핏물.

광휘는 다시 한번 자각했다, 이 모든 것이 자신이 벌인 일임을.

"광휘, 넌 할 수 있다. 그걸 잊지 마라."

"…틀렸소, 사부. 나도, 나도 결국 넘지 못했소."

"아니, 넘지는 못했지만 너는 돌아왔다. 대부분이 광마(狂魔)로 생을 마감했지만, 너는 두 번이나 제정신으로 돌아왔다. 그리고 지금, 살아 있다."

"……."

"이젠 너밖에 남지 않았다. 그러니 네가 끝내야 한다. 네 두 손에 중원의 미래가 달렸어. 대답하거라. 하겠다고, 어서 대답해!

＊　　　＊　　　＊

"헉!"

광휘가 괴성을 지르며 몸을 벌떡 세웠다. 뒤이어 숨을 헐떡거리는 광휘는 한참 동안 그 자세로 앉아 있었다.

"하아. 하아."

조금 진정이 되었다 싶었을 때 그는 고개를 들어 주위를 둘러보았다.

쨍쨍─

사방이 밝았다.

책상과 창틀 한편에 올려진 장신구. 면경, 치장대 그리고 수많은 책장들.

"여긴……."

광휘에겐 익숙한 구조, 바로 장련의 거처였다.

"무사님, 일어나셨어요?"

장련이 막 열린 문으로 들어오다 광휘가 일어난 것을 알아차렸다. 그녀가 침상 옆 의자에 앉을 때쯤 광휘는 묘하게도 가슴이 진정되는 것을 느꼈다.

"며칠이나… 누워 있었소?"

마음을 추스른 광휘가 물었다.

"사흘이요."

그 말에 광휘는 자신이 쓰러지기 전 기억이 스쳐 지나갔다. 자신은 폭주했고, 쓰러진 후 사흘 동안 시체처럼 널브러져 있었던 것이다.

"황 어르신은……."

"다행히 더 이상의 적은 보이지 않았어요. 그리고 얼마 있지 않아 모용세가와 개방이 왔고요."

"…그랬구려."

광휘의 목소리에는 한숨이 섞였다.

눈을 떴을 때, 이미 쓰러지기 전의 기억이 돌아온 상태였다. 황 노대의 안부를 물은 것도 어떤 희망을 가지고 물은 게 아니다.

그런 마음을 아는지 장련은 전혀 다른 이야기를 꺼내 대답했다.

"한데, 모용세가? 개방?"

"네."

광휘의 물음에 장련은 고개를 끄덕였다. 그녀는 환자의 이마에 올릴 법한 흰 수건을 한쪽에 밀어 놓으며 말을 이었다.

"무림맹으로 가던 중 팽가의 팽인호 장로를 만나 장씨세가가 처한 상황을 들었다더군요. 이틀 정도 이곳에 머물다 다시 맹으로 향했어요."

"팽… 인호. 윽!"

광휘는 얼굴을 찌푸렸다. 이름을 듣는 순간 폭발적으로 분노가 치솟았고, 그러기 무섭게 머리가 깨져 나갈 듯 아파 왔다.

"더 누워계세요. 지금 기력이 많이 쇠하신 상태라 한동안 휴식을 취해야 한다고……."

"난 괜찮소."

두통이 극심했지만 광휘는 이를 악물며 고개를 저었다.

결국 모든 것은 예상대로였다. 폭굉부터 시작해 사파를 움직인 것도, 맹을 움직인 것도 모두 그들, 그들이 한 짓이다. 그렇다면 이제는 그들이 대가를 치르게 해줘야 한다.

파악!

광휘는 침구를 한쪽으로 거칠게 밀어냈다. 그렇게 몸을 일으키려던 순간.

"윽!"

그때 또다시 강한 두통 때문인지 머리를 감쌌다.

"엠병. 내 이럴 줄 알았다니까."

때마침 문밖에서 노천의 목소리가 들렸다.

＊ 　　　 ＊ 　　　 ＊

툭툭. 쓰윽. 쓰윽.

먼저 진맥, 다음으로 침과 뜸이었다. 한 식경가량 조치를 한

후 노천이 다시금 광휘의 몸 상태를 살폈다.

"흠……."

진맥을 하고 또 하고, 다시금 무언가를 살핀다.

평시라면 답답함에 당장에라도 물리게 했겠지만, 이번만은 광휘도 치료를 거부하지 않았다.

"좀 어떻소?"

다시 한 식경이 지나고, 노천이 침과 뜸을 빼낼 때 광휘는 초조함에 물었다.

"별다른 특이점은 보이지 않았네."

"그럴… 리가."

광휘는 이해되지 않는 얼굴로 그를 바라보았다.

잠재되어 있어야 할 몸의 기운(선천지기)이 폭발하고 난 상태였다. 당연히 후유증이라든가, 혈맥의 문제라든가, 그런 위험한 것이 발견되어야 했다. 그런데 아무런 특이점이 없다니?

"애초에 자네 몸은 아무런 문제가 없었네. 문제는 몸이 아니라 여기지. 사실 이 탕약도……."

톡톡.

노천이 제 머리를 두드려 보이며 탕약을 들고 말을 이었다.

"굳이 먹을 필요는 없을 것이라네."

"혹 잘못 진맥한 것이 아니오? 그 정도 날뛰었다면 분명 몸에 이상이 있을 터. 모두가 몸에 이상이 생기고 정신이 분열되었단 말이오."

"모두가… 라. 그건 천중단 이야긴가?"

움찔.

노천의 되물음에 광휘는 입을 다물었다.

그가 다시금 침잠하는 것을, 노천은 이제 흥미롭게 바라보았다.

"흐으음."

잠시 눈을 감은 노천은 한참을 숙고하다가 답변을 기다리는 광휘에게 나직이 말했다.

"이토록 증상이 없는 건 아마도… 자네의 무공 때문이겠지."

"내 무공?"

"목표로 하는 그 무공이 육체의 어긋남을 거부하고 있는 거니까. 이쯤 되면 무공보다는 무학(武學)이라고 얘기해야 하나? 여하튼 참 재미있는 현상이야. 클클클클."

알 듯 말 듯, 일부러 이야기를 트는 모양새였다.

광휘는 잔뜩 얼굴을 찌푸렸고, 노천은 재미있는 놀이라도 하듯 악동 같은 눈매로 물었다.

"신검합일… 이지?"

"……!"

"역시 그렇군, 자네의 무공이 지향하는 방향이."

"어떻게 아신 게요? 아니, 그보다 육체적인 충격을 거부한다니, 그건 무슨 말이오?"

"어따, 그놈 성질도 급하다. 꽤 설명이 길어져. 마음 좀 추스르며 앉아 있어."

툭툭. 쓰으읍!

노천은 광휘의 초조함을 손으로 물리고, 허리에 차고 있던 장

죽을 꺼내 물었다.

푸우우욱!

환자가 있는 방에 매캐한 연초 연기를 뿜어내며 그는 취한 듯, 꿈꾸는 듯 살짝 반개한 눈으로 말을 이었다.

"현재 자네 내공은 반 갑자(半甲子). 일류고수 수준의 내공 정도네. 사실 이 정도만 해도 강호에서는 꽤 알아주는 편이지만, 자네 실력에 비하면 조족지혈이지. 흔히 절정고수라 불리는 이들은 보통이 일 갑자, 많으면 이 갑자(二甲子)까지 가지고 있으니까."

갑자는 하루의 기를 받아들이는 작업을 육십 년의 내공 수련을 거쳐 축적한 힘을 말한다.

이는 일반적인 무인의 기준이며, 기연을 얻거나 심득을 이해하는 속도가 빠를수록 시간을 단축시킬 수 있다.

절정고수를 백대고수라 칭하는 것만 봐도 알 수 있듯 일 갑자가 넘는 무인들은 강호에 거의 드물었다.

"그거, 자네가 선택한 거지?"

꿈틀.

노천을 바라보던 광휘의 눈썹이 움직였다.

"내공이 늘어나면 몸속의 모든 기운을 통제하기가 점점 어려워지지. 그건 일류고수든 절정고수든 다 똑같아. 자네가 그만한 역량을 가지고도 내공이 그것밖에 안 된다는 건… 일부러 내공을 등한시한 것 같군. 감당할 수 없는 내공을 쌓아두느니, 딱 필요한 만큼만 꺼내 쓰겠다는 것."

"……."

"틀리지 않았을 게야. 아마 자네가 살 수 있었던 것도 그 때문일걸. 자네, 이제껏 광마에 빠진 게 모두 몇 번이나 되나?"

"…세 번? 아니, 네 번이오."

광휘는 한참을 고민하다가 끝끝내 입을 열었다.

그러자 노천의 눈에 경탄의 빛이 떠올랐다.

"기도 안 차는군. 들었다 하면 열에 아홉이 뒈지는 길에 들어가서 한 번도 아니고 네 번이나 살아남았다? 역시 그거군. 자네가 광마에서 다시 돌아올 수 있었던 건, 몸이 버티지 못할 정도의 기를 사용하지 않았기 때문이야."

노천은 주의 깊은 진찰로 광휘의 몸 상태를 파악했다. 맥을 읽고, 침과 뜸으로 혈맥이 움직이는 것을 살폈다. 그리했기에 광휘가 어떤 식으로 무공을 연마해 왔는지도 약간은 파악하고 있었다.

"한데, 이쯤 되니 나도 좀 궁금하군. 애초에 자네의 목표가 정말로 신검합일이었을까?"

"……?"

"아니, 그렇지 않았을 거야. 그저 어떻게든 버티고 버티다 보니 여기까지 왔고, 결국엔 검과 하나가 되어야만 끝나겠다고 직감한 거겠지. 무기력함과 두려움. 몸이 아니라 정신이 다친 인간의 본능이랄까."

노천은 저 혼자 묻고 저 혼자 답변하며 중얼중얼하고 있었다.

광휘는 불현듯 참지 못하고 불쑥 묻고 말았다.

"그럼 어르신이 보기에 어떻소? 내가 신검합일에 가까워지고 있다고 보시오?"

"옘병, 그걸 내가 어떻게 알아? 난 당문이야. 검이 아니라 암기라고. 그리고 손 놓은 지도 삼십 년은 넘었어."

"……."

우문현답이랄까. 혹시나 했지만 역시나 그랬다. 광휘는 괴로운 한숨을 내쉬었다.

누구도 알지 못하는, 존재하는지 아닌지도 모르는 전인미답의 경지.

아무도 그에게 답을 줄 수 없고, 오로지 홀로 모든 것을 깨쳐가야 한다는 건 그에게도 큰 부담이었다.

"무위를 올리기 위해서는 보통은 두 가지 방법을 거치지."

실망한 광휘가 시선을 바닥에 내리고 있자 노천은 딱하다는 듯 말을 꺼냈다.

"첫째는 내공 심법을 통한 내가공부(內家功夫). 심법을 통해 내공이 늘어나면서 사물을 바라보는 인식이 달라지는 방법이지. 둘째는 깨달음을 통한 내공 증진. 이 역시도 근본은 내공을 통한 무공의 진일보 형태."

노천은 쓰읍, 숨을 내쉬며 말을 이었다.

"자네는 이 두 가지에 해당 사항이 없어. 일정량의 내공이 모인 이후 더는 기를 확장하지 않았고, 깨달음을 통한 무위 증진이 아닌, 오로지 경험과 정신력으로 극복했네."

"……."

"듣도 보도 못 한 방법이야. 기는 오로지 통제하는 데만 집중해 썼고, 내공 없이도 폭발적인 힘을 내기 위해 외공(外功)을 익혔네. 그것이 최선이라고 생각했던 게지."

"체력이 곧 정신력이라고 했었소."

"그게 천중단의 생각인가? 참으로 독특하고 훌륭한 발상이야. 체력이 받침이 되면 정신이 흔들리는 것도 덜하고, 점점 경험을 쌓으며 익숙해지다 보면 언젠가는 광마의 폭주를 완전히 통제할 수 있을 거라 여겼겠지."

"하면, 그게 가능할 것 같소?"

"그건 내가 모르는 길이라니까! 극복하기 위한 방법 또한 자네가 찾아야지. 말은 길었네만 여하튼 결국 자네는 둘 중의 하나를 선택하게 될 걸세."

노천은 이전과는 달리 싸늘한 눈빛으로 광휘와 시선을 맞추었다.

"절대고수가 되든가."

"……."

"아니면 미치광이가 되든가……."

광휘는 아무 말도 하지 않았다. 그저 조용히 눈을 감고 있었다.

"한숨 푹 자고 일어나게. 외견상 충격은 없어 보여도 그런 게 아니니."

노천은 다시금 머리를 톡톡 두드리며 자리에서 일어섰다.

광휘는 그의 말이 여전히 가슴에 남았는지 자리에서 일어서지 않았다.

"아참."

나가려던 노천이 멈칫했다. 그러고는 슬쩍 창가를 바라보며 읊조렸다.

"자네가 쓰러진 뒤 장 소저가 간병을 했네. 거의 잠도 안 자고 한 걸 보면… 꽤 마음을 쓴 것 같네. 감사하다는 말 정도는 한마디 해주라고."

"……."

"괜히 나이 먹고 구질구질하게 혼자 되기 전에 얼른 정해. 저 정도 여인이면 어디 가서 쉽게 구할 수 없을 테니까. 일이 잘되면……."

"생각 없소."

노천의 눈빛이 잠시 가늘어졌다. 광휘가 냉랭하게 끊어버린 말에 그는 까닭 모를 노기까지 비쳤다.

"이… 후우."

하지만 버럭 하려던 그는 곧 긴 한숨을 내쉬며 바깥으로 나섰다.

"하기야, 지금 자네 상황에서 그럴 여력도 없겠지. 실례했네. 그만 가보지."

"나가지 않소."

"아무렴."

끼이이! 쿵!

노천이 나가고 난 후 병실은 적막에 감싸였다. 광휘는 탕약

을 물 마시듯 쭈욱 들이켰고, 얼마 후 긴 한숨을 내쉬며 다시금
자리에 누웠다.

"후우……."

졸렸다. 이번에는 악몽을 꾸지 않기를 바라며 그는 천천히 깜
박깜박 눈을 감았다.

타악.

어느덧 그가 고른 숨소리를 낼 때, 서글픈 얼굴로 장지문을
닫는 사람이 있었다.

"왜… 항상……."

장련이었다.

이곳을 떠난 줄만 알았던 그녀는 문 앞에 몸을 숨긴 채로 서
있었던 것이다.

*　　　*　　　*

사박. 사박.

목련이 밤공기 속으로 조용히 잎사귀를 흩날리고 있었다.

커다란 나무 아래 조용히 정좌한 묵객은 눈을 감은 채 천천
히 그날을 떠올리고 있었다.

쇄액! 쉬이익!

정중동. 미동 하나 없는 그의 뇌리에는, 며칠 전의 광풍이 몰
아치는 듯한 칼 그림자로 가득했다.

감히 예측할 수도 없는 검술. 육안으로는 보이지 않을 만큼
빨랐다.

"후우우……."

손가락 하나 움직이지 않았는데도 한숨을 내쉬는 묵객의 온
몸은 땀으로 흠뻑 젖어 있었다.

그의 표정은 매우 어두워 보였다. 실제로 겨룬 것도 아니고,
기억에 의거한 심상만으로도 이렇게 지친 것이다.

'만약 그대로 계속 싸웠더라면……'

노천의 영약으로 내공이 늘었건 어쨌건, 분명 목숨을 잃었을
것이다. 지금 그가 떠올린 상대의 무공은 이제껏 싸워왔던 자
들과는 비교조차 할 수 없었으니까.

'맹이라……'

묵객은 과거 광휘가 했던 말을 되새겨 보며 다시 상념에 잠
겼다.

"맹에 있었소."

광휘는 그저 짧게 그렇게만 말했다.

무림맹. 구성하는 인원이 도합 14만에 이르는 거대한 무림 문
파들의 연합체.

광휘의 무공 수준을 본 묵객은 그가 최상, 혹은 그 이상이라
고 추측했다.

'현 무림맹 최고의 부대를 꼽으라면 풍운검대(風雲劍隊)와 제

룡대(帝龍隊)을 꼽는다. 하지만 그곳 소속 대원이 장씨세가에 올리도 없고, 시기적으로도 맞지 않아.'

묵객은 턱을 쓰다듬으며 생각했다.

'그렇다면 뭐가 있을까. 맹에서 절정을 넘어서는 고수가 몸담은, 거기다 과거의 부대 소속이라면……'

묵객은 머리에 손을 올리고 손가락을 더듬더듬했다. 그러다 생각이 난 듯 가만히 끄덕였다.

"결국은 천중단인가……"

드르르륵.

"사부님! 들으셨습니까!"

따닥. 따닥.

그때였다. 묵객 앞으로 목발을 짚은 청년이 나타났다. 바로 본 가에 머물라는 가주 모용상의 말에도 바득바득 우겨 장씨세가에 머물고 있는 담명이었다.

"광 호위께서 깨어났다고 합니다."

"뭐?"

묵객은 눈썹을 찡그렸다. 광휘를 생각하던 차에 그의 얘기가 나오자 본능적으로 거북해진 탓이다.

"뭐 불편하신 거라도 있으십니까?"

"아니다. 그건 그렇고, 내가 알아 오라는 건 어떻게 됐어?"

묵객은 별일 아니라는 투로 말했지만 표정은 숨기지 못했다.

담명은 갸웃하다가 품속에서 서신 한 장을 내밀었다.

"아, 그게… 여기 있습니다."

부스럭부스럭.

묵객은 그 종이를 받아 들고는 곧장 펼쳐 내용을 확인했다.

"흐음… 이건……."

"한데, 왜 갑자기 하오문의 연락책을 제게 알아 오라 하신 겁니까?"

이틀 전.

묵객이 무슨 바람이 불었는지 담명에게 '하오문과 접촉할 수 있는 곳을 알려 달라'고 부탁했다.

"이 싸움 말이다, 가만히 생각해 보면 이상한 점이 한두 군데가 아니라서 말이다."

"예?"

사박. 휘릭.

묵객은 서신을 품에 집어넣고, 한쪽에 걸어놓은 자신의 묵빛 장포를 입었다.

"일전에 너와 이름이 비슷한 담경이란 자가 왔던 적이 있었지?"

"그랬죠."

"한 지방의 지부대인과 그 자제가 위협을 받은 큰 사건이었는데, 중앙에서 사람이 내려와서 더 조사하는 걸 막아버렸다. 이게 무슨 의미인 것 같으냐?"

"어딘가… 거대한 배후가 있다는 말씀입니까?"

담명의 눈빛이 진지하게 변했다.

묵객은 그런 그에게 피식 웃어 보이며 어깨에 찬 단월도와 허리춤에 있는 검을 재차 점검했다.

"그래. 내 짐작이 맞는다면 드러나지 않은 배후가 하나 더 있어. 이제껏 생각도 하지 못한 쪽으로."

"생각도 하지 못한 쪽? 어느… 쪽입니까?"

"난들 알겠나. 그래서 그 일을 한번 알아보려고 하는 것이다."

철컥.

마지막으로 탁자에 올려놓은 죽립을 쓰며 재차 말했다.

"곧 알게 되겠지."

사악.

조용히 뽑혀 나온 그의 검날이 시리게 빛나고 있었다.

＊　　＊　　＊

능시걸은 마차를 타는 내내 불편한 기색을 떨치지 못했다.

작금에 팽가가 벌인 행동은 충분히 예상 가능한 일이기도 했다. 하나, 무림맹은 다르다. 정도 최고의 연합체가 모인 그곳에서 과연 이 사안에 대해 어떤 식으로 반응할 것인지 예측할 수도 없었다.

"너무 심려치 마십시오. 서기종이 제아무리 권한이 막강하다 하더라도 일개 총관일 뿐입니다."

단둘이 타 있는 마차 안. 능시걸의 걱정을 읽었는지 맞은편에 앉은 모용상이 운을 뗐다.

"그야 그렇지요."

능시걸은 간단히 고개를 끄덕였다. 하나, 말과는 달리 여전히 미심쩍은 표정을 지우지 못했다.

"아마도 중도를 지킬 것입니다."

모용상이 한마디를 더 붙이자 능시걸의 얼굴이 조금 더 침중해졌다.

"그것이 더 문젭니다."

"…그러고 보니 그렇기도 하군요."

아마도 저들은 팽가보다 더욱 철두철미하게 상황을 조정할 것이다. 능시걸의 말을 알아들은 모용상은 고개를 끄덕였다.

"하지만 방주, 본인은 아직 희망은 있다고 보고 있습니다. 맹의 모든 사람이 그의 계획에 동조했다는 사실은 없지 않습니까?"

하지만 모용상은 곧 평소의 서글서글한 안색을 다시금 회복했다.

그의 말에 능시걸은 고고한 기풍의 한 노인을 떠올렸다.

'무림맹주.'

총관이란 배분이 맹의 중지를 모을 수 있는 직급이기는 하나, 결국 맹의 절대적 결정권은 무림맹주에게 있었다.

'과연, 한 일가의 가주답군. 핵심을 짚고 있어.'

모용상의 말이 맞았다. 결국 최후의 결정은 무림맹주에게 달린 것이다.

"방주께서도 아시겠지만 소싯적 제가 좀 잘나가지 않았습니까. 하하하. 분명 누구에게도 말하지 않은 고급 정보를 얻을 것이니."

"…예?"

"손유진이라고, 비선당 당주로 있는 이가 있습니다. 비록 옛 인연이기는 하나, 제가 부탁하면 들어주지 않고는 못 배길 겁니다."

모용상이 가만히 턱을 들어 보였다.

그의 확신에 찬 얼굴을 보고 능시걸은 문득 떠올렸다. 그가 한때 반안, 송옥과 비견되던 일대의 풍류 공자였다는 것을.

"…아, 그렇군요."

능시걸은 왠지 맥이 빠져 창가로 시선을 돌렸다. 무림맹주에서 손 당주로, 생각했던 대상이 극명하게 달라지자 자신도 모르게 고개를 절레절레 젓고 있었다.

젊은 시절, 연인 관계였던 사람의 부탁이라? 괜히 말을 꺼냈다가 뺨이나 맞지 않으면 다행이라는 생각이 불현듯 들었지만.

"잘해보겠습니다."

'대체 어떻게 말이오?'

능시걸은 입술을 쭈욱 내밀며 인상을 썼다. 하지만 너무도 당당히 말하는 모용상의 행동에 속내는 목 아래로 삼킬 수밖에 없었다.

＊　　　＊　　　＊

"긴장하지 말거라. 무림맹이라고 해도 결국 사람이 사는 곳이다. 잊지 말거라."

순찰당주를 따라 곧장 대전으로 향하던 장원태는 목소리를 낮춰 묵직하게 말을 꺼냈다.

"예, 아버님."

얼어 있던 장웅이 어깨에 힘을 넣으며 대답했다.

'뭐, 이것도 좋은 경험이 될 테니까.'

다시 무림맹을 찾은 길에는 그의 아들 장웅이 함께했다. 능시결의 권유도 있었지만, 장웅 자신이 따라가고 싶다는 의사를 적극적으로 표한 것이다.

'련이가 함께 왔더라면 좋으련만……. 아니, 아니…….'

장원태는 잠시 딸아이를 생각하다가 고개를 저었다.

장련은 광휘의 간호로 지쳐 있던 데다, 노천이 '따로 맡긴 일이 있네'라고 말해 뜻을 바꾸었다. 전대의 고수인 그가 련이를 어여삐 보아 가르침이라도 내려준다면, 이는 장련의 무위가 문제가 아니라 장씨세가에 강력한 원군이 늘어나는 것이니까.

"저곳입니다. 팽가의 장로께서는 먼저 기다리고 계십니다."

"음."

야트막한 야산 밑과 인공 호수 사이에 위치해 있는 구름다리는 중원에서 보기 힘든 절경 중 하나다. 그러나 이곳에서 능시결과 모용상, 장원태와 팽인호 모두가 격론을 벌일 것이다. 워낙에 용담호혈이라 느껴지니 경치를 감상할 여유도 없었다.

"오셨습니까?"

보는 이를 압도할 거대한 대전(大殿) 앞에서 무사 두 명이 가볍게 읍을 해 보였다.

끼이이익.

'허어……'

능시걸은 대전에 들어오자마자 눈을 찡그렸다. 먼저 도착해 있는 자들의 면면을 보니 팽인호의 의도가 짐작이 갔던 것이다.

"방주, 이분들은……."

모용상이 그들을 알아보고 당황해 머뭇거릴 때쯤 다가오는 한 노인이 있었다.

기골이 장대하고 눈썹이 짙으며 눈빛이 매서운 자. 맹의 총관 서기종이었다. 오 년 전 무림맹의 총관이 된 후로 중원의 대소사를 한 손에 쥐락펴락하는, 일인지하 만인지상의 권력자였다.

"반갑소이다, 총관."

"저 역시 그렇습니다. 모용세가주께서도 오랜만에 뵙습니다. 삼 년 만인가요?"

"그쯤 되었을 겝니다."

"반갑습니다. 그리고 이분이……."

나란히 선 장원태를 바라보던 총관이 말끝을 흐렸다.

"장가의 가주 장원태입니다. 그리고 제 옆의 이 아이는 본 가의 이 공자 장웅입니다. 인사드리거라."

장원태가 예를 차리며 말하자 장웅이 고개를 숙였다.

"장웅이라 합니다."

"아, 장씨세가 가주와 그 자제시구려. 하아, 그간 정말 심려가 많으셨겠습니다."

서기종의 말에 장원태는 왠지 모르게 가슴이 후련해졌다. 이제껏 장씨세가는 어디를 가도 하북의 일개 상계 가문으로 치부되었다. 그런데 중원의 연합체라는 무림맹의 총관이 이 모든 일이 자기 책임인 양 괴로운 안색을 보여주는 것이다.

"들어오시지요. 안에서 기다리고 있습니다."

잠시 뒤, 모두 자리에 착석했다.

장원태와 능시걸, 모용상은 좌측 편 의자에, 팽인호는 청성파와 화산파, 초가보가 있는 쪽에 자리했다.

맹의 관계자는 단상 위에 있는 단 한 명. 서기종이었다.

"귀하신 손님들이니만큼 응당 환대를 하는 것이 마땅하나, 사안이 너무 시급한지라 그러지 못함을 양해 바랍니다."

그는 주위를 둘러보며 입을 열었다.

"우선 맹의 입장에서 말씀드리겠습니다. 맹은 이 사안에 대해 매우 심각한 우려를 표하고 있습니다. 보름 전, 양쪽의 의견을 미리 서면으로 검토한 바, 제 나름대로 양쪽 의견을 정리해 보았습니다."

맹으로 가던 길을 팽인호가 막아서고 장씨세가로 복귀했을 때, 순찰 부당주는 양쪽의 입장을 서면으로 맹에 먼저 제출을 해 달라고 제의를 해왔다. 양쪽 의견을 좀 더 심도 있게 검토하겠다는 명목이었다. 물론 능시걸은 그것을 '수를 쓰기 위한 시간 벌기'라고 보았지만.

"우선 팽가 쪽 입장을 들어보면 총 두 가지로 요약이 가능했습니다. 첫째, 장씨세가의 모욕적인 언사, 근거 없는 낭설로 인한 명예 실추. 둘째, 개방이 건넨 독약으로 인해 팽가 가주의 죽음. 맞습니까?"

"예, 맞습······."

"네 이놈! 대체 무슨 수작질이냐!"

맹으로 향하는 길 내내 불편한 감정이었던 능시걸은 독약이란 말을 듣자 결국 화를 못 참고 소리를 버럭 질렀다.

"독약이라고? 네놈이 감히 십만 방도의 얼굴에 똥칠을 하는 것이냐! 고작 팽가의 일개 장로 따위가······."

"방주, 일단 기다려 보시지요. 지금은 팽가의 순서입니다."

또다시 일갈을 퍼부으려는 그때, 모용상이 중재에 나섰다.

"모용 가주, 지금 저들의 발언이······."

"이미 예상하고 계셨잖습니까? 화가 나시면 개방의 차례에 갚아 주십시오. 지금은 아닙니다."

"이··· 이······."

그 말에 뭔가 말을 하려던 능시걸이 입술을 깨무는 것으로 대신했다.

"좋다. 계속 지껄여 보거라!"

능시걸은 화를 참고 자리에 앉았다.

다시금 조용해지자 서기종은 분위기를 살피며 운을 뗐다.

"팽가는 이를 증명할 수 있습니까?"

"물론입니다."

팽인호는 기다렸다는 듯 말을 이었다.

"중정에서 보인 장씨세가의 행태는 실로 가관이었습니다. 당시 석가장으로 추정되었던 적도들의 침입으로 팽가, 장씨세가 모두 피해가 발생하였지만, 장씨세가는 유독 본 가에 의심을 돌리고 책임을 전가하였습니다. 뿐만 아니라 많은 명문 대파들이 보는 가운데 모욕을 주었지요. 안 그렇습니까?"

팽인호가 옆 사람들 쪽으로 고개를 돌리자 다들 고개를 끄덕였다.

"초가보는 그때 직접 목격했습니다."

"화산파도 보았습니다."

"청성도 그렇습니다."

팽가를 거드는 강호 명숙들의 말에 장원태와 장웅의 표정이 나빠졌다.

명문 대파를 근거 없는 낭설로 모함했다면 이는 맹 전체가 들고 일어서는 중죄다. 저들의 말만 받아들여지게 되면 자칫 장씨세가가 무림 공적으로 몰릴 만큼 심각한 일이었다.

"그리고 팽자천, 전 가주의 사인(死因)은 본 가로 오셔서 직접 확인하시면 될 것입니다."

뒤이어 화살이 개방으로도 날아들었다.

'정녕 이놈들을……'

능시걸의 얼굴이 점점 일그러졌다.

팽인호가 왜 이 자리에 각 명문 대파의 사람들을 데리고 왔는지 명백하게 드러나고 있었다. 여론과 대문파의 이름으로 누르겠다는 것이다.

"이번엔 장씨세가 측 입장입니다."

서기종이 시선을 돌렸다.

"장씨세가는 첫째, 하북팽가가 석가장과 결탁하여 무단으로 귀 장을 핍박한 것. 둘째, 사마외도들과 결탁하여 정도의 기강을 해친 죄. 셋째, 이 모든 것이 귀 장의 운수산을 손에 넣기 위한 계략이었다고 하셨지요?"

이에 장원태가 자리에 일어서며 대답했다.

"그렇습니다."

"운수산의 목적이라……. 그 산에 뭐가 있기에 팽가가 그런 일을 벌인 겁니까?"

"벽력탄입니다. 정확히는 그 벽력탄의 재료랄까요."

"벽력탄……?"

서기종이 뜻밖이라는 표정을 지었다. 그가 서면으로 제출받은 것에는 그런 이야기가 없었기 때문이다.

"사안이 중대하여 본인이 직접 발언할 일이라고 생각했습니다, 총관."

장원태는 장씨세가의 입장을 맹에 보고하기 전, 개방 방주를 통해 이번 사건과 관련된 모든 얘기를 전해 들을 수 있었다. 하여 서면으로 쓰지 않고 지금 얘기하는 것은 이미 계획된 것이었다.

"운수산에서 발견된 벽력탄은 평범한 벽력탄이 아닙니다. 폭굉이라는, 기존 벽력탄의 최소 다섯 배의 위력을 가진 끔찍한 물건입니다."

장원태의 부연 설명에 서기종은 낯빛이 굳어졌다.

"이건 엄청난 사안이군요. 장씨세가는 이 주장을 입증할 수 있습니까?"

"그⋯⋯."

순간 장원태는 말문이 막혀 버렸다. 그는 본래 조사를 통해 증거가 드러나기를 희망하고 있었다. 한데, 갑작스레 증명을 할 수 있느냐니. 원래 이 일의 입증은 무림맹에서 하는 것이 아니었던가?

"증명은 조사를 통해 밝혀질 것입니다."

'웅아?'

장원태가 뭐라 얘기할지 고심하고 있던 차에 장웅이 일어서며 대신 대답했다.

그런 그를 보던 서기종의 눈이 조금 커졌다. 패기 넘치는 젊은 청년을 보니 호기심 어린 시선으로 변한 것이다.

"본 장씨세가 혼자 팽가의 야욕을 입증하기엔 현실의 벽이 너무 높았습니다. 다행히 천행으로 개방의 힘을 빌릴 수 있었지만, 운수산에 갑작스레 나타난 사마외도들이 해당 벽력탄을 모두 소진해 버린 후였습니다."

"허어."

"비록 완벽한 물증까지는 저희 힘으로 확보하지 못했으나, 맹이라면 사안의 중대함을 알고 공정히 밝혀주시리라 여겨 이리

청을 드리러 왔습니다."

"아, 그러셨구려. 그간 공자도 맘고생이 많으셨지요?"

서기종은 장웅의 말에 고개를 끄덕이며 적극 화답했다. 부드러운 어조에 장웅의 표정에 밝은 빛이 서렸다. 격식을 차리고 고압적인 자세를 보이지 않을까 했는데, 놀랍게도 그는 양쪽의 의견을 전부 귀담아듣고 있었던 것이다.

"흐음."

눈을 감았다 뜨기를 몇 번. 서기종은 재차 장원태를 향해 물었다.

"그럼 확인차 물어보겠습니다. 장씨세가 가주께선 그곳에 무슨 재료가 있는 것인지 알고 있습니까?"

"물론입니다."

"무엇입니까?"

"석회석과 석염입니다. 석염의 생석회(生石灰)."

"……!"

순간 듣고 있던 팽 장로의 시선이 장원태에게 향하며 미간이 모아졌다. 여기서 석염이라는 이름이 나와서는 안 되었다. 암염, 혹은 방산석 등 운수산의 다른 광물의 이름이 나와야 했다. 그런데 장원태는 하필 석염의 이름과 물성을 정확하게 묘사하고 있었다.

"석염이라……. 허허허. 그렇군요. 그 벽력탄에 들어가는 것이 석염이라는 것이군요."

능시걸은 서기종이 놀랍다는 표정을 짓는 모습을 주의 깊게 살폈다. 분명 팽인호와 연관된 자이니 무슨 낌새라도 보일 것 같아서였다. 그런데 그는 시종 주의 깊게 들으며 대화를 하고 있었다. 겉으로 보아서는 그저 중립을 지키는, 맹의 총관다운 자세였다.

"알겠습니다. 한데, 말씀 중 궁금한 것이 있습니다."

오랫동안 침묵하던 서기종은 장원태를 향해 물었다.

"귀 장이 주장하신 바에 따르면, 운수산의 석염으로 그 폭굉이란 것을 만들 수 있는 게지요? 벽력탄의 다섯 배가 넘는 끔찍한 폭탄을?"

능시걸과 모용상, 장원태와 장웅의 시선이 묘하게 흔들렸다. 전혀 생각지도 못한 물음이었기 때문이다.

"그거야 그렇습니다만, 본 가는 벽력탄의 제조법을 모릅니다. 제조법을 알아야 폭굉을 만들 수 있지 않겠습니까."

그들은 만드는 법은 몰랐다. 능시걸은 혹시 광휘가 알 수 있지 않을까 생각했지만 단지 생각에 그쳤다.

"허어. 그럼… 만들지는 못하지만 재료임에는 틀림없을 거라 추정하시는 겁니까? 좋습니다. 그럼 그 벽력탄을 구할 수는 있는 게지요?"

구할 수도 없었다. 팽가 안을 샅샅이 뒤져보면 비슷한 것이 나올 수도 있겠지만, 당연히 가능성은 희박했다.

"그것이 오래전부터 쓰였다는 걸 알아본 증인이 있다면 괜찮겠습니까?"

그때였다. 모두의 시선을 자극하는 목소리가 있었다.

장웅이었다.

＊　　　＊　　　＊

'이제야 반응이 오는군.'

능시걸의 시선이 예리하게 빛났다. 이번엔 서기종의 표정에 변화가 있었다. 그뿐만 아니라 팽인호 역시 그랬다.

"증인? 누굴 말하는 겁니까?"

서기종의 말에 장웅은 대답했다.

"그 벽력탄을 보았던 분입니다. 그 벽력탄이 폭굉이라 불리는 걸 알려주기도 했지요."

서기종의 표정이 다시 굳어졌다.

"바로 그자가……."

"공자."

그때 능시걸이 그를 바라보자 장웅이 멈칫했다. 아직 이들에게 광휘의 존재를 알려주는 것은 위험하다고 느낀 것이다.

장웅의 말을 멈추게 한 능시걸이 부드러운 미소로 대신 답변했다.

"아무튼 믿을 만한 잡니다. 개방 십만 방도들의 목을 걸고 장담하지요."

다시금 침묵이 흘러들었다. 하나, 이번 침묵은 제법 큰 긴장감을 자아냈다.

"예. 양쪽 말씀들을 잘 들었습니다."

서기종은 다시금 침묵을 깼다. 그리고 모두를 보며 말했다.

"어쨌든 양쪽의 의견이 첨예하게 대립하고 있는 와중이니 맹이 직접 중재를 하겠습니다. 그리고 양쪽 문파와 세가를 공정하게 조사할 것입니다."

그는 말을 이어갔다.

"만약 서로의 주장과 달리 사실이 아닌 경우에는, 약속하건대 무림맹은 모든 전력을 이용해 응징할 것입니다. 그곳이 팽가라도 말이지요."

팽인호의 눈썹이 일순 불쾌함으로 꿈틀거렸다.

"장씨세가 역시 그럴 것입니다. 개방도 칼날을 피해 갈 수 없을 겁니다."

서기종은 거기서 더욱 진지해졌다. 눈빛은 날카로웠으며 목소리는 차분했고, 위압감이 느껴졌다.

"단, 모용세가는 참관인일 뿐이니 해당 사항은 없습니다."

그렇게 짧게 끝내고 자리에서 일어서려 할 때였다.

"궁금한 게 있습니다."

그를 붙잡는 목소리가 있었다. 장웅이었다.

"뭡니까?"

서기종은 다시 사려 깊은 눈으로 돌아와 부드러운 목소리로 물었다.

"조사를 하신다고 했습니다. 그리고 사실이 서로의 주장과 다른 경우 무림맹이 응징할 것이라 했습니다."

"그랬습니다."

"그럼 만약 훗날에 조사가 잘못되고 그 조치도 잘못되었음이 밝혀진다면, 맹도 그런 조치에 적용이 되는 것입니까?"

"장웅아!"

장원태가 큰 소리로 호통을 쳤다.

서기종이 부드럽게 분위기를 이끌어 발언을 자유롭게 유도했지만 그래도 무림맹. 정도 연합체의 정점에 위치한 사람 중 한 명이었다.

장웅의 말은 자칫 정도 연합체 전체를 화나게 할 수 있는 발언이었다.

"껄껄걸. 가주, 자제분께 너무 그러지 마시오. 맞는 말이지 않소."

그러나 식은땀을 흘리는 장원태와 달리 능시걸은 너무 자연스럽게 대답했다. 안 그래도 부아가 치미는 와중에 묵혔던 체증이 쑥 내려가는 기분을 느낀 것이다.

"그야 당연히 그래야지요."

서기종은 대답했다. 처음부터 지금까지 그랬듯이 온화하게.

第十二章
대리 가주

장씨세가 내원 길.

따사로운 햇빛 아래 선선한 바람을 맞으며 여인이 대로를 걷고 있었다. 곧 목적지 앞에 도착한 그녀는 조심스레 문턱을 넘으며 당당히 들어갔다.

드륵. 드르륵.

대전에는 이미 많은 사람들이 자리하고 있었다.

장련이 등장하자 그들은 자리에서 일어서며 그녀를 주시했다.

터억.

사람들의 시선을 받으며 장련은 단상 위에 올라섰다.

"급히 일을 처리할 게 있어… 조금 늦었어요."

"아닙니다. 온종일 바쁘셨습니까? 오히려 쉴 시간 없이 불러

낸 저희 늙은이들이 죄송할 뿐이지요."

가장 앞쪽 줄에 선 일 장로가 대표로 말을 건넸다.

"일 장로, 전 괜찮아요. 어차피 이 일은 미룰 일이 아니에요."

장련은 간단히 말을 받으며 자리에 앉았다.

"그럼 시작하죠, 일 장로."

평시라면 조금 부드럽게 말하고 웃음도 띨 법했지만, 지금의 그녀는 대전 회의의 주재자였다. 가주와 장웅이 자리를 비운 지금 가주 대리는 장련이기 때문이다.

"먼저 내원의 피해 상황부터 말씀드리겠습니다."

일 장로가 서문을 열었다.

"적사문의 습격으로 인해 기물이 파손되었고, 화재로 상당량의 물자가 소실되었습니다. 부서진 건물 열다섯 채. 그중 사람이 많이 있었던 곳인 대의전과 대청은 건물을 다시 지어야 할 정도로 파손되었습니다."

"다치거나 죽은 사람은요?"

"사망자 마흔 명, 중상자 스무 명이고, 크고 작게 다친 사람들은 오십여 명 정도 됩니다."

피해가 발생하면 보통은 중상자가 사망자보다 많이 나오는 법이다. 하지만 이번 사건은 살수라는 적의 특성상 사망자가 오히려 더 많았다.

일 장로가 몇 마디 더 보고를 한 후, 잠시 뒤 이 장로가 일어나 다음 말을 이어갔다. 그는 팽가에서 사망한 이 장로, 삼 장로의 공석을 메운 노인이었다.

"장원 밖 손실은 더 막심합니다. 인근 여러 상회는 아직 물자 파악도 제대로 되지 않을 정도로 커다란 피해를 입었습니다."

"어찌 그렇게 된 것이지요?"

"밀영대와 야월객의 기습이 때마침 본 가에 가을걷이 소출(所出: 논밭에서 나는 곡식)을 가져오던 소작농들의 틈에 끼어든 것이 원인입니다."

농가에서는 대개 늦가을에 곡식을 추수한다. 갓 걷은 곡식은 습기가 많으니 볕과 바람에 적당히 말려 보관을 좀 더 용이하게 하기도 한다.

얼마 전 습격해 온 적들은 장씨세가에 소출을 바치는 소작농들을 살해하고, 곡물의 포대를 이용해 병장기와 인원을 안으로 들였다.

그 와중에 내버려진 곡식들은 찾을 방도가 없었다. 아마도 주위의 사람들이나 들짐승, 새들이 물어 가버렸으리라.

"죽은 사람의 대부분은 소작농이죠?"

"그렇습니다."

장련은 짤막하게 신음했다.

장씨세가와 거래하는 소작농들의 죽음. 이것은 단순한 인적, 물적 피해만으로 끝나는 것이 아니었다.

소작농들은 세가에 곡물을 가져오고 난 후, 남는 농산물로 이 인근에서 거래를 하곤 했다. 그런 소작농에게 곡물을 받고 옷감을 끊어주던 포목상은 손님을 잃었다.

밭을 간 후 한잔 거나하게 걸치던 주당들도 사라졌다. 아비,

어미가 사라지니 아이들에게 가져다주던 당과니 노리개니 하는 것도 더는 사는 사람이 없어졌다.

자칫 장씨세가 주위 백여 리의 상권이 파탄 나게 생긴 것이다.

'도적 떼도 들끓겠지.'

빈집이 널리고 주인이 없어진 곡식이 지천에 널렸다는 소문이 날 것이다. 그쯤 되면 멀리 있던 도적들까지 훔치려고 몰려올 것이다. 아니, 굳이 도적이 아니라 오히려 가까운 사람이 도적으로 돌변할지도 모른다.

"조치를 서둘러야겠어요. 파급이 어디까지 갈지 예상도 가지 않아요."

"사람이 문제입니다, 아가씨."

방계 쪽 사람이 일어서며 대답했다.

장유성(張有聖)이란 자로 가주와는 종숙질 간으로 전대 가주의 작은 아버지의 아들인 그였다.

"현재 본 가는 그동안 손쉽게 관리해 왔던 객잔마저도 통제력을 잃고 있습니다. 본 가가 크게 당했다는 소문이 나자, 여기저기에서 들쑤셔 대는 통에 이틀이 멀다 하고 크고 작은 사고가 일어나고 있습니다."

"지난번에는 무사들의 수가 충분하다 하지 않았나요?"

"이번에 이탈한 숫자가 제법 됩니다."

강호라 하더라도 이유 없이 행패를 부리는 자들은 그리 많지 않았다. 대개는 뒤를 봐주는 무사들이 뛰어나지 않아도 시비를 걸지 않는다. 개개인의 무서움보다 한 세가를 이루는 저력을 두려워하는 것이다.

결국 작금의 장씨세가가 처한 상황 때문에 발생한 일이다. 원래라면 장씨세가의 눈치를 보았어야 할 자잘한 사파 잡졸들이, 지금 그 가문이 팽가라는 거대 문파와 격한 알력 다툼을 벌이고 있다는 것을 알고 행패를 부려도 막을 여력이 없으리라 여겨 이리저리 찔러보는 것이었다.

"충원이… 필요하겠군요."

피해 상황을 들은 장련은 짤막히 한숨을 토해내며 말을 이었다.

"확실히 지금 본 가의 무력은 모자라요. 아니, 불균형하다는 말이 맞겠죠. 광휘 대협과 묵객이라는 두 분 덕에 안전은 확보했지만, 그게 고작이지요."

정복은 쉽지만 유지는 훨씬 어렵다. 초일류고수 몇 사람으로 적을 격파하는 건 가능하지만, 관내의 모든 객잔, 상관, 장씨세가의 손이 닿는 세력권 모두를 지킬 수는 없다.

지금은 초일류고수가 아닌, 조금 떨어지더라도 일정한 무력을 가진 무인이 더 필요한 때였다.

"무인만 부족한 것이 아니라, 상단과 상회에도 사람이 턱없이 부족합니다."

장련의 머리에 지끈함이 가시기 전에 서문조가 일어나 예의를 갖추는 모습을 보였다. 방계 쪽 사람으로 장원태와는 처형 관계인, 장씨세가의 전반적인 거래를 관리 감독 하는 자였다.

"서 각주, 조금 더 자세히 말씀해 주세요."

"본 가의 상황을 듣고 인근의 상단이 동요하고 있습니다. 이틀 전에는 삼 대째 본 가와 거래하던 비영상단이 갑자기 다른 상단을 통해 물품을 구한다고 입장을 표명해 왔습니다."

"이유는요?"

"아무리 본 가의 물건이 많고 좋아도 납기가 지켜지지 않으면 곤란하다는 말을 해왔습니다. 거래는 신뢰가 원칙이라면서. 아마 장안을 도는 본 가의 소문 때문에 적이 걱정을 하는 모양이었습니다."

"간단히 말하면, 결국 우리를 믿을 수 없다는 것이군요."

장련의 직설적인 말에 서문조의 얼굴이 조금 더 가라앉았다.

수습은 현 상황이 더 이상 나빠지지 않을 때야 비로소 할 수 있는 것이다. 하지만 지금 장씨세가는 기존 사태의 수습은커녕 앞으로 더 큰 전쟁을 겪을 예정이었다.

안정을 중시하는 상인들은 불안한 거래 상대를 좋아하지 않는다. 결국 거래가 끊길 수밖에 없었다.

"예전에는… 이 정도는 아니었던 것 같은데요?"

장씨세가의 소득과 저력은 결국 상계에서 나온다. 그 힘의 원천이 꽁꽁 묶이고 있다는 말에 장련은 한숨을 쉬었다.

"그때는……."

서문조는 불현듯 한숨을 쉬며 탄식했다.

"황 노대가 많이 도와주었었습니다."

"……."

"……."

잠시 정적이 일었다.

이미 유명을 달리한 그.

지금처럼 가문이 위태롭게 흔들리는 날에는 조용히 사람들을 모으고 불안을 다독이던 그의 부재가 너무 또렷하게 느껴졌다.

불현듯 장내에 나지막한 탄식들이 터졌다.

"든 자리는 모르지만 난 자리는 안다더니……."

"허허. 장사도 할 줄 아는 사람이 해야 하는 것이거늘."

한때 장씨세가의 외총관이었던 황 노대는 다른 무엇보다 수완이 좋았다. 세가 바깥의 많은 사람들을 만나고 다녔고, 특히 한 단체의 수장보다 아래에 있는 사람들, 실무자를 통해 무엇이 문제인지를 재빨리 파악하곤 했다. 만약 그가 있었다면, 이런 문제가 드러나기 전에 먼저 해결을 했으리라.

"서 각주, 없는 사람에게 더 미련을 두지 마세요."

장련의 목소리에 엄중함이 깔렸다. 황 노대의 상실은 그녀에게도 가슴 아픈 일이었지만, 지금 대전에 깔리는 잔뜩 침체된 분위기는… 위험하게 느껴졌다.

"그동안 우리가 너무 그분의 역량에 기대왔다는 생각이 드는군요. 서 각주, 장 당주, 민 전주."

"예, 아가씨."

"듣고 있습니다."

"하문하십시오."

호명된 노인들이 일어나며 예를 표했다.

"황 노대가 살아생전 했던 일이 어떤 것인지, 그가 주로 만나고 다녔던 사람들이 어떤 사람들이었는지를 살펴보세요. 소녀가 불민하니 모르는 사람도 알 수 있도록 서면으로 작성해서 제출해 주시고요."

"서면… 으로요?"

"굳이 왜……."

두 사람은 약간 멍한 얼굴을 했지만 서문조는 알겠다는 듯 고개를 끄덕였다.

장련은 힐끗 고개를 돌려 일 장로를 보았고, 일 장로는 흡족한 얼굴로 마주 고개를 끄덕였다.

'훌륭하십니다, 아가씨.'

이런 때는 어설프게 위안하느니보다 일로 바짝 몰아붙여서 정신없이 바쁘게 하는 것이 더 도움이 된다.

지금 대전의 사람들이 기력을 내지 못하는 것은 친인을 잃은 상실감과 세가의 기반을 통제하지 못하는 무력감 때문이었다.

'다만 고삐를 너무 조아버리면 문제가 생길 수 있습니다.'

"더 없나요?"

"저도 한 말씀 드리겠습니다."

좌측 중앙쯤에 앉아 있던 중연이 일어섰다. 장씨세가의 내정을 담당하는 내총관 중연이었다.

"전쟁이 너무 오래된 것 때문에 본 가의 사람들이 피로해져 있습니다. 살벌한 싸움이 계속 일어날 거란 불안감 때문에 쉴 때도 제대로 쉬지 못하니 업무의 효율이 떨어질 수밖에 없습

니다."

금전 손실과 인력 손실.

거기에다 의욕 저하까지 겹친 악재 중의 악재였다.

장련은 듣는 와중에도 표정에 큰 변화 없이 담담하게 대답하려 애썼다.

"또 있나요?"

잠시 정적이 일었다.

이내 주위를 둘러보던 일 장로가 고개를 숙였다.

"대충 이 정도인 것 같습니다."

장련은 고개를 끄덕였다. 그러고는 잠시 뜸을 들이다 말을 이었다.

"자, 그럼 이제 대안을 만들어보죠."

대안을 내는 것이 아니라 만든다.

장련의 말에 이제껏 발언을 삼가고 있었던 외가 쪽 사람들이 일어나기 시작했다.

"저잣거리에 방을 붙여 사람을 고용해야 합니다."

"건물을 짓는 목수, 물자를 옮기는 상인, 각 지방에 파견되어야 할 호위무사순으로 영입해야 합니다."

"상단은 실무자를 먼저 포섭해야 합니다. 그리고 중요한 상인들을 설득시킬 대안이 필요합니다."

"금전적인 것은 단기적인 대인이 될 터이고 그들이 신뢰할 수 있는, 이를테면 소금 같은 값비싼 자원들을 활용해야 합니다."

이번엔 장로 중 한 명이 나섰다.

"가장 시급한 것은 상단에 필요한 고급 인력입니다. 작고한 황 노인처럼 어떤 자리에 어떤 사람을 써야 하는지 잘 아는 자가 필요합니다."

"개방에 힘을 빌려야 한다고 생각합니다. 그들에게서 뛰어난 무사들을 영입하고, 나아가 객잔, 상단의 관리를 맡겨야 합니다."

"보상도 필요합니다. 본 가 내에 죽은 사람들의 가족들에게 주의 깊은 관심을 쏟아야 하고, 재정적으로도 도움을 줘야 합니다."

상당히 많은 얘기가 쏟아져 나왔다.

대화가 끝날 때쯤 장련은 귀담아들은 내용을 정리했다.

"요약해 보겠어요. 첫째로 상단과 상회에 필요한 물자가 필요하겠군요. 둘째로 각 객잔에 배치되어야 할 호위무사가, 마지막으로는 피해 복구와 침체된 분위기를 회복하는 것이겠죠?"

내원과 외원의 복구를 위한 사람은, 떨어진 사기를 회복한다면 장씨세가 내에 있는 사람으로도 충당이 가능했다. 그들의 의욕이 떨어져 있기에 인원이 필요했던 것이다.

"맞습니다."

다들 저마다 대답했다.

"그럼 이제……."

장련은 잠시 뜸을 들였다. 그러고는 나름 비장한 표정으로 의자에 몸을 바짝 당겼다.

"제가 생각한 대안을 얘기해 볼게요."

장내에 흩어졌던 열두 명의 눈이 장련에게 하나둘씩 모여들기 시작했다.

그들 중에는 희망을 품는 자들도 보였지만, 대부분은 그다지 기대하지 않는 눈빛들이었다. 현재의 장씨세가가 처한 현 상황은 말 그대로 총체적인 위기였다. 그런데 고작 갓 열아홉이 된 여인이 여기서 무슨 상황을 타개할 묘안을 내놓을 것인가.

"들어오세요."

장련은 모두에게 들리게 큰 소리로 말했다.

드르륵.

그 말에 장련을 바라보고 있던 장로와 방계 쪽 사람들은 모두 문 쪽으로 눈을 돌렸다. 그곳에선 짐짓 느긋한 걸음으로 들어오는 노인이 보였다.

"국주?"

"구룡표국?"

놀랍게도 등장한 이는 송방이었다.

어찌 된 것이 갑자기 이 대전에 그가 등장한 것이다. 보아하니 대전에서 회의를 하는 내내 문밖에 서 있었던 모양이었다.

"아가씨, 이게 무슨 일입니까? 가문의 대소사를 결정하는 자리를 외인에게 보이시다니요."

"여긴 본 가의 얼굴입니다. 왜 저희에게 말씀하지 않으셨습니까?"

사람들은 저마다 당황한 표정으로 한마디를 내뱉었다.

다른 자리도 아니고 본 가의 경영이 극히 나빠진 상태의 회의다. 자칫 외인에게 보이면 수치스러울 수도 있는 상황을, 무슨 이유인지 장련은 송방을 입구에 세워놓고 모든 것을 듣게 만든 것이다.

"크흠."

송방 역시 불편하기는 마찬가지였다.

그는 딱딱하게 굳은 얼굴로 자리의 옆을 돌아 가장 앞줄에 멈춰 섰다. 장련이 손님을 맞는 자리였다.

"손님이 오신 자리요! 모두 조용히 해주시고 예를 갖추시오!"

그러던 그때 일 장로가 일어나 말했다. 그제야 사람들이 자리에서 일어나 어색한 동작으로 예를 갖췄다.

분위기가 다시 잠잠해질 때쯤 송방이 예를 갖추며 입을 열었다.

"구룡표국 국주 송방이 소가주를 뵙습니다."

"먼 길 오시느라 수고가 많으셨습니다. 소녀가 불민하여 손님을 바깥에서 기다리시게 한 것, 혹여 불쾌하지 않으셨는지요."

"그런 것 없습니다. 다만……."

굳은 표정의 그가 좌중을 느릿한 동작으로 둘러보고는 다시 입을 열었다.

"장 소저께서는 무슨 의도로 외인인 제게 가문의 회의를 듣게 일러주신 겁니까? 이게 우리와 무슨 상관이 있다고 말입니다."

송방의 말에 장로들과 각주, 당주들은 다들 동의한다는 듯 표정을 지어 보였다. 그들 역시도 장련이 무슨 생각으로 이런 일을 벌인 것인지 의아했던 것이다.

"당연히 구룡표국주께선 들으셔야 합니다."

"왜지요?"

송방이 눈매를 더욱 좁히며 장련을 바라봤다.

"저희 운송의 모든 물자에 관한 독점권, 구룡표국에서 가지고 있지 않습니까?"

장련은 그런 그를 부드러운 시선으로 바라보며 말을 이었다.

"장씨세가에 투자한 모든 것을 이대로 날려 버리실 겁니까?"

第十三章

장련의 지혜

안색이 굳어지는 송방.

그런 그를 향해 장련은 말을 이어갔다.

"소녀는 구룡표국이 전국을 무대로 거래를 하는 팔대표국 중 한 곳이며, 그곳의 국주로 계시는 송방 어르신이 얼마나 대단한 지 익히 잘 알고 있습니다."

"……."

"그간 구룡표국주께서 베푸신 은혜 덕에 오늘의 장씨세가가 있을 수 있었습니다. 그러니 마땅히 그동안 받았던 은혜에 자그 마한 보답을 드리고자 합니다."

하염없이 띄워주는 말이다. 송방은 지그시 장련을 응시하며 담담히 얘기를 듣고 있었다.

'또 그 방식인가.'

처음 만났을 때 자신을 상대로 내세운 협상 전략. 스스로를 낮춰 오히려 이익을 도모하는 방법이었다.

'하나, 이번은 다르지.'

송방은 피식 웃으며 제안을 거절할 결심을 굳혔다.

보답? 장련의 말은 실로 교언영색(巧言令色)이었다.

말이야 그간 받은 도움이 크니 그에 대한 보은을 하겠다지만, 저 말의 실상은 '여기서 더 투자를 하지 않으면 그간 했던 투자를 모두 날릴 것이다'라는 위협에 가까웠다.

하지만 구룡표국은 이미 지금도 여력이 없었다.

그동안 장씨세가에 파견했던 무사들로 인한 출혈.

원래 다른 지방으로 원행을 다니며 은자를 벌어 왔어야 할 무사들은 그간 몇 달째 표국에 이익이 아닌 손실만 가져오고 있었다.

거기에다 방각 대사라는, 구룡표국의 대표급 고수는 장씨세가의 싸움에 끼었다가 송장이 되어 돌아온 상황이다.

"장 소저, 아시겠지만 도곤(賭棍: 도박꾼)은 지는 판에 승부를 걸지 않습니다."

그는 속내를 더는 숨기지 않고 재차 목소리를 높였다.

"허!"

"저런……."

장내의 여기저기에서 불쾌한 기색들이 쏟아져 나왔다.

송방의 말은 직설적이어도 너무 직설적이었다. 지는 판에 승부를 걸지 않겠다는 말은 상대를 아래로 보지 않는다면 할 수 없는 말이었다. 너희가 질 것이 뻔하니 도와줄 수 없다는 말과 진배없었기 때문이다.

"그럼 이기는 판이 되면 승부를 거시겠다는 말이겠지요?"

그러나 장련의 표정은 변함이 없었다. 오히려 이전보다 더 부드럽게 말을 받았다.

"뭐, 그렇긴 합니다만……."

송방은 떨떠름한 표정이었다.

뭔가 미묘한 대꾸다.

모험을 할 생각이 없다는 의사를 밝히려 했는데 거꾸로 '그럼 합당한 이유라면 도와주시겠냐?'는 식으로 꼬투리를 잡히는 기분이었다.

"표국주께선 무예만이 아니라 사서에도 능하다 들었으니 사기(史記)를 읽어 보셨겠지요. 그럼 이하습리(圯下拾履)의 고사를 아실 테지요?"

"그……."

송방의 안색이 변했다. 반대로 뒤에서 바짝 긴장하고 있던 일 장로의 눈에 경탄의 기색이 떠올랐다.

'이하습리!'

'흙다리 아래에서 신발을 줍다'라는 뜻으로, 유방을 도와 한(漢)나라를 세웠던 장량의 이야기다.

장량은 어느 날, 다리를 건너다 말고 이상한 노인을 만났다.

"이놈아, 가서 이 신발을 좀 주워 오거라."

노인은 제 스스로 신발을 걷어차 던지며 얼굴 한 번 본 적 없는 장량에게 요구했다. 장량은 불쾌했지만 일단 무언가 있겠거니 하고 노인의 요구대로 신을 주워 왔다.

"한 번 더 주워 오거라."

그랬더니 노인은 한 번 더 신발을 집어 던졌다.

어지간한 사람이라면 처음부터 역정을 내었을 것이다. 장량 또한 안색이 변했으나, 그는 잠시 생각해 본 후 다시 그 노인이 요구하는 대로 신을 주워 왔다.

그랬더니 그제야 노인이 이채를 띠며 물어 왔다.

"너는 내가 왜 두 번이나 무례한 요구를 하는데 그대로 따랐느냐?"

"'이미 한 것을 버릴 것이냐, 아니면 한 번 더 들어서 남길 것이냐'라는 생각을 했습니다."

장량은 기왕 한 수고를 화를 내는 것으로 수포로 돌리느니, 한 번 더 인내하여 보기로 한 것이다.

이후 노인이 껄껄 웃으며 장량에게 한 서책을 전해주니, 이것이 바로 진대 최고의 병법서라는 육도삼략(六韜三略)이었다.

"장 소저께서는 제게 육도삼략이라도 주실 생각인 모양입니다?"

송방은 기가 막혀 노골적으로 비아냥거렸다. 그러자 장련이 물끄러미 그를 보다가 단상을 내려왔다.

"저희에게 필요한 건 단 하나, 인력입니다."

드르륵.

그러고는 송방과 세 걸음 정도 떨어진 곳에서 멈춰 서며 말을 이었다.

"밖에서 들으셨다시피 본 가는 꽤 위기에 처해 있습니다. 하지만 본 가의 자원은 그대로지요. 곡식은 창고에 저장되어 있고, 거래해야 할 품목들은 민가에, 바다에, 그리고 산에 묻혀 있지요."

"흠……?"

"그것을 한데 모으고 적재적소에 건네줄 인력이 없기에 손실이 발생하고 있는 것입니다. 그 인력만 보충하면 기존의 장씨세가와 그리고 석가장을 정벌하여 얻은 모든 이익이 원래대로 돌아옵니다."

자원은 많다. 하지만 사람이 적다.

눈앞에 돈이 있는데도 그걸 주워 올 수 있는 사람이 없기에 이 모든 손실이 일어나고 있다는 해석이었다.

"허. 그거 곤궁하시겠구려. 한데 안타깝게도 본 표국에도 그런 인력은 없소."

송방은 혹여나 그녀에게 휘말려 들까 싶어 분명히 선을 그었다.

그런데…….

"구룡표국의 인원을 더 차출해 달라는 말이 아닙니다. 이미 받은 은혜가 크거늘 여기서 어찌 더 바라겠습니까."

"…소저께서 하시는 말씀이 대체 무엇인지 이 송 모는 갈피를 잡지 못하겠소."

송방의 볼이 씰룩거렸다.

닫힌 문틈을 비집는 묘한 언사. 상대를 정신없이 치켜세우고, 치켜세워진 체면 때문에라도 함부로 거절하지 못하게 만드는 이 전법은 알고 있다. 한데 묘한 것은, 이게 뭔지 알면서도 거부하기 힘든 구석이 있다는 것이다.

"먼저, 구룡표국은 원행을 통해 많은 이익을 창출하신다고 들었습니다. 그중에는 당연히 녹림이나 장강수로십팔채(長江水路十八寨) 같은 도적들의 무리와 다투는 일이 많으시고요."

"표국의 일이니 당연한 것 아니겠소."

"그럼 표국주께선 본 가가 관(官)과 친밀한 관계를 맺고 있다는 건 아시겠지요?"

"관(官)?"

송방은 생각도 못 한 단어에 자신도 모르게 손으로 턱을 쓸어내렸다. 아무리 힘이 있는 무림인이라 해도 관병에게 도전하지는 않는다. 이는 곧 나라에 대한 도발이기 때문이다.

"그리고 관이 해야 할 일 중 중요한 일은 바로 도처에 깔린 산적, 수적들을 잡는 일이지요."

"소저께서는… 본 구룡표국이 관의 지원을 받을 수 있다 말씀하시는 것이오? 관군은 나라의 군병이오. 어찌 표국의 사사로운 이익을 도우려 하겠소?"

"표국의 일이 아니라 나라의 일로 보면 이야기가 달라집니다. 관이 분명 이익집단을 사사로이 돕지는 않으나, 지부대인의 공물이라든가, 첨사지휘부의 군략 물자라든가, 난민에게 시혜를 베풀 식량 등은 표국의 일이든 무엇이든 원활히 유통되는 것이 좋다고 생각하지요."

장련의 말은 거침이 없었다.

이제 송방은 멍하니 그녀의 말이 이어지기만을 기다렸다.

"구룡표국이 아니라 본 가를 지원하는 것이라면 관의 입장이 달라지는 것입니다. 저희는 관의 일에 상단을 써서 지원하고 있고, 그리고 운영하는 각처 지부의 관리들에게 꾸준히 공물을 바쳐왔으니까요."

말이 공물이지, 실제로는 뇌물이다.

하지만 그 뇌물을 통해 장씨세가는 안면을 트고, 각처의 관리들과 친분을 만들고, 그를 통해 관도의 원활한 사용 허가를 얻어냈다. 간단히 세(稅)를 내는 것뿐만 아니라 여러 제약에서 풀려나 자유로운 처지가 된다는 것이다.

"구룡표국의 표행에 관병이 지원된다면, 귀 표국은 기존의 인원 부족을 크게 줄일 수 있으실 겁니다."

"허. 말도 안 되는 말 같지만 그게 현실이 된다면… 꿈만 같군. 관병과 함께 움직이는 표국이라……."

장련의 말대로만 된다면 구룡표국의 이익은 당장의 표행 인원 감축이 다가 아니다. 장씨세가가 그간 쌓아온 막대한 관의 인맥, 거기에 구룡표국 또한 슬그머니 한 발을 걸칠 수 있게 되는 것이다.

"마지막으로……."

장련은 정중히 고개를 숙이며 말을 이었다.

"저희가 술상을 한번 차려 드리지요."

"술?"

송방의 얼굴이 의아하게 변했다. 난데없이 술상이라니?

"혹시 그 술이 공부가주(孔府家酒: 보물 같은 술)라도 되오? 아니면 전설상의 공청석유(내공을 올려 주는 영약)가 섞였다든가 하는?"

송방은 고개를 갸웃하며 물었다. 이제껏 장련이 한 제안은 파격적이지 않은 것이 없었다. 그러다 보니 저도 모르게 엄청 대단한 걸 기대하게 되는 것이다.

"그런 대단한 것은 없습니다. 그저 함께하시는 분의 함자가 능시걸이고 모용상이라는 것 정도지요."

"아, 과연 귀한 분들을… 아?"

장련이 워낙 가볍게 말했기에 송방도 별 뜻 없이 가볍게 대꾸하다가 경악했다.

능시걸과 모용상이라니!

십만 방도 개방의 방주이고, 팽가와 자웅을 겨룰 만한 모용세가의 가주가 아닌가!

"바, 바, 방주께서… 직접 오시는 것이오?"

특히나 개방의 왕림은 엄청난 소식이었다. 모용세가 또한 오대세가의 일원이지만, 개방은 구파일방의 그 일방이다. 바로 천하를 열로 나누는 세력 중의 하나가 아닌가.

"네, 직접 오실 겁니다. 얼마 전 본 가를 떠나시며 반드시 다시 오겠노라 약조를 하셨으니까요."

"허… 내 개방과 모용세가가 장씨세가를 돕는다는 소문은 들었지만, 소문은 그저 소문일 뿐이라고 여겼거늘……."

말도 안 되는 소리라 여겨 방주나 가주가 왔다는 소식은 듣지도, 들으려 하지도 않았다.

송방은 중얼중얼하며 코와 귀를 정신없이 매만졌다. 마치 그것이 제자리에 붙어 있는지 확인하는 모습 같았다.

"장씨세가의 수완이 참으로 놀랍구려. 대체 어찌 그런 구름 위의 용들과 함께하신 것이오?"

송방은 다시 냉정을 되찾았다. 생각해 보면 그런 대단한 자들이 여기에 직접 방문한다는 것이 의심스러웠던 것이다.

"강호의 은원이란 없다가도 생기는 것이지요. 저희는 이번에 운수산에서 적사문과 싸우는 중에 그분들과 어깨를 나란히 하였습니다."

장련은 어깨를 으쓱해 보였다.

바로 전우(戰友)를 강조한 발언이었다.

강호 공적이나 다름없는 사마외도, 그것도 암살이나 하는 자객들과 다투고 서로서로 적지 않은 피해를 입었으니, 이는 결코 적은 인연이 아니었다.

"또한 개방 방주께서 친인과 다름없이 여기는 분이 저희 장에 계시고, 모용세가의 아드님 또한 본 가에 손님으로 계시지요. 이 정도로 대답이 되었습니까?"

'이거, 묘안이로다!'

지켜보던 서문조는 속으로 무릎을 쳤다. 한때 이 장로를 도왔고, 일 공자를 따랐던 그는 그야말로 완벽한 계책이라 느끼고 있었다.

장련은 분명히 거짓말은 하지 않았다.

개방 방주는 분명 광휘와 뭔가 인연이 있어 보였고, 묵객을 따라다니는 모용담명 또한 장씨세가에서 따로 방을 내어주었으니까.

'아가씨께선 처음부터 내정을 살피실 의도였구나!'

먼저 스스로 치부를 드러내며 상대의 의사를 분명히 해 기준을 잡는다. 그리고 물러서는 상대가 생각지도 못한 방법으로 두 가지 해법을 제시한다.

첫째는 현재 구룡표국의 이익.

둘째는 향후 투자 가치에 대한 이익.

결국 상대를 띄워주며 동하게 만들고, 원하는 것을 쟁취한 것이다.

'단순히 구룡표국주에게 대안을 제시한 것이 아니다. 처음부터 이런 그림을 그리고, 꼼짝도 못 하고 따라오게 만드시다니.'

그의 옆, 삼 장로를 따랐던 방계 쪽 노인 장유성도 감탄하고 있었다.

장련이 첫 번째로 거론한 상단과 상회의 부족한 인력.

구룡표국을 통해 해결한다.

두 번째, 객잔에 배치되어야 할 호위무사.

관(官)을 통해 극복한다.

세 번째, 장내의 침체된 분위기와 피해 복구.

구룡표국과 개방, 모용세가가 참관한 연회를 열어 극복한다.

'의욕이 오르면 내원과 외원의 복구 또한 자연스럽게 해결될 터.'

구룡표국을 끌어들임으로써 이 모든 것을 일거에 해결한 것이다.

과연. 아니나 다를까, 다음으로 이어진 장련의 말은 장내의 장로들이 예상한 대로였다.

"얼마 후에 본 가에서 연회를 열 예정입니다. 아마도 그 자리에 개방 방주, 모용세가주, 두 분이 함께 참석하실 것입니다. 그 자리에 함께하시어 한잔 술과 더불어 교분을 나누실 수 있게 해 드리겠습니다. 이것이 저희 장씨세가에서 구룡표국께 드리는 보은입니다."

"허허어……."

마지막까지 장련이 고개를 숙이고 '보은'을 강조하자 송방은 한숨만 흘렸다.

'내 발등을 내 도끼로 찍은 형국이로구나.'

분명히 상대의 전략을 알고 있다고 생각했다. 그래서 강하게 나갔는데, 한참 말을 듣다 보니 어느새 거절하지도 못하고 꽁꽁 묶인 형국이 되었다.

그런데 기분 나쁘지가 않았다. 분명 장씨세가는 구룡표국의 인원을 요구하는 것이고, 그건 장씨세가 자신들을 위한 일이 될 테지만 구룡표국 역시 이 일을 통해 큰 이득을 얻는 것이니까.

"물론 저희는 그저 제안을 드릴 뿐이지, 선택은 귀 표국에서 하실 바입니다. 마음에 들지 않으신다면 이 일은 없는 것으로 하겠⋯⋯."

"하겠소!"

장련이 은근슬쩍 물러서는 순간 송방은 버럭 호통치듯 외치고 말았다.

"아!"

"구룡표국이⋯⋯."

그 말에 사람들의 얼굴에 환희가 서리기 시작했다.

황폐해질 대로 황폐해져 더는 복구될 것 같지 않았던 장씨세가였다. 그런데 구룡표국이라는 중원 대표 표국 중의 하나가 참여함으로써 분위기에 엄청난 반전을 가져온 것이다.

서로 손에 손을 맞잡고, 당장에라도 일이 성사될 것처럼 기뻐하는 장씨세가의 사람들.

그런 그들을 보고 송방은 다시 한번 긴 한숨을 흘러냈다.

"장 소저, 노부가 한 가지 궁금한 게 있소이다."

"네, 말씀하세요."

장련은 처음부터 그랬듯, 이번에도 예의 바르게 고개를 숙였다.

"무례가 안 된다면⋯ 올해 장 소저의 나이가 어떻게 되옵니까?"

장련은 질문이 뜻밖이었는지 잠시 고개를 갸웃하다가 대답했다.

"열아홉입니다."

"열아홉, 열아홉이라⋯⋯."

송방은 손으로 턱을 쓸며 고개를 끄덕였다.

"아마, 그래서 그랬던가 봅니다."

"예?"

송방은 대답하지 않고 그저 허허 웃어 보였다. 뒤이어 대전을 빠져나가는 그의 머리는 좌우로 절레절레 저어지고 있었다.

'열아홉, 열아홉이라. 어리다고 얕봤어.'

이번에 장씨세가가 내민 제안은 구룡표국에 이익이 되었다.

하지만 다음에는? 이번과 크게 다르지 않을 것이다.

만약에 저 장련이 작심하고 구룡표국에 손해를 끼치려 든다면, 그건 생각만 해도 섬뜩한 일이었다.

'다음에는 정말 제대로 준비하고 맞아야지.'

상대를 제대로 된 호적수로 인정하고 떠나는 송방.

그런 그에게서 눈을 돌리는 일 장로는 눈가가 벌겋게 달아올랐다.

'황 노대, 이 사람, 보고 있는가?'

장련이 해냈다.

장씨세가를 이끄는 장로와 각주, 전주와 당주가 모두 지켜보고 있는 장에서 더없이 훌륭하게 구룡표국을 설득했던 것이다.

'거참, 자네를 그리 따르던 아기씨가 이제 저만큼이나 크셨구먼.'

장련의 눈은 빛나고 있었다. 그뿐만 아니라 그녀를 바라보는 사람들의 눈도 함께 빛나고 있었다.

일 장로는 천장을 올려다보았다. 그러고는 감정을 억누르기 힘든지 큰 숨을 쉬어 보였다.

'사람이 재산이라고 했었지? 자네 말이 맞았네. 황 노대, 이
못난 사람아······.'

그의 눈앞엔 한 노인이 보였다. 구부정한 허리를 펴며 해맑게
웃고 있는 노인이었다.

'조금만 더 있다 가지 그랬는가······.'

일 장로도 웃고 있었다. 하지만 그의 볼을 타고 한 줄기 눈물
이 주르륵 흘러내리고 있었다.

第十四章

하오문

"여긴가?"

어둠이 짙게 깔린 저녁.

이름 모를 모퉁이에 멈춰 선 묵객은 담명에게 건네받은 약도의 위치를 확인하고 있었다. 거의 전력으로 달려 보름 만에 도착한 강소(江蘇) 소주(蘇州). 묵객은 머리에 영웅건을 질근 묶고는 약도를 품속에 넣었다.

'뭐, 담명이 알아봤다면 확실한 거겠지.'

목적지는 소주의 가장 번화한 홍등가. 여긴 거기서 조금 떨어진 뒷골목이었다.

대로를 따라 걸어가던 묵객은 점점 좁아지는 골목으로 들어섰다. 그리고 갑자기 주위가 확 트이며 눈길을 붙잡는, 여인 많은 거리로 나왔다.

"공자님, 여기로 와요. 여기가 가장 좋아요."

"어머, 너무 잘생기셨다. 내가 잘해 드릴게요."

흥이 오른 것인지 취기가 오른 것인지 얼굴이 붉게 달아오른 여인들. 명가의 규수들은 진저리를 칠, 온몸의 굴곡이 드러나는 자극적인 옷을 입고 유혹의 미소를 보내고 있었다.

"공자님, 공자님, 저와 함께 가요. 제가 오늘 왕이 부럽지 않은 밤을 보내게 해드릴게요."

묵객 또한 그 여인 중 하나에게 붙잡혔다. 그는 쓴웃음을 지으며 여기에서 조금 떨어진 건물 한 채를 가리켰다.

"말은 고맙지만 본인은 저 옆 기루에 관심이 있어서."

"어머, 거긴 오래된 곳이라 아무도 가지 않아요. 뒤룩뒤룩 살찐 늙은 퇴기들밖에 없다고요."

"그러지 말고 여기로 와요. 공자님 같은 헌헌장부라면 돈 안 받고도 해드릴 것 같은데?"

여인들은 다들 한마디씩 하며 자신의 가슴을, 미끈하게 뻗은 다리를, 제각각 자신 있는 곳을 도드라지게 해 보였다.

묵객은 허허 웃으며 그 시간을 즐겼다. 발을 붙잡는다고 뿌리치는 대신 눈요기를 한껏 했다.

그렇게 분내와 사향 냄새가 진동하는 여인들과 한참 농담을 주고받다가 적당히 발길을 돌렸다.

휘이이잉.

골목 어귀에 들어가자 바로 건물 옆인데도 불구하고 분위기는 갑자기 어두워졌다.

시커먼 벽과 대충 벽에 붙인 널빤지. 관리가 안 된 화단과 쓰레기로 가득 찬 부서진 자기들이 바닥에 널브러져 있었다.

"쩝쩝쩝."

한편에서 음식물을 뒤지는 괴인. 희미한 불빛 사이로 땟국이 낀 그의 몸이 여실히 드러나고 있었다.

그 옆, 한쪽 바닥에 앉아 있는 비대한 덩치의 여인도 보였다. 머리가 산발이 된 머리카락을 손가락으로 비비며 게슴츠레한 눈으로 묵객을 올려다보고 있었다.

섬뜩한 기분에 묵객의 미간이 좁혀졌을 때, 장죽을 꼬나문 중년 부인이 넙죽 물었다.

"뭐요? 무슨 일로 왔수?"

"이런 곳에 들르는 손님이 뻔한 것 아니겠소?"

묵객이 허허롭게 웃으며 말을 받자 중년 부인이 얼굴을 찡그렸다.

"돈 많으면 저 아래 거리로 가. 여긴 고급은 없어."

"취향이 독특해서 말이오."

"멀끔하게 생겨 가지고."

여인은 눈을 찌푸리며 손을 내밀었다.

"은 다섯 냥."

"뭐 그리 비싸오?"

"다 비틀어진 노인네랑 하게? 싫으면 가고."

"흐음."

묵객은 품속에서 돈을 꺼내 값을 치렀다. 그러자 중년 부인이 한 발 옆으로 비켜서더니 말했다.

"삼 층 가장 구석진 곳."

*   *   *

"흠."

처음 방에 들어선 묵객을 자극한 건 불빛이었다.

청루다. 음악과 가무를 즐기는 홍루와 달리, 남녀가 운우의 정을 나누는 청루의 방이라면 자연스럽게 어두워지는 법이다. 그런데 이 방은 지나치게 밝았다.

"뭐, 취향은 존중해야 하는 법이니까. 어흠."

묵객은 방을 둘러보았다. 벽에는 온통 붉고 선정적인, 화려한 여인의 그림이라든가 구름과 비를 그린 노골적인 벽화 때문에 눈을 돌리기 어려울 지경이었다. 그나마 눈을 돌릴 만한 곳은, 한쪽에 문방사우가 있고 여러 가지 부채가 놓인 서탁이었다.

'재밌는 모양이군.'

묵객은 유독 부채에 그려져 있는 풍경에 눈이 갔다. 산수화가 그려진 부채가 있는가 하면 풍경화가 그려진 부채도 눈에 띄었다.

절경 밑에서 짐을 들고 다니는 도부꾼. 술상 위에서 고함치는 주정뱅이. 도박을 하는 도부꾼. 객잔의 점소이. 마구간의 노인.

'왠지 낯이 익은데……?'

어디서 많은 본 풍경에 묵객이 시선을 빼앗길 때쯤.

드르륵.

문이 열렸다.

스윽.

묵객은 빠르게 탁자에 앉고는 문 쪽으로 고개를 돌렸다. 그곳엔 한 여인이 다기를 조심스레 받쳐 들고 들어오고 있었다.

'……!'

묵객의 시선이 여인에게 머물렀다.

아름다웠다.

가슴께가 깊이 파인 옷. 조신한 걸음걸이와 비녀를 찌른 머리에 도자기처럼 매끄러운 살결. 상대를 보지 않고 적당히 고개를 돌려 외면한 얼굴.

뇌쇄적이고 농염한 모습은 사내가 하룻밤에 천금을 낸다고 하는, 전형적인 소주의 미인이었다.

터억.

"차와 부채를 가져왔습니다."

여인의 입에서 간드러지는 목소리가 흘러나왔다.

묵객은 그제야 여인이 탁자 위에 올려놓은 것에 시선이 갔다.

"차를 내놓은 거야 그렇다지만, 부채는 왜 가지고 온 거요?"

"……."

여인은 대답이 없었다. 하명을 기다리는 사람처럼 그저 말없이 시선을 내리깔고 있었다.

그런데 얼핏얼핏 자신을 바라보며 얼굴을 붉히는 것이, 잘 보라는, 조금 더 신경을 써달라는 의미처럼 비쳤다.

'흠, 놀리는 것 같지는 않은데 무슨…….'

묵객은 부채를 슬쩍 펼쳐 보다 눈썹이 꿈틀댔다.

부채에 그려진 풍경화. 그림의 장소는 바로 지금 자신이 앉아 있는 건물이다. 산발이 되어 널브러진 여인, 음식 쓰레기를 뒤적이는 괴인, 그리고 장죽으로 담배 피우는 여인까지.

'그럼……?'

시선이 진열되어 있는 부채 쪽으로 향한 묵객은 눈이 커졌다.

그랬다.

왠지 낯이 익은 그 풍경들. 잠시 휴식을 취했던 산길, 객잔 옆 벌어진 술판, 관도에서 보았던 도박꾼, 하루를 묵었던 객잔의 점소이, 말의 먹이를 주던 마구간.

장씨세가를 떠나 이곳에 오던 중 보았던 풍경이 그려져 있었다.

'역시 하오문인가.'

배수(背手: 소매치기), 도곤, 소투(小偸: 좀도둑), 기녀, 비자(痺子:깡패), 점쟁이, 점소이 등등 최하류 인생들로 구성된 문파.

같은 밑바닥 인생이지만 수백 년 전통을 자랑하는 거지들의 개방과 달리, 오로지 이익을 위해 움직이는 정보 단체가 하오문이다.

이들은 정보력에 있어 때로는 금력으로 무력보다 더욱 강력한 힘을 발휘한다. 때문에 하오문의 정보력은 특정 분야에서는 개방보다 한 수 더 우위로 쳐주곤 했다.

"칠객 중 한 분인 묵객이."

놀라워하던 묵객의 고개가 여인 쪽으로 돌아갔다.

반쯤 숙인 얼굴로 몽롱한 눈을 수줍게 뜬 그녀가 물었다.

"왜 이런 누추한 곳까지 오신 건가요?"

위험하게 느껴지는 눈빛이다.

"하오문주를 만나러 왔소."

"그럼 소녀를 만나러 왔다는 말씀이시군요?"

묵객의 눈썹이 살짝 좁혀졌다.

"나더러 그 말을 믿으라는 게요? 이리 어린 분이 문주란 말이오?"

"하오문은 다른 문파와 달리 절차와 격식을 차리지 않습니다. 저희는 가장 아래에서부터 시작하는 곳이니까요. 장사에는 수완이 좋고, 셈에는 이익에 밝으며, 일을 행할 시에는 실적을 내는 사람이 주인입니다."

"…음."

"그래서 하오문 문주는 딱히 누군가로 정해두지 않습니다. 여러 사람들 중 하나로 자주 바뀌지요. 소녀는 그중 한 명이고요."

강호를 돌아봤지만 하오문과 크게 접점이 없었던 묵객은 말 없이 그녀의 말을 들었다.

"그렇다면 대단하시군. 임시든 뭐든 어린 나이에 벌써 일문의 문주가 되었으니 말이오."

"좋은 것도 있고 나쁜 것도 있지요."

"그게 무엇이오?"

"좋은 것은 눈앞의 대협처럼 귀한 분을 만날 수 있다는 겁니다."

"나쁜 것은 무엇이오?"

"올해 하오문 문주는 여섯 번 바뀌었습니다."

"허……."

"예. 이 소녀도 언제 죽을지 모른다는 말이지요."

생각해 보니 그 말도 맞았다. 전통 문파가 아닌 밑바닥 인생이다. 격식이 아니라 이익을 따진다. 전통도 명가의 혈통도 없는 주인은 당연히 이익에 부합하지 않거나 문제가 발생하면 가장 먼저 제거되는 대상이 될 뿐이다.

'그래서 하오문인가.'

적당히 쓸 만한 인재. 반면, 언제든 갈아치울 수 있는 문주.

아마도 하오문의 직급 체계는 일반적인 문파와는 다른 모양이었다.

문주보다 그 밑에서 결정하는 장로나 원로의 회의가 더 영향력 있는 문파가 있다고 들었는데, 아마도 하오문이 그런 체제를 따르고 있는 것 같았다.

"흐음."

묵객은 목 안이 텁텁해 그녀가 건넨 차를 슬쩍 들었다. 찻잔을 내려다보다 재차 멈칫한 묵객이 그녀를 향해 말했다.

"차의 색감이 좀 거무튀튀한 것이 뭔가 꺼림칙하구려. 혹시 독이라도 넣은 게요?"

"그럴지도 모르지요."

"……!"

묵객은 잠시 안색이 굳었지만 다시금 너털웃음을 터뜨렸다.

"허허허. 소저는 아름다운 미모만큼이나 장난도 화끈하시구려."

"장난일까요?"

묵객이 또다시 망설이자 여인이 슬쩍 미소를 띠며 말했다.

"싫으시다면 물려 드리겠습니다만."

"끄응."

호기를 자극하는 말투에 묵객은 고민했다.

독을 탄 듯 안 탄 듯 건네는 찻잔. 부채에 자신의 발자취를 담아놓은 것.

위협인가? 아니, 위협이라면 너무 노골적이지 않은가.

그렇다면 시험일까?

"그럼 뭐."

꿀꺽.

묵객은 더는 망설이지 않고 들이켰다.

탁.

빈 잔이 놓이자 여인의 눈에 이채가 서렸다.

"독이 들어 있을지도 모르는데 왜 드셨습니까?"

"여인의 호의를 거절하는 자는 장부가 아니오."

"장부는 아리따운 여인이 건네는 모든 호의는 거절하지 않는 사람입니까?"

"뭐, 그건 아니지만."

묵객은 습관적으로 농을 했다가 식은땀이 나는 것을 느꼈다.

"혀에 닿았을 때 진통은 없고 맛도 쓰지 않더이다. 향도 없으니 독이 아니라고 판단했소."

"독에는 맛도 향도 나지 않는 무미 무취의 독이라는 것도 있습니다. 묵객께서 세상의 모든 독을 먹어보신 게 아니지 않습니까?"

"그런 독이라면 비싸겠지. 셈에 밝은 하오문이 그런 비싼 독을 굳이 내게 쓸 이유는 없지 않소. 그리고 난 당신들에게 그런 원한을 산 적이 없지 않소."

"원한을 사지 않아도 독수는 얼마든지 쓸 수 있습니다."

여인의 눈이 언뜻 요요하게 빛났다. 흡사 어두운 동굴의 벽에 박힌 야광주처럼.

"뭐, 청부라도 받은 것이오? 이 박승룡은 이제껏 태어나 소소한 이익에 눈을 돌린 적 없고, 누군가에게 원한을 살 만한 일 또한 한 적이 없거늘."

"강호는 은원이 복잡하게 얽히는 곳이라, 적이 아니라도 해치기를 즐겨 하는 자가 많습니다. 공자께서는 정의문의 사영 소저, 백의가 하정 부인, 척가장 지은 소저와 그간 깊은 교분을 나누셨지 않습니까."

'역시 위험해.'

묵객은 어쩌 아까보다 더 식은땀이 나는 듯했다.

"공자께서는 그저 교분을 나누셨을 뿐이겠지만, 그 여인들을 사모하다 가슴을 친 치졸한 장부는 얼마든지 있습니다. 그중 거금을 들여 본 문에 추잡한 의뢰를 하지 않는 이가 과연 없다 자신하십니까?"

"휴우……."

묵객은 머리를 절레절레 저었다. 여인의 가벼운 질시 같은 말이었으나, 그것이 하오문의 정보력과 함께 결합되자 위압감이 무시무시했다.

과연 밤의 꽃이랄까. 한 주루의 기녀에게 이 정도로 몰아붙여질 줄은 생각도 하지 못했다.

"귀한 가르침에 감사드리오. 오늘 크게 배우는 것 같소."

"앞으로도 모르는 곳에서 함부로 차를 드시렵니까?"

여인의 말에 문득 묵객은 시선을 들어 그녀를 보았다.

그러고 보니 처음 들어섰을 때부터 그녀는 자신에게 호의적이었다. 부채에 그려진 하오문의 단서를 알아채기 전에도. 조금 전에 차를 마시며 나누는 문답에서도. 하오문의 정보력을 시위하는 것도 있었지만, 그 안에 분명히 묵객 자신을 염려하는 느낌이 있었다.

"들어야지요."

"어찌……?"

지금도 마치 철모르는 남동생을 둔 누이처럼 엄한 눈을 하고 가르치려 들지 않는가.

'뭐, 이래저래 인물 덕을 좀 보긴 하는군.'

묵객은 생각을 정리했다. 원래 그런 느낌이 있기는 했지만, 이제껏 보인 하오문주의 태도로 보아 이는 협박이 아니라 마지막 시험이었다. 그렇다면 시험에는 답을 내야 할 터였다.

"왜냐하면… 하오문에 더 돈이 되는 일을 맡길 수 있을 테니까."

철컥.

그는 이제 단월도를 빼 다탁 위에 올려놓았다.

"무슨 의미이신 겁니까?"

"소저가 보기에 하오문에 들어오는 청부의 값과 이 묵객의 칼, 어느 것이 더 가치 있겠소?"

"……."

이번에는 여인이 잠시 입을 다물었다. 이번엔 그녀도 전혀 예상하지 못한 말이 나온 듯했다.

확실히 지금 묵객이 다탁에 칼을 올려놓은 것은 가벼운 의미가 아니었다. 그 자신의 무예를 하오문에 한 번 빌려주겠다는 것.

한 번이란 말이 가벼워 보일지 모르나, 상대가 다름 아닌 묵객이라는 점에서 대단히 가치가 있었다.

칠객은 협(俠)의 길을 걷는 정도의 표상이다. 그리고 그 길에는 명문 정파와 구파일방의 칭송이 함께한다.

명분이란 숭고함이 깃들어 있는 것이다.

"맞습니다. 하오문에 떨어지는 그 어떠한 청부라도 칠객 중 하나라는 분의 검에 감히 비견될 수 없지요. 스스로를 아끼지 않고 내미시니 그 배포, 감히 장부라 하실 만합니다."

여인은 고개를 숙였다. 왠지 그 얼굴이 발갛게 달아올라 있는 것을 보고 묵객은 쿡 하고 웃음을 지었다.

"그럼 이제 말해주시오."

"예?"

"하오문주는 어디에 있소?"

『장씨세가 호위무사』 제3막 7권에서 계속…